PARASITES

Du même auteur
chez Super 8 Éditions

Dernier meurtre avant la fin du monde, traduit de l'anglais (États-Unis) par Valérie Le Plouhinec, 2015.

J-77 – Dernier meurtre avant la fin du monde, livre II, traduit de l'anglais (États-Unis) par Valérie Le Plouhinec, 2016.

Impact – Dernier meurtre avant la fin du monde, livre III, traduit de l'anglais (États-Unis) par Valérie Le Plouhinec, 2016.

Ben H. Winters

PARASITES

Traduit de l'anglais (États-Unis)
par Pierre Szczeciner

SONATINE ÉDITIONS

Directeurs de collection : Arnaud Hofmarcher
et Marie Misandeau
Coordination éditoriale : Hubert Robin

Titre original : *Bedbugs*
Éditeur original : Quirk Books

Sonatine Éditions
32, rue Washington
75008 Paris
lisezsonatine.com

Ouvrage réalisé par Cursives à Paris

ISBN 978-2-35584-836-0
N° d'édition : 836 – Dépôt légal : juin 2021

Pour Di

PREMIÈRE PARTIE

1

« Tiens, Al, viens voir celle-là ! » dit Susan Wendt, les yeux rivés sur l'écran de son MacBook.

Alex mit la télé en pause, se dirigea vers la table de la cuisine et lut la petite annonce par-dessus l'épaule de sa femme. Son verdict fut sans appel.

« C'est une arnaque, dit-il en faisant craquer ses phalanges, et il se faufila derrière elle pour atteindre le frigo. Une bonne grosse arnaque, ma chérie.

– Mmh. Je n'en suis pas sûre.

– C'est certain. »

Il attrapa une bouteille de Brooklyn Lager qu'il lui présenta.

« Tu en veux une ? »

Susan secoua la tête sans quitter l'annonce des yeux. Alex décapsula la bière et s'accroupit à côté d'elle.

« Ça doit être le genre de truc où l'agent immobilier te fait venir pour te dire ensuite : "Oh, cet appartement ? Je suis désolé, il est loué depuis hier ! Par contre, j'ai un autre bien qui vient de se libérer, le loyer est *jouste oune tout pétit pô plou* cher..." »

Il avait imité l'accent brésilien d'un agent peu scrupuleux qui leur avait fait parcourir à pied la moitié de South Brooklyn pour rien. Susan s'esclaffa.

« Sauf que regarde, dit-elle en indiquant à nouveau l'écran. Ce n'est pas une agence. Tu vois ? "À louer par la propriétaire". »

Alex fit une moue sceptique, avala une gorgée de bière et regagna le canapé.

Cela faisait désormais deux mois et demi qu'ils cherchaient un nouvel appartement – à vrai dire, c'était surtout Susan qui avait envie de déménager. Lui trouvait que le petit deux-pièces avec coin bureau qu'ils occupaient à proximité d'Union Square était parfait, ou du moins parfaitement suffisant. Sans compter que rien que l'idée de déménager – la logistique, les dépenses, les cartons à faire – lui donnait envie de se jeter par la fenêtre. D'ailleurs, il ne s'était pas privé de donner son avis à Susan.

« Tu sais, avait-il fait remarquer à sa femme lorsque celle-ci avait abordé le sujet pour la première fois, je ne suis vraiment pas sûr que ce soit le bon moment pour passer à un loyer plus élevé. »

Susan s'était montrée calme, mais implacable : si, c'était le bon moment. Il était temps qu'Emma troque le bureau exigu dans lequel elle dormait contre une vraie chambre, il était temps que Susan dispose d'un endroit où installer son chevalet pour peindre, et il était temps qu'Alex ait une cuisine digne de ce nom pour confectionner ses plats sophistiqués.

« Les loyers ont beaucoup baissé depuis quelques années, surtout à Brooklyn, avait-elle argué avant de jouer la carte de la flatterie. Et puis, financièrement, tu t'en sors vraiment bien, maintenant. Qu'est-ce que ça coûte de jeter un œil ? »

Alex avait fini par céder, et « jeter un œil » s'était vite transformé en « rechercher activement ». Tous les soirs depuis le début de l'été, une fois Emma couchée, Susan attendait qu'Alex se plante devant une émission de téléréalité affligeante, puis elle allumait son ordinateur, épluchait Craigslist, Rentals.com et la section immobilière du *Times*, et reportait soigneusement dans son tableur les loyers, superficies et numéros de téléphone des annonces qui l'intéressaient. Le week-end, ils installaient Emma dans sa poussette Maclaren rose bonbon, s'achetaient deux cafés à emporter et se rendaient à Brooklyn pour enchaîner les visites entre Fort Greene et Boerum Hill.

Ils avaient trouvé des appartements beaucoup trop chers qu'ils avaient adorés, d'autres dans leurs prix qu'ils avaient détestés et, histoire de varier un peu les plaisirs, quelques-uns qui ne leur avaient pas plu et qui étaient de toute façon hors budget. Le week-end précédent, ils avaient pris la ligne F jusqu'à Smith and Ninth Streets, puis le bus 61 en direction du sud, pour descendre à Van Brunt Street, dans le quartier de Red Hook. Ils y avaient visité un loft d'artiste reconverti en appartement qui était pour l'instant celui que Susan avait préféré. Le bien faisait face à une boulangerie tenue par des hipsters et réputée pour ses tartes au caramel au beurre salé, se trouvait à deux pas d'un supermarché, et comprenait une grande suite parentale par la fenêtre de laquelle on pouvait entrevoir l'East River.

Malheureusement, le loyer demandé était trop élevé, surtout pour un appartement sans aucun équipement et situé à quarante-cinq minutes de Manhattan en transports en commun.

« On a vraiment très peu de marge de manœuvre sur le prix, avait conclu Alex en secouant la tête. Surtout qu'il n'y a plus que mon salaire, maintenant. »

Susan avait dissimulé son immense déception derrière un sourire crispé. Elle avait compris qu'à présent qu'elle ne travaillait plus, elle n'avait pas son mot à dire sur la question du loyer. Pourtant, Alex l'avait soutenue à cent pour cent dans sa décision de démissionner.

Elle reporta soigneusement les détails de l'annonce « À LOUER PAR LA PROPRIÉTAIRE » dans son tableur. C'était la première fois qu'elle trouvait un bien abordable à Brooklyn Heights. Il faut dire qu'elle n'avait jamais vraiment cherché, puisque c'était un quartier où la crise immobilière n'avait eu aucun impact et où il était impossible de trouver un trois-pièces en dessous de quatre mille dollars par mois. Et pourtant, Andrea Scharfstein (Susan s'appliqua à ne pas faire de faute en recopiant le nom) proposait les deux derniers étages de sa maison de ville de Cranberry Street : « 120 m^2, 2 chambres, 2 SDB, lave-vaisselle, grands placards ». Le tout pour la modique somme de trois mille cinq cent cinquante dollars par mois.

« Trois mille cinq cent cinquante ? s'esclaffa Alex devant la télévision. Je te garantis que c'est une arnaque, ma chérie. »

Le lendemain matin, quand Alex, Susan et Emma arrivèrent à Cranberry Street un peu avant 10 h 30, l'heure de rendez-vous prévue, Andrea Scharfstein les attendait, assise sur la dernière marche du perron. Elle lisait l'édition du dimanche du *New York Times* en sirotant son thé dans une grande tasse jaune estampillée du logo de la station de radio WNYC. En les apercevant avec leur poussette rose qui cahotait sur les dalles inégales du trottoir, elle plia son journal et se leva, mains sur les hanches. Alex et Susan virent une vieille femme d'apparence fragile aux longs cheveux gris bouclés, vêtue d'une sublime robe d'été orange qui semblait sortie tout droit des années 1960 et d'un élégant châle couleur taupe. Elle arborait à chaque poignet d'imposants bracelets.

« Mais vous êtes pile à l'heure ! commenta-t-elle d'un air approbateur en consultant sa montre. Vous me plaisez déjà ! »

Susan détacha sa fille et la prit dans ses bras pour qu'Alex puisse plier la poussette. Puis elle la reposa et Emma franchit le petit portail noir en fer forgé d'un pas exagérément déterminé, avant de s'accrocher à la rampe pour gravir les quelques marches du perron.

« Bonjour ! s'exclama l'enfant. Je m'appelle Emma !

– Je suis ravie de faire ta connaissance ! Tu es de loin la plus jolie Emma qu'il m'ait été donné de rencontrer. Est-ce que c'est toi qui as choisi ton prénom ?

– Mais non ! s'esclaffa l'enfant. C'est ma maman et mon papa !

– Eh bien, tu pourras les féliciter. Moi, je m'appelle Andrea. »

Alex rejoignit Emma sur le perron et lui plaça une main dans le dos au cas où elle basculerait en arrière, pendant que Susan s'attardait sur le trottoir pour observer la façade du 56 Cranberry Street. Un jardinet débordant de rhododendrons encadrait le petit escalier qui menait à une superbe porte d'entrée de couleur rouge orangé. La bâtisse en elle-même était en brique, avec à chaque étage trois fenêtres équipées de volets en bois. Sur le rebord de celles du rez-de-chaussée – l'appartement d'Andrea – étaient posées des jardinières dans lesquelles on avait planté, semblait-il, des herbes aromatiques.

Je suis sûre que les plafonds sont en métal gaufré, songea Susan. Puis, soudainement, férocement : *J'ai envie d'habiter ici.* Elle rejoignit Emma et Alex en haut des marches et tâcha de tempérer son enthousiasme.

Calme-toi, Susan. Attends peut-être de voir à quoi ça ressemble à l'intérieur !

« Une chose est sûre, vous êtes des rapides, déclara Andrea Scharfstein en leur serrant énergiquement la main. Quand vous avez appelé, ça faisait à peine cinq minutes que j'avais publié l'annonce – enfin, "posté", comme on dit maintenant. Bon, cinq minutes, j'exagère peut-être un petit peu, mais en tout cas pas plus de dix. »

Sa main à la peau parcheminée parut toute sèche à Susan. La vieille femme avait un débit rapide, et une voix fluette émaillée d'inflexions graves, comme si elle était en permanence à deux doigts de la quinte de toux. Elle se tenait légèrement voûtée et, sous sa tignasse désordonnée, son visage était un enchevêtrement de rides et de petites taches. Susan lui aurait donné au moins soixante-dix ans. Cependant, il y avait aussi beaucoup de vivacité dans les mouvements d'Andrea – l'énergie de quelqu'un de beaucoup plus jeune.

« Si vous voulez bien me suivre, on va pouvoir commencer », annonça brusquement la propriétaire.

Elle actionna la poignée et s'aida de son épaule pour pousser le lourd battant, et Susan eut soudain l'image de Willy Wonka ouvrant la porte de sa chocolaterie sous le regard émerveillé des heureux petits détenteurs d'un ticket d'or.

« Vous voulez bien ramasser ma tasse, Alex ? C'est bien Alex, hein ? C'est à cause des fourmis. La moindre goutte de thé oubliée, et ce sera l'invasion. »

Emma s'empressa d'entrer dans le vestibule mal éclairé et se tourna vers Andrea.

« C'est ta maison ? demanda-t-elle.

– Tout à fait, répondit la vieille dame en tapotant la tête de la petite fille. Qu'est-ce que tu en penses ?

– Elle est très bien. »

Andrea prit la main d'Emma et l'aida à gravir l'escalier qui menait au premier étage.

Je veux habiter ici, pensa de nouveau Susan, mais cette fois, elle ne chercha pas à tempérer son enthousiasme. Elle se tourna vers Alex, qui s'était arrêté sous l'unique source de lumière de l'escalier, un modeste lustre poussiéreux de piètre qualité. Elle devinait ce qu'il était en train de faire : il traquait les défauts, cataloguait toutes les raisons de refuser d'emménager dans cette charmante maison ancienne. *Les pierres du perron s'effritent ; la peinture de la porte d'entrée s'écaille.*

Susan s'en fichait. C'était là qu'elle voulait habiter.

L'escalier débouchait sur un étroit palier moquetté au bout duquel se dressait une porte.

« Je n'ai pas pris la peine de faire mettre un numéro sur la porte, dit Andrea. J'espère que ça ira quand même. Admettez qu'il faudrait être sacrément peu dégourdi pour ne pas trouver : on entre et c'est en haut de l'escalier ! »

Susan rit poliment et Andrea lui adressa un sourire.

« Avant, bien sûr, c'était une seule et même habitation. Jusqu'à ce que je perde Howard, mon mari. J'imagine que j'ai encore du mal à m'y faire. »

Andrea s'éclaircit la gorge et ouvrit la porte, révélant un long couloir. Susan se demanda à quand remontait le décès du fameux mari. Combien de locataires s'étaient succédé depuis ? Car l'assurance que dégageait Andrea était celle d'une personne habituée à son indépendance. Susan lui emboîta le pas et, en voyant son dos voûté, se sentit submergée par une vague de sympathie pour cette femme pleine de vie qui vieillissait seule dans cette grande maison.

Le couloir qui traversait l'appartement sur toute sa longueur comprenait deux penderies et se terminait côté Cranberry Street par une petite cuisine confortable et lumineuse, dotée de plans de travail en granit et équipée de placards en nombre plus que suffisant.

« Pas de table ? » demanda Alex avec un regard appuyé que Susan n'eut aucun mal à traduire – *Ça ne me laisse pas beaucoup d'espace pour préparer les repas...*

Elle se contenta de sourire. Leur cuisine actuelle était si exiguë qu'on ne pouvait pas ouvrir la porte du réfrigérateur en même temps que celle du four. Elle caressa les plans de travail du bout des doigts et s'accroupit pour ouvrir et fermer les placards pendant qu'Emma jouait à ne pas marcher sur les rainures du parquet. Au-dessus de la cuisinière, une double fenêtre donnait sur Cranberry Street. Le soleil matinal baignait la pièce d'une lumière chaude et se reflétait sur le magnifique parquet en bois massif.

« Le plancher ne m'a pas l'air très régulier, nota Alex en secouant la tête, et il s'accroupit pour poser la main sur les belles lattes brunes.

– C'est vrai, c'est vrai, dit Andrea avec un haussement d'épaules. Howard voulait qu'on refasse l'ensemble des sols, mais on n'a jamais pris le temps de s'en occuper. »

Alex hocha la tête et se redressa. Susan regarda le plancher – elle ne voyait pas où était le problème.

« Cette maison a été construite en 1864, poursuivit Andrea. La même époque que le Brooklyn Bridge. Mais c'est une bâtisse robuste, et pleine de caractère. Un peu comme moi ! »

Elle adressa à Alex un clin d'œil théâtral et partit d'un grand éclat de rire. Alex se fendit d'un sourire et se tourna vers Susan. Une fois encore, elle n'eut aucun mal à traduire son regard – *Tu es vraiment sûre qu'on veut de cette vieille bique comme proprio ?*

Mais Susan l'ignora et rit de bon cœur. Emma aussi s'esclaffa, en se cachant la bouche derrière les mains – elle avait trois ans et demi et elle adorait les plaisanteries, même quand elle ne les comprenait pas.

« Ah oui, au fait, au cas où ça vous intéresserait, dit Andrea en levant un doigt au-dessus de sa tête. Le plafond ? C'est du métal gaufré. »

2

Si Susan avait le moindre doute sur l'appartement, ce qui acheva de la persuader, totalement et irrévocablement, ce qui la convainquit au plus profond d'elle-même qu'il fallait qu'elle habite au 56 Cranberry Street, fut la pièce bonus.

Quand on quittait la cuisine et qu'on revenait par le couloir, il fallait passer une arche flanquée de deux appliques vieillottes pour pénétrer dans le salon – une pièce spacieuse et à peu près rectangulaire éclairée par deux grandes fenêtres sur cour. Le mur opposé à l'arche formait une saillie semi-circulaire, comme s'il avait fallu faire de la place pour une colonne. Susan trouva ce détail architectural étrange et s'approcha, pour découvrir qu'il s'agissait en fait d'un étroit puits d'aération qui séparait la maison de celle d'à côté. Il y avait là deux petites ouvertures supplémentaires, fixes, qui laissaient passer encore un peu plus de lumière.

« C'est très curieux, je sais, commenta Andrea en tapotant une des fenêtres avec la grosse bague en or qu'elle portait à l'auriculaire. Le conduit part du toit et descend jusqu'au sous-sol. Vous verrez, quand on sera au deuxième étage, il traverse la salle de bains. L'avantage, c'est que ça fait de la lumière.

– Sympa, dit Susan, pendant qu'Alex s'approchait de l'ouverture et se tordait le cou pour examiner le puits d'aération.

– Ma théorie, c'est qu'à l'origine il y avait un monte-plats, poursuivit Andrea. Pour acheminer les repas depuis la cuisine qui se trouvait au rez-de-chaussée. Une fois, on a eu un oiseau qui s'est coincé dedans. Pendant des jours, il a battu des ailes en piaillant comme un malheureux pour essayer de retrouver la sortie, et puis il a fini par mourir d'épuisement. C'était affreux. Affreux. »

Même Alex ne trouva rien à redire au salon, étant donné que leur appartement actuel n'en avait pas. Pendant qu'Andrea se tenait sous l'arche, les mains sur les hanches, et qu'Emma faisait le tour de la pièce en comptant chacun de ses pas, Susan s'approcha de lui et lui attrapa la main.

« Qu'est-ce que tu en penses ? » murmura-t-elle.

Avant qu'il ait pu répondre, Andrea traversa la pièce et ouvrit une porte qui se trouvait dans un coin. Une petite porte, peinte de la même couleur que le mur, si discrète que Susan n'avait même pas remarqué son existence.

« Et là, vous avez une drôle de petite pièce, annonça Andrea. Je l'appelle la pièce bonus parce que c'est, comment dire ? Un petit plus, quoi ! Si j'avais vécu ici enfant, ça aurait été notre atelier de tricot. Évidemment, à l'époque, on confectionnait surtout des pulls pour nos dinosaures apprivoisés.

– Des dinosaures apprivoisés ? s'écria Emma, qui plaqua une main sur sa bouche de manière théâtrale. C'est vrai ?

– Celle-là, décidément, elle me plaît ! »

Susan pénétra dans la pièce bonus. À vrai dire, il s'agissait plutôt d'un grand placard avec une porte et une petite fenêtre qui laissait passer une belle lumière dorée.

C'est parfait. Susan ressentit un tel déferlement de joie qu'elle dut se retenir pour ne pas se mettre à sautiller sur place. *C'est absolument parfait.*

Sa démission l'année précédente s'était accompagnée de son lot d'hésitations. De doutes. Cela lui avait paru si insensé, si déraisonnable, si égoïste d'abandonner sa carrière après tant d'années pour « retourner à sa peinture ». Mais elle l'avait fait. Elle avait trouvé le courage d'annoncer son projet à Alex et avait été surprise qu'il se montre non seulement compréhensif, mais aussi enthousiaste.

« Mais évidemment ! s'était-il exclamé. Si c'est ton souhait, on va tout faire pour qu'il se réalise. »

Sitôt sa démission effective, elle s'était rendue chez Sam's pour s'acheter pinceaux, peinture, pastels et térébenthine. Après ça... eh bien, les mois avaient filé, et Susan avait toujours une bonne raison de repousser le moment de se mettre à peindre. Elle avait fait du porte-à-porte pour distribuer des tracts et recueillir des signatures, afin d'aider une amie qui se présentait au conseil municipal ; Emma était tombée malade et, au bout de cinq jours, ils avaient dû l'emmener au beau milieu de la nuit à l'hôpital Presbyterian pour qu'elle soit placée sous perfusion ; au mois de juillet, ils avaient passé une semaine chez les parents d'Alex ; et ensuite, elle avait donc décidé que leur appartement était trop petit et qu'il fallait qu'ils déménagent.

Bref, il y avait toujours un contretemps – ou plutôt, et Susan en avait bien conscience, elle s'arrangeait pour qu'il y ait toujours un contretemps. La raison en était simple : elle ne se sentait pas prête à assumer ce bouleversement qu'elle avait pourtant elle-même opéré. Mais à présent, avec cette pièce...

À l'époque où elle travaillait encore comme assistante juridique et qu'elle culpabilisait de passer ses journées à compter les heures avant de pouvoir rentrer chez elle, les pieds compressés dans ses escarpins noirs, il lui arrivait fréquemment de s'imaginer en train de peindre. Elle se tenait debout dans son atelier, par une belle matinée ensoleillée, le visage baigné de lumière, l'esprit absorbé par le processus créatif. Chaque fois, c'était une pièce comme celle-ci qu'elle visualisait.

Mais non, songea Susan, au bord des larmes. *Pas une pièce comme celle-ci. Cette pièce exactement.*

« Je n'en ai même pas fait mention dans l'annonce, parce que c'est une pièce trop petite pour être qualifiée de chambre, précisa Andrea, qui rejoignit Susan, bientôt suivie d'Alex. Je ne voulais pas passer pour une arnaqueuse. Mais ça peut servir de débarras. Ou de chambre pour un bébé.

– Ou d'atelier, murmura Susan.

– Oh ! Vous êtes artiste ?

– Disons que… c'est une longue histoire. J'étais… enfin, je suis…

– Oui, la coupa Alex en lui passant un bras par-dessus l'épaule. Ma femme est artiste. »

Voyant qu'Emma commençait à s'ennuyer, Susan l'installa au centre du salon vide et sortit de son énorme sac à main une boîte de crayons gras, des feuilles de papier et un en-cas de fruits secs et de fromage.

« Tu restes ici, d'accord ? commanda Alex, et Emma acquiesça sans le regarder, déjà plongée dans ses dessins.

– Un vrai rayon de soleil, cette petite ! dit Andrea en entraînant Susan et Alex vers l'escalier étroit qui menait au deuxième étage. Mon grand regret dans la vie, c'est de ne pas avoir eu d'enfants. Pourtant, Dieu sait que je les adore. Même les petits morveux mal élevés ne me laissent pas insensible. Alors une petite merveille comme la vôtre… »

Le deuxième étage consistait en deux grandes chambres, dont une suite parentale, séparées par un palier équipé d'un placard de taille raisonnable. La salle de bains, où le puits d'aération se terminait par un petit Velux, était spacieuse et comprenait à la fois une douche et une baignoire balnéo. À la vue de cette dernière, Alex prit un ton exagérément lubrique pour murmurer « Bonsoir, madame » à l'oreille de Susan, qui le repoussa gentiment d'un petit coup de coude. La suite parentale, située au-dessus de la cuisine, donnait sur Cranberry Street et bénéficiait elle aussi d'une belle luminosité.

« Au fait, c'est du double vitrage partout, précisa Andrea en indiquant une des fenêtres. Pour le bruit, c'est vraiment efficace. D'ailleurs, j'en ai fait mettre chez moi aussi. »

Avant de partir, Susan demanda à revoir la pièce bonus. Elle laissa Alex s'entretenir avec Andrea – il avait adopté la voix grave et sérieuse qu'il réservait d'ordinaire aux discussions professionnelles – et prit tout son temps pour refaire le tour du petit espace, avant de poser les mains sur le rebord de la fenêtre. Une palissade en bois séparait le jardinet situé à l'arrière de celui, identique, d'une maison située sur Orange Street. Au milieu des herbes hautes poussaient quelques arbres aux troncs noueux; Susan se demanda lequel elle peindrait en premier.

Elle fut interrompue dans sa rêverie par la voix d'Andrea à l'autre bout du couloir.

« Donc voilà, je suis désolée pour ça… »

Il y eut ensuite quelque chose qu'elle ne comprit pas, puis Alex qui répondait : « Je sais ce que c'est. »

Andrea laissa échapper un petit rire aigu.

« Une chose est sûre, moins on en parle, mieux on se porte ! » s'exclama-t-elle.

À côté, Emma, qui s'était visiblement proclamée reine du salon, s'esclaffait et donnait des ordres à ses sujets imaginaires.

Au moment où elle se détournait de la fenêtre, Susan perçut soudain une odeur désagréable dans la pièce exiguë. Elle fronça le nez et huma de nouveau, mais l'effluve nauséabond avait disparu.

Elle sortit en fermant la porte derrière elle, récupéra sa fille et rejoignit Alex et Andrea dans la cuisine toujours inondée de lumière. Andrea hochait vigoureusement la tête, les yeux plissés, visiblement passionnée par la conversation.

« Photographe ! s'exclama-t-elle. Vraiment ?

– Vraiment, répondit Alex.

– Deux artistes dans mon humble demeure ! Quel honneur ! »

Susan se tourna vers son mari, un peu anxieuse. Alex n'était pas photographe – du moins, il ne l'était plus. Comme Susan, il avait quitté la fac dix ans auparavant avec des rêves d'artiste plein la tête. Mais contrairement à elle, qui avait replié son chevalet après dix-huit mois d'efforts intermittents et s'était réinscrite en droit pour se conformer à la volonté de ses parents, Alex avait persisté quelque temps, profitant d'un relatif succès qui, à défaut de lui suffire à vivre de sa passion, lui avait permis de ne pas se décourager. En fin de compte, son insistance avait porté ses fruits, car il avait réussi par hasard à mettre un pied dans le monde de la photographie commerciale, un monde si lucratif qu'il n'avait pas pris ce qu'il considérait comme une « vraie » photo depuis plusieurs années.

« Pour tout vous dire, je ne suis pas vraiment artiste, expliqua Alex (son ton était léger, sans la moindre trace d'agacement, et Susan put souffler). Je possède une petite entreprise qui s'appelle Gem-Flex. On prend des clichés de diamants et d'autres pierres précieuses pour des publicités et des catalogues spécialisés.

– Ah oui ? C'est passionnant !

– Hélas, pas du tout, répondit Alex avec un sourire. Mais ça paye les factures ! »

Une fois ressortis sur le perron, ils se serrèrent la main. Andrea alla jusqu'à s'accroupir pour faire un câlin à Emma, que la petite fille accepta sans rechigner, à la grande surprise de ses parents.

« Merci encore pour la visite, dit Susan. On vous rappelle très vite, d'accord ?

– Prenez votre temps, prenez votre temps. De toute façon, j'ai un bon *feeling* avec vous ! »

Emma était attachée dans sa poussette et Susan prête à partir quand Alex se retourna.

« Ah oui, au fait, Andrea ! Avant qu'on vous laisse... »

Susan ferma les yeux. *Et voilà...* Il allait chercher la petite bête, jouer une fois de plus la carte du « avec mon seul salaire » pour opposer son veto et les condamner tous les trois à habiter pour l'éternité dans leur petit appartement sur la 12e Rue. *Bon sang, mais cette maison est géniale, Alex,* songea-t-elle. *C'est ici qu'on va vivre. Alors fais-toi à l'idée !*

« Je ne doute pas une seconde que vous seriez une propriétaire épatante, dit-il, mais s'il y avait, je ne sais pas, un problème avec le chauffage ou les canalisations... »

Andrea l'interrompit de son rire guttural.

« Ne vous en faites pas, ce ne sont pas ces mains arthritiques qui vont purger vos toilettes ! dit-elle en exhibant ses doigts noueux. J'ai un bon ami, un monsieur adorable, très bricoleur, qui s'occupe de toutes ces choses-là pour moi. C'est bien simple, il sait tout faire !

– Oh, fit Alex, amadoué. Dans ce cas, c'est parfait. »

Bien joué, Andrea, songea Susan. Elle adressa un grand sourire à la vieille dame, qui lui répondit par un petit signe de la main avant de leur lancer : « À bientôt, alors ! »

Après avoir descendu trois ou quatre pâtés de maisons, ils atteignirent la promenade de Brooklyn Heights et son aire de jeux, et Emma put sortir de sa poussette pour se dépenser, ce dont elle avait grand besoin. Susan et Alex s'accoudèrent à la grille qui longeait l'East River pour observer Manhattan, de l'autre côté du fleuve. Le Chrysler Building, le trou à l'endroit où s'étaient dressées les tours jumelles et, au loin, la statue de la Liberté... Susan jeta un coup d'œil furtif à son mari par-dessus ses Ray-Ban pour essayer de lire dans ses pensées. La journée s'annonçait particulièrement chaude et, en plus de ses lunettes noires, elle avait prévu un grand chapeau mou pour se protéger : ses yeux bleus étaient fragiles et sa peau très pâle sujette aux coups de soleil. Avec son teint méditerranéen, Alex n'avait pas ce genre de problèmes. D'ailleurs, il ne mettait jamais de crème solaire, ce qui avait le don de rendre Susan jalouse.

Ils se retournèrent et virent Emma passer en courant. Elle poussait des cris de joie en pourchassant un adorable petit garçon aux cheveux nattés, avec des Crocs bleues et un K-way.

« Bon, instant de vérité, dit enfin Susan. À quoi tu penses, mon chéri ?

– À beaucoup de choses, répondit Alex, avant de soupirer longuement. Est-ce que tu as entendu ? Ses derniers locataires sont partis sans prévenir, alors elle demande trois mois de dépôt de garantie.

– Trois mois ? Ah oui, quand même… » Susan fit rapidement le calcul. « Ce qui représente donc…

– Une petite fortune, compléta Alex.

– On peut se le permettre ?

– Oui, parce que le loyer est vraiment bas. Tellement bas que je trouve même ça suspect… »

Alex adressa à Susan un regard faussement sérieux. « À mon avis, la maison est hantée, lâcha-t-il. Je ne vois pas d'autre explication. »

Susan sourit et posa la tête sur son épaule. La tournure que prenait la conversation lui plaisait.

« Moi non plus, répondit-elle. Tu peux être sûr qu'elle a été construite sur un ancien cimetière indien – le seul de Brooklyn Heights.

– C'est dommage, parce que sinon elle était parfaite.

– On est d'accord ! Et tu as vu ce quartier ? En plus, avec les transports, c'est rapide pour toi d'aller au boulot.

– Oui.

– Et puis, il y a la… comment elle l'a appelée, déjà ? » Elle fit mine de réfléchir. « La pièce bonus. Ça ferait un atelier magnifique.

– C'est sûr. Par contre, pas de machine à laver et pas de sèche-linge…

– Je me débrouillerai sans. »

Susan chercha Emma du regard et la repéra au bout de quelques secondes. Elle était assise un peu plus loin sur un banc avec le petit garçon, en pleine discussion avec une femme qui devait être sa mère. Susan posa un index contre sa poitrine, puis elle désigna Emma.

« C'est la mienne », articula-t-elle silencieusement, et la femme la salua avec un grand sourire.

Cet endroit est vraiment parfait, songea-t-elle.

« Écoute, Alex, voilà ce que je te propose : on se laisse la nuit pour réfléchir, et demain, on… »

Elle ne termina pas sa phrase. Alex venait de sortir son téléphone portable.

« À quoi bon attendre ? dit-il. On n'a qu'à la rappeler tout de suite. »

Susan sentit son rythme cardiaque s'accélérer.

« C'est vrai ?

– Et pourquoi pas ? Tu sais aussi bien que moi qu'on va le prendre, cet appartement. »

Alors qu'Alex composait le numéro d'Andrea Scharfstein, Susan sentit une vive piqûre sur son mollet. Elle se pencha, écrasa le moustique et regarda, satisfaite, la petite goutte de sang étalée sur la paume de sa main.

Comme promis, Andrea envoya le bail par e-mail trois heures plus tard. Susan attendit qu'Emma soit couchée et qu'Alex s'en aille – il avait une partie de poker prévue de longue date avec de vieux amis de fac – pour l'imprimer et le lire.

« J'y jetterai un œil en rentrant, avait promis Alex sur le pas de la porte.

– Mais bien sûr », avait répliqué Susan avant de l'embrasser.

Elle savait très bien qu'il rentrerait soûl, ou au moins éméché. Et ce n'était pas très grave ; elle n'avait pas vraiment besoin de son aide. Après tout, c'était elle la juriste. Enfin, *l'ancienne juriste*, songea-t-elle avec un sourire en regardant le document sortir de leur mini imprimante laser.

De toute évidence, Andrea avait fourni une copie d'un contrat tout fait qu'elle avait trouvé sur Internet. L'en-tête indiquait « Contrat type de location pour l'État de New York, entièrement modifiable ». Mais à première vue, Andrea n'avait rien modifié du tout. Il fallut néanmoins plus d'une heure à Susan pour le lire en intégralité, sans compter les dix minutes qu'elle dut passer à rassurer Emma, qui s'était réveillée en pleurant après un cauchemar.

« Grand-pépé me courait après, avait expliqué la fillette entre deux sanglots (le grand-père d'Alex était décédé sept mois plus tôt). Son visage était tout fondu et il y avait plein de bouts qui tombaient. »

Susan n'avait aucune idée de ce qui avait pu inspirer à sa fille une vision aussi terrifiante. Elle lui avait apporté un verre d'eau et lui avait chanté une comptine en lui caressant les cheveux jusqu'à ce qu'elle se rendorme.

Alex rentra un peu après minuit, passablement ivre, mais tout content d'avoir « remporté un pot monstrueux en touchant un brelan de sept à la rivière ».

« Je n'ai aucune idée de ce que ça veut dire, mais bien joué, dit Susan. Est-ce que tu es prêt à signer le bail ?

– Carrément ! » s'exclama-t-il, tout sourire, puis il se laissa tomber sur la chaise à côté d'elle et attrapa le stylo qu'elle lui tendait.

Ses manches n'étaient pas remontées à la même hauteur et il empestait le cigare. Soudain, il s'exclama :

« Ah, oui, attends ! Merde ! Y avait un gars chez Anton, un avocat. Kodaly... Kodiak ? Je sais plus, mais ça commence par un K.

– Oui ?

– Il m'a expliqué que la personne devait, genre, promettre qu'il n'y avait pas de punaises de lit.

– Alors, non. Ce n'est pas tout à fait ça. » Susan feuilleta le document jusqu'à trouver la clause à laquelle le mystérieux Kodiak faisait référence. « Là, regarde : "Le bailleur ou mandataire garantit de délivrer au locataire les locaux loués en bon état d'usage et de réparation", etc. Ça s'appelle une garantie d'habitabilité et... » Elle s'interrompit. « Tu me dis si je te dérange, mon chéri !

– Qu'est-ce qu'il y a ? » demanda Alex d'une voix innocente.

Il s'était penché vers elle et avait glissé une main entre les boutons de son chemisier. Susan sourit.

« Je croyais que tu voulais que je te parle des punaises de lit ? dit-elle en se collant à lui.

– J'ai changé d'avis. »

Comme d'habitude, Alex s'endormit aussitôt après l'amour, nu comme un ver au-dessus des draps. Susan se mit à lire en l'écoutant respirer. Depuis huit ans qu'elle le connaissait, et cinq ans qu'ils étaient mariés, elle n'arrivait toujours pas à dire si elle le trouvait beau. Attirant, oui : Alex était grand, musclé, brun, et il avait un magnétisme assez irrésistible. Surtout quand il souriait, ce qui était souvent le cas. Mais il y avait aussi en lui quelque chose de dur, une certaine grossièreté dans ses traits quand on l'observait sous un certain angle. Et cette carrure imposante que Susan trouvait rassurante et protectrice quand il riait et qu'il la prenait dans ses bras lui faisait un peu peur dès qu'il se montrait renfrogné ou agressif.

Susan enfila un peignoir. Elle passa la tête derrière le rideau qui séparait leur chambre du réduit où était installé le lit d'Emma, vérifia que celle-ci était bien endormie – comme son père, elle était étalée sur le dos, bouche ouverte, totalement plongée dans le sommeil –, et retourna à la cuisine retrouver son MacBook. Elle envoya un e-mail à Andrea pour lui annoncer que le bail et le chèque partiraient par la poste dès le lendemain. Après quoi elle écrivit un second e-mail à leur mandataire pour lui notifier leur départ et résilier leur bail. Enfin, elle se rendit sur le site de Moishe, une entreprise de déménagement à laquelle elle avait déjà fait appel par le passé, remplit un formulaire en ligne et appuya sur le bouton « Envoyer ».

C'était le 16 août 2010, il était 2 h 47. Comme ils avaient prévu de rendre visite aux parents d'Alex le premier week-end de septembre, Susan indiqua sur le formulaire qu'ils souhaitaient emménager à Brooklyn le dimanche 12 septembre.

3

La semaine qui précéda leur déménagement, un meurtre abominable se déroula à Brooklyn, à quelques rues de leur futur chez-eux. 1010 WINS et WCS-880, les deux stations de radio d'information que Susan écoutait de manière compulsive – surtout lorsqu'elle était coincée à la maison à travailler sur un énorme projet, comme empaqueter des cartons –, faisaient leurs choux gras de ce fait divers sordide qui avait vu une mère assassiner ses deux jumelles de trois mois. Cette affaire était irrésistible pour des médias avides de sensationnel, car non seulement la manière dont avaient été tuées les deux enfants était particulièrement horrible, mais surtout, comme l'avait fait remarquer Alex, parce que la meurtrière présumée était jeune, blanche et issue d'un milieu privilégié. Cette femme, une certaine Anna Mara Phelps, avait installé ses deux filles dans leur grande poussette double de la marque Phil and Teds, puis elle était montée jusqu'au toit de l'immeuble de standing de quinze étages où elle habitait et avait fait basculer la poussette dans le vide, avec les deux bébés à l'intérieur.

Des passants horrifiés avaient vu l'énorme landau noir chuter en tourbillonnant, avant de s'écraser sur le trottoir de Livingston Street, tuant les deux petites filles sur le coup. Phelps fut arrêtée pour double homicide volontaire, mais les experts judiciaires s'accordaient à dire qu'elle serait certainement reconnue pénalement irresponsable.

Le jour du déménagement, Susan profita de ce qu'Alex supervisait l'équipe de chez Moishe pour aller avec Emma acheter des cadres photo au magasin de bricolage à l'angle de Court Street et Livingston Street. Elle s'arrêta pour regarder l'endroit où la poussette s'était écrasée, et où s'amoncelaient désormais des bouquets de fleurs, des jouets et des poupées.

« Bienvenue dans le quartier », commenta ironiquement Alex quand elle lui décrivit la scène à son retour.

Quand les déménageurs eurent terminé, à 16 h 45, Alex les remercia l'un après l'autre de sa voix professionnelle et glissa à chacun un pourboire de vingt dollars. Après quoi, Emma, Susan et Alex arpentèrent leur nouvelle maison, navigant entre les piles de cartons, les meubles retournés et les sacs en toile remplis de vêtements, de linge de lit et de bibelots divers.

« Bon, ce n'est pas tout ça, mais on a du travail qui nous attend, dit Susan.

– On est d'accord qu'on commence par installer la télé ? lança Alex, qui ne plaisantait qu'à moitié.

– Il est où, M. Bouboule ? demanda Emma.

– On ne l'a pas mis dans un carton, ma chérie. Il est forcément là, quelque part. »

Un peu avant 18 heures, Andrea Scharfstein frappa à la porte armée d'une bouteille de champagne bon marché et d'un petit bouquet automnal dans un vase en plastique.

« Bienvenue !

– Oh, c'est si gentil à vous », dit Susan, et elle était sincère.

À leur dernier emménagement, lorsqu'ils s'étaient installés ensemble à Union Square, ils avaient reçu en guise de cadeau d'accueil un règlement de copropriété de trois pages qu'un membre du syndic leur avait glissé sous la porte sans même prendre la peine de frapper, alors qu'ils étaient pourtant chez eux.

Andrea portait un serre-tête en velours vert et une robe fourreau bleue. Susan se fit la réflexion qu'elle avait dû être très belle, dans sa jeunesse. Elle l'était toujours, d'ailleurs, à sa manière, avec ses grands yeux scintillants et ses pommettes saillantes.

« Bonjour, Andrea ! s'écria Emma.

– Bonsoir, jeune fille.

– Est-ce que tu as apporté ton dinosaure apprivoisé ?

– Mais c'est qu'elle a de la mémoire, cette petite ! Tu devrais participer à des jeux télévisés, ma puce ! »

Alex invita Andrea à se joindre à eux pour le dîner, mais la vieille propriétaire déclina la proposition, au grand soulagement de Susan.

« Oh, non, prenez le temps de vous installer. On verra ça une autre fois. »

En sortant, Andrea leur indiqua d'une main légèrement tremblante une petite pile de prospectus qu'elle avait déposée sur un carton.

« Je vous ai laissé des menus de restaurants à emporter. Essayez le chinois végétarien de Montague Street. Je ne me souviens pas du nom, mais il est très bon. »

Le chinois végétarien de Montague Street s'appelait le Greens, et il se révéla effectivement très bon. Ils commandèrent du *moo goo gai pan* végétarien, de la soupe miso et se laissèrent tenter par la « protéine de soja du général Tso », qu'Alex trouva « bien meilleure que le nom ne pouvait le laisser croire ». Après manger, ils récupérèrent des serviettes et des produits de bain dans un sac, ainsi que quelques livres et jouets pour qu'Emma ait de quoi s'occuper avant d'aller au lit.

« Notre ancienne maison ne me manque pas du tout, déclara Emma d'un ton solennel quand Susan la borda dans son petit lit blanc de chez Ikea, que les déménageurs avaient pris soin de remonter avant de partir.

– C'est vrai, ma puce ? Tu as le droit d'être triste, tu sais ?

– Je sais, répondit la petite fille, dont les yeux se fermaient déjà. Mais je suis contente. »

Les déménageurs avaient également remonté le lit *queen size* dans la suite parentale, un processus que Susan avait supervisé avec beaucoup de nervosité. Ce lit était certainement ce qu'elle possédait de plus précieux, et son acquisition s'était accompagnée de plusieurs mois de débats d'ordre à la fois esthétique et financier. L'objet, moderne et racé, était composé d'un robuste sommier à lattes et d'une tête de lit en chêne massif, et leur avait coûté la bagatelle de deux mille cinq cent cinquante dollars chez Design Within Reach, une enseigne de mobilier design abordable. Même si à l'époque Susan travaillait encore, c'était un investissement conséquent.

Égal à lui-même, Alex avait évidemment tenté de protester.

« Qu'est-ce qui ne va pas avec ton vieux lit double ?

– Déjà, je l'ai depuis la fac. Et ensuite, on est deux, donc il nous faut un *queen size.*

– Tu es au courant que dans double, il y a deux ? »

Il avait fini par céder quand Susan lui avait opposé un argument imparable : avec ses problèmes d'insomnie chronique, elle avait besoin d'un bon lit. Alex, lui, n'avait aucune difficulté à trouver le sommeil. Comme il s'en vantait lui-même, il aurait été capable de s'endormir au milieu d'un champ de bataille. Et rien ne pouvait troubler son sommeil. Susan en avait fait l'amère expérience quand Emma était bébé et qu'elle se réveillait encore régulièrement en hurlant à pleins poumons au milieu de la nuit.

Une fois Emma couchée, Susan et Alex continuèrent à s'affairer pendant quelques heures, déballant les cartons portant l'inscription « OUVRIR EN PREMIER » et sirotant le champagne d'Andrea dans des gobelets en plastique. Susan rangea la nourriture dans les placards, pendant qu'Alex trouvait une place à ses précieux gadgets de cuisine : le moulin à café électrique, l'autocuiseur, les poêles antiadhésives, les couteaux Henckels Twin Select et leur bloc de rangement. Au bout d'un moment, il bâilla et annonça qu'il était épuisé et qu'il montait se coucher. Au milieu de l'escalier, il s'arrêta et se tourna vers Susan.

« Je n'arrive pas à croire qu'on habite dans un duplex, dit-il en décrivant un grand demi-cercle avec le bras, à la manière d'un empereur romain. Bien joué, Sue ! »

Susan termina son gobelet de champagne, le remplit, et continua à ajouter des éléments à sa liste de choses à faire jusqu'à ce que ses yeux se ferment d'eux-mêmes et qu'elle finisse par se rendre à l'évidence : elle ne pourrait rien accomplir de plus ce soir. Elle monta à la salle de bains, ouvrit sa trousse de toilette dorée et y piocha la boîte en fer-blanc où elle rangeait ses somnifères. Elle compta les petits comprimés oblongs de dix milligrammes – il en restait vingt-sept sur la plaquette de cinquante que son médecin lui avait prescrite dix-huit mois plus tôt avec pour instruction de prendre un demi-cachet en cas d'insomnie due au stress. Après une journée comme celle qu'elle venait de vivre, et alors que son cerveau refusait d'arrêter de tourner à plein régime, Susan songea qu'il valait mieux prévenir que guérir. Elle cassa un comprimé en deux avec son ongle, en posa une moitié sur sa langue et ouvrit le robinet. Puis elle plaça ses mains en coupe sous le jet et but une gorgée d'eau pour faire passer le cachet.

Le résultat tarda à se faire sentir. Susan avait à peine posé la tête sur l'oreiller qu'elle visualisa la liste de choses à faire aussi clairement que si elle avait eu son smartphone sous les yeux. Tout en haut, il y avait bien sûr tout ce qu'il fallait déballer, avec en dessous plusieurs sous-catégories : les affaires d'Emma, leurs affaires à eux, la vaisselle et les couverts, les draps et les serviettes. À présent qu'ils disposaient de plus d'espace, ils allaient avoir besoin de nouveaux meubles, et il y avait justement une deuxième liste prévue (plusieurs petites tables basses pour le salon, une desserte pour la cuisine).

Mais est-ce qu'ils en avaient les moyens ? Combien avaient-ils payé les déménageurs, en fin de compte ? Alex avait sûrement en tête le montant exact, mais pas elle. Quatre mille dollars ?

Cinq mille ? Et puis il y avait les trois mois de dépôt de garantie... Alex avait raison, les déménagements étaient vraiment des gouffres financiers...

L'esprit de Susan passa ensuite à toutes les petites démarches anodines mais cruciales qu'il allait falloir accomplir dans les jours à venir : faire réaliser des doubles des clés, remplir des formulaires de changement d'adresse, tester les différentes supérettes du quartier. Bien sûr, ce serait à elle qu'incomberait la grande majorité de ces corvées.

... surtout maintenant que tu ne travailles plus... surtout maintenant que tu ne travailles plus...

Elle regarda son mari, son torse imposant, son visage écrasé contre l'oreiller, le filet de bave qui reliait sa lèvre au col de son vieux tee-shirt Pearl Jam, et elle se demanda si, au fond, il n'était pas fâché contre elle, s'il ne lui en voulait pas. Car Alex aussi avait des ambitions artistiques, après tout. Des ambitions qu'il avait, comme elle, remisées depuis longtemps. Et voilà qu'elle ressortait ses rêves de jeunesse comme on ressort de vieux draps d'une commode poussiéreuse, pendant que lui devait se contenter de prendre des photos de montres et de bagues en diamant et faire semblant d'en tirer de la fierté... parce qu'il fallait bien que quelqu'un finance l'éducation de leur fille et joue les mécènes.

Évidemment qu'il m'en veut, comment pourrait-il en être autrement ? Il...

Susan prit une profonde inspiration. Jamais Alex ne lui avait exprimé la moindre rancœur. Au contraire.

« Si tu veux mon avis, Sue, c'est une excellente idée ! » lui avait-il dit.

Mais cela ne suffisait pas à rassurer Susan. Allongée dans son lit au beau milieu de la nuit, les yeux grands ouverts, dans une chambre étrange encombrée de cartons et de meubles démontés, elle était convaincue qu'Alex nourrissait un profond ressentiment à son égard et qu'il en bouillonnait chaque fois qu'il la voyait. Pourquoi sinon la question d'un petit frère ou d'une petite sœur pour Emma n'était-elle pas encore venue sur le tapis ? Susan n'osait pas aborder le sujet, parce qu'elle était sûre qu'Alex se mettrait aussitôt à dresser la liste de toutes les raisons qui faisaient que ce n'était pas une bonne idée pour le moment et qu'il finirait par mettre son veto, tout comme il avait mis son veto au loft d'artiste avec vue sur le port dans le quartier de Red Hook.

Mais enfin, Susan, pourquoi tu penses à ce loft alors que tu as ce magnifique appartement, maintenant ?

Cette pensée, bien que partiellement rassurante, la fit aussitôt retomber au milieu du labyrinthe d'angoisse des choses qu'il restait à faire : se renseigner sur le tri des déchets, trouver une laverie correcte – *pas de machine à laver et pas de sèche-linge, tu te souviens ?* –, chercher une maternelle qui accepterait Emma dès le mois de janvier – elle avait dégotté une école avec une excellente réputation à Manhattan, mais il avait fallu qu'elle décide entre-temps de faire déménager toute sa famille sur un coup de tête. Sur un coup de tête !

Susan se redressa, haletante, et posa une main sur sa poitrine.

« Merde ! » souffla-t-elle dans le noir.

Le réveil sur la table de nuit indiquait 2 h 34. Susan se leva, poussa la porte de la salle de bains et prit la deuxième moitié du somnifère.

Plutôt que de retourner se coucher, elle traversa le palier et entrouvrit la porte de la nouvelle chambre d'Emma. En voyant sa fille profondément endormie, elle se sentit déborder d'amour. La poitrine d'Emma se soulevait à un rythme régulier, paisible. Elle avait hérité de son père ses épais cheveux bruns et ses grands yeux marron, mais c'est à sa mère qu'elle devait sa petite taille et son caractère tantôt joueur, tantôt méfiant.

« Oh, ma puce », murmura-t-elle.

Tout doucement, elle baissa un peu la couverture qu'Emma avait remontée jusque sous son menton – même quand il faisait une chaleur étouffante, elle refusait de s'endormir si elle n'était pas complètement emmitouflée.

À un moment, Susan se tourna vers la fenêtre et ne put retenir un cri.

« Oh, mon Dieu ! Oh, mon Dieu ! » s'écria-t-elle, et sa propre voix dans le silence de la chambre la fit sursauter.

Emma remua, mais ne se réveilla pas. Susan s'approcha de la fenêtre, les yeux écarquillés. En bas, dans le jardin, quelqu'un la regardait, adossé à la palissade. Un homme, ou, plutôt, une silhouette d'homme. Il était immense et tenait à la main un fusil au long canon, ou une espèce de bâton, ou… quelque chose… dans le noir, à cette distance, c'était impossible à dire.

« Alex ! » hurla Susan, mais il ne répondit pas.

Le cœur cognant dans la poitrine, elle s'agrippa au rebord de la fenêtre.

« Alex ! Putain, Alex, viens vite ! »

Emma remua de nouveau et émit un petit grognement. Susan ouvrit la bouche pour rappeler Alex, mais elle se ravisa : si elle ne le secouait pas violemment, il ne se réveillerait pas. Elle regarda une dernière fois par la fenêtre avant de sortir de la chambre, et dut s'appuyer contre le mur pour ne pas s'écrouler. Il n'y avait plus personne. Le jardin était vide.

L'homme que Susan avait vu, ou cru voir, avait disparu.

4

Le lundi matin, épuisée par la mésaventure nocturne qui l'avait empêchée de dormir, Susan sirotait son café dans la cuisine en faisant défiler les nouvelles sur son iPhone pendant qu'Emma terminait son petit déjeuner. Quand Marni sonna avec vingt minutes de retard, à 8 h 50, Susan s'empressa d'aller lui ouvrir. Quelques secondes plus tard, Emma sautait de sa chaise pour se jeter dans les bras de sa nounou.

« Marni ! Marni ! Tu as vu ? On a une nouvelle maison !

– Je vois ça, ma chérie », répondit Marni en soulevant la petite fille, avant d'articuler un « désolée pour le retard » silencieux à l'intention de Susan.

Cette dernière l'excusa avec un grand sourire, alors même qu'elle bouillonnait intérieurement. Marni ne travaillait que de 8 h 30 à 14 h 30 et Susan comptait sur elle, surtout une semaine comme celle-là où elle avait un million de choses à faire.

« Je me suis fait complètement avoir par le métro, se justifia Marni. Sur Internet, ça disait qu'il y en avait pour vingt-trois minutes, mais ça m'a pris au moins le double.

– Pas de chance », dit Susan d'un ton neutre. Elle se retint d'ajouter : *Voilà ce qui se passe quand on fait confiance à Internet.*

« En tout cas, votre nouvel appartement a l'air top », commenta Marni, et Emma la prit par la main pour l'emmener visiter.

Marni était étudiante en cinquième année de psychologie à la Fordham University. Même si elle avait encore son mémoire à boucler, elle avait terminé les cours et pouvait donc profiter de ses matinées pour gagner un peu d'argent. Elle ne travaillait pour eux que depuis sept mois et avait accepté de continuer malgré le déménagement, ce qui avait un peu contrarié Susan, qui aurait bien voulu la voir démissionner. Le fait que Marni semblait incapable d'arriver à l'heure était une des nombreuses choses qui la chiffonnaient. D'une manière générale, Marni était une jeune femme assez peu soigneuse, qui avait tendance à oublier la vaisselle dans l'évier après le déjeuner et qui ne prenait quasiment jamais la peine de ranger la poussette et le sac à langer.

Il y avait également chez Marni une désinvolture très estudiantine qui ne revenait pas à Susan : la coupe de cheveux à la fois négligée et sexy, les nombreux piercings, les tee-shirts moulants. Elle ne savait pas grand-chose sur elle, mais comme Marni n'avait jamais fait mention du moindre petit ami, Susan avait fini par se convaincre que plutôt qu'une preuve de chasteté, c'était au contraire l'indication d'une vie sexuelle et sentimentale trépidante. D'ailleurs, et elle s'en voulait d'avoir de telles pensées, il lui arrivait souvent d'imaginer en voyant Marni arriver qu'elle venait directement de chez le dernier garçon avec qui elle avait passé la nuit.

Alex commençait le travail très tôt et rentrait assez tard, de sorte qu'il ne croisait que très rarement Marni. De toute façon, les quelques fois où c'était arrivé, il n'avait jamais semblé lui accorder la moindre attention, au plus grand soulagement de Susan.

« Dis-moi, ma petite Emma, demanda Marni en jetant négligemment sa veste en jean de chez H&M sur un carton de déménagement une fois la visite de l'appartement terminée. Est-ce que tu savais qu'il y avait un musée pour enfants à Brooklyn ?

– C'est vrai ? Je veux y aller ! Je veux y aller ! » La petite fille se mit à sautiller autour de Marni. « Maman ! Maman ! On va au musée pour enfants !

– Ça ne vous dérange pas ? » demanda Marni.

Évidemment, à présent, Susan ne pouvait plus dire non.

Oh, mais arrête un peu de t'agacer pour rien, songea-t-elle en allant chercher son sac à main. Elle se demanda soudain si cet agacement qu'elle éprouvait parfois n'était pas le reflet d'une introspection constante : *Je ne travaille pas, et il faut quand même qu'on gaspille quatre cents dollars par semaine pour une nounou ?*

Elle couvrit Emma de baisers, tendit à Marni deux billets de vingt dollars pour les entrées au musée et le repas du midi, et sortit.

Susan passa d'abord au supermarché à l'angle d'Atlantic Avenue et de Smith Street pour acheter de quoi remplir le frigo et les placards : lait, yaourts, compote de pommes, briques de jus de fruits, huile… Si Alex faisait le plus souvent la cuisine, c'était Susan qui s'occupait des courses. Elle parcourut les rayons en connaisseuse, agitant la tête au rythme de la chanson « Sugar Pie, Honey Bunch ». Elle s'attarda quelques instants devant des barquettes de viande surgelée, puis ajouta « trouver un boucher » à sa liste de choses à faire. Juste à côté du supermarché, il y avait une grande cave à vin tenue par des hipsters de même pas trente ans. Elle trouva un présentoir avec des bouteilles à moins de dix dollars et choisit deux rouges et deux blancs.

« Ce montepulciano est une tuerie, la complimenta la caissière aux couettes auburn, aux énormes lunettes à monture plastique et aux bras recouverts de tatouages colorés.

– Super, alors », répondit Susan en pensant : *J'adore Brooklyn.*

De retour à la maison, elle mit d'abord le frais au réfrigérateur, puis elle passa une demi-heure à installer du papier paraffiné au fond des tiroirs et des placards avant de ranger le reste des courses. Elle alluma alors la radio, trouva la station WNYC et écouta la fin de l'émission de Leonard Lopate en ouvrant des cartons estampillés « CUISINE ». Il y avait des assiettes emballées dans du papier journal qu'il fallait rincer, et de la place à faire sur les plans de travail pour le KitchenAid, le Cuisinart et le mixeur manuel. Une fois tout cela terminé, elle ouvrit son ordinateur et entreprit de remplir un nombre incalculable de formulaires de changement d'adresse. Pour finir, elle rédigea un e-mail groupé avec sa nouvelle adresse, dans lequel elle indiquait en conclusion : « Bien sûr, mon numéro de portable et mon adresse e-mail restent inchangés. »

Alors que Susan rayait de sa liste corvée après corvée, elle fut interrompue dans sa progression par un gros titre sur la page d'accueil de Yahoo ! : Anna Mara Phelps, la jeune femme accusée d'avoir tué ses filles, avait comparu devant un juge, et, comme c'était à prévoir, elle avait plaidé non coupable et son avocat avait demandé qu'elle soit reconnue pénalement irresponsable. Avant de se remettre au travail, Susan nota que Phelps avait été comédienne, qu'elle avait déménagé de Minneapolis à New York en 2002, et que, comme elle, elle avait trente-quatre ans.

Susan monta à l'étage, passa l'aspirateur dans le placard de la deuxième chambre et ouvrit un carton sur lequel figuraient les mots « VÊTEMENTS EMMA ». Elle était occupée à lisser les minuscules robes de sa fille et à les accrocher sur des cintres Cendrillon roses quand elle entendit au rez-de-chaussée le vacarme annonçant le retour de sa fille et de Marni. Elle était à peine arrivée au pied de l'escalier qu'Emma lui racontait déjà sa journée au musée pour enfants de Brooklyn, où l'on trouvait apparemment une vraie serre, une collection de serpents effrayants et une fausse pizzeria qui avait tout d'une vraie.

« Et comment s'est passé le retour en bus, ma puce ? demanda Susan en s'accroupissant pour essuyer une trace de yaourt sur la joue de sa fille.

– En fait, elle était crevée, donc on a pris un taxi, intervint Marni. J'espère que ça ne vous dérange pas. »

Susan alla chercher son portefeuille et y piocha neuf dollars supplémentaires.

Une fois Emma réveillée de sa sieste, Susan l'habilla et elles sortirent toutes les deux armées de pas moins de trois listes de courses : une pour le magasin de bricolage, une pour la pharmacie et une dernière intitulée « DIVERS ». Sur le perron, alors qu'elle avait Emma dans les bras et qu'elle tenait la poussette repliée en équilibre sur l'épaule, elle faillit trébucher sur Andrea, qui était assise sur la plus haute marche en train de lire le *Times*.

« Ah, mince, désolée, Andrea !

– Mais non, c'est moi qui suis en travers du passage ! »

Andrea portait d'imposantes lunettes de vieille dame, très kitsch, avec du strass sur les branches. Susan avait souvent vu ce genre de monture dans des friperies. Elle avait d'ailleurs plusieurs fois hésité à en acheter une paire, pour rire, mais s'était ravisée en songeant qu'elle n'oserait jamais la mettre.

« Alors, vous vous faites à la vie à Brooklyn ? demanda la vieille propriétaire. Vous avez trouvé tout ce qu'il vous faut ?

– Je crois, oui. Ah non, tiens, vous savez où je peux trouver un bon boucher ?

– Bien sûr. Il faut aller chez Staubitz. C'est sur Court Street, un peu après le croisement avec Kane Street, je crois. Ou un peu avant. Enfin, c'est quelque part par là. Vous voulez que je vous dessine un plan ?

– Non, ce n'est pas la peine. » Puis, s'adressant à Emma, qui commençait à gigoter dans ses bras : « On y va, ma puce. On y va.

– Il y a des gens qui préfèrent Los Paisanos, sur Smith Street, mais si vous voulez mon avis, ces gens sont des crétins. Staubitz, c'est le meilleur. Dites à John que c'est moi qui vous envoie.

– Très bien. Mais... vous êtes sûre que ça va ? »

Elle avait remarqué qu'Andrea se tenait la hanche et déplaçait le poids de son corps d'une fesse sur l'autre.

« Bah, vous savez, je suis comme une vieille machine. Il y a toujours quelque chose qui cloche ! »

Elle adressa son clin d'œil de comédienne à Emma, qui s'empressa de le lui rendre. Susan sourit.

« Bon. Staubitz, donc.

– C'est ça. »

Elle salua Andrea d'un petit signe de la main et finit de descendre les marches. Elle avait déjà fait quelques dizaines de mètres quand elle se rappela soudain l'homme qu'elle avait vu, ou cru voir, adossé à la palissade du jardin au milieu de la nuit. Elle s'interrompit et tourna les talons.

« Ah oui, au fait, Andrea ? »

Mais la porte se refermait. La vieille propriétaire était rentrée.

Le mardi commença sur une note joyeusement inattendue : Emma s'était réveillée tôt, et Susan, qui pour une fois avait bien dormi, décida qu'elles pourraient préparer des cookies. Emma trouva bien sûr que c'était la meilleure idée de la terre, et mère et fille revêtirent donc leur tablier à pois (elles avaient le même) avant de passer une demi-heure en cuisine à pétrir la pâte et à façonner de petites boules à grand renfort d'éclats de rire. Quand Alex descendit prendre son café à 7 h 45, il trouva sa femme et sa fille surexcitées et couvertes de farine.

« Ils sont presque prêts ! Ils sont presque prêts ! » s'écria Emma en sautillant devant le four, pendant qu'Alex bâillait en se grattant les fesses.

Susan enfila une manique, retira la plaque de cuisson et tendit un gâteau à Emma, qui l'engloutit en une seule bouchée avant d'écarter les bras pour les refermer autour de la taille de sa mère. Susan but une gorgée de son café et se tourna vers Alex.

« Qu'est-ce que tu veux que je te dise ? Cette enfant m'adore ! »

Quatre heures plus tard, Susan était occupée à accrocher des photos encadrées aux murs de la suite parentale en attendant le technicien qui devait venir installer le câble, quand elle ressentit soudain une pointe de culpabilité. C'était bien beau de s'occuper de toutes ces questions logistiques – faire les courses, ranger, décorer, replier les vêtements –, mais quand allait-elle installer son chevalet et se mettre à peindre ?

« C'est ça, continue à procrastiner, murmura d'un ton accusateur la petite voix intérieure qu'elle ne connaissait que trop bien. Comme ça, tu n'auras jamais à t'y mettre, pas vrai ? »

Susan s'immobilisa. Elle avait attrapé son pull rouge préféré et le tenait par les manches comme si elle s'apprêtait à danser avec lui ; elle venait de vider tout un carton de vêtements qu'il fallait encore plier et ranger.

« À quoi bon remettre à demain ce qu'on peut faire après-demain ? » insista la petite voix d'un ton railleur.

Susan savait ce qui lui restait à faire : poser le pull, descendre l'escalier et peindre. Après tout, le linge pouvait bien attendre quelques heures. Au lieu de quoi elle étala le pull à plat sur le lit, ramena les manches l'une au-dessus de l'autre et plia soigneusement le tout. Elle lissa ensuite le col et rangea le vêtement dans le placard.

« Beau travail, Frida Kahlo ! fit la voix. Très beau travail ! »

Le technicien de Time Warner Cable sonna à 11 h 58, soit deux minutes avant l'échéance du créneau de quatre heures annoncé lorsque Susan avait pris rendez-vous. Il s'appelait Tony et parlait avec un fort accent de Brooklyn. Susan lui proposa un café, qu'il déclina pour se mettre aussitôt au travail, et elle resta donc dans le salon à parcourir la page culture sur son téléphone en attendant qu'il ait fini d'installer la box.

« Dites, l'interrompit soudain Tony, accroupi devant la télévision. C'est quoi, ça ?

– Quoi donc ?

– Le bruit, là. *Ping. Ping.* Vous entendez pas ? »

Elle tendit l'oreille. Le technicien avait raison : toutes les dix ou quinze secondes, il y avait un petit tintement à peine audible qui émanait de… quelque part. Elle fit le tour de la pièce au ralenti, puis remonta le couloir sans parvenir à en déterminer la provenance.

« Étrange, commenta-t-elle.

– Ouaip, acquiesça le technicien. De toute façon, j'ai fini. Venez voir, que je vous explique les télécommandes. »

Une fois Tony parti, Susan alla à la cuisine récupérer la pelle et la balayette pour rassembler tous les petits morceaux de fil électrique que le technicien avait laissés derrière lui. Avant de remonter à l'étage, elle jeta un rapide coup d'œil en direction de la porte de la pièce bonus.

« Demain, déclara-t-elle d'une voix assurée. Demain, je peins. »

Comme ils auraient dû s'y attendre, vu le peu de réflexion qu'ils s'étaient laissé avant de décider de prendre l'appartement de Cranberry Street, Susan et Alex commencèrent à remarquer quelques petits problèmes à côté desquels ils étaient passés lors de la visite. Une des prises de courant de la cuisine était légèrement desserrée, de sorte qu'on avait du mal à brancher le grille-pain. Il y avait une vilaine fissure au-dessus du lavabo dans la salle de bains, et il fallait beaucoup forcer pour fermer le robinet de la cuisine si on voulait éviter qu'il goutte.

Et puis, le mardi soir, après le bain, alors qu'elle portait Emma jusqu'à sa chambre dans sa serviette canard, Susan se cogna le gros orteil contre une des lattes du parquet du palier.

« Aïe ! cria-t-elle. Ah, la vache, la vache, la vache !

– Maman ? s'inquiéta Emma, les yeux écarquillés.

– Ça va, ma puce. Ça va. » Elle posa Emma et attrapa son orteil à deux mains comme un personnage de dessin animé. « Alex, tu veux bien monter, s'il te plaît ?

– Une seconde. »

Pendant qu'Emma enfilait son pyjama, Susan inspecta le sol pour comprendre sur quoi elle avait trébuché. Au bout de quelques secondes, elle découvrit qu'une des lattes était légèrement surélevée par rapport aux autres. Un obstacle redoutable.

« Emma, il faudra faire très attention quand tu marcheras ici, d'accord ?

– Oui, maman, répondit l'enfant, l'air très sérieux.

– Ce n'est pas grand-chose, commenta Alex, qui avait fini par monter. Si on était propriétaires, j'engagerais peut-être quelqu'un pour passer un coup de meuleuse. » Susan haussa les sourcils, et Alex ajouta : « Ou de rabot, je n'en sais rien, je ne suis pas menuisier, moi ! Tout ça pour dire, on n'a qu'à faire attention, et ça ira très bien.

– Tu as raison. Mais je pense qu'il faudrait quand même être prudents, ces prochains jours. Il y a peut-être d'autres pièges du même genre dans la maison. En tout cas, celui-là, je ne l'avais pas vu.

– Moi non plus. »

Alex redescendit au salon, où il avait passé les deux dernières soirées à couper et à recadrer des photos sur son ordinateur. Susan était un peu déçue qu'il soit si occupé alors que c'était la première semaine qu'ils passaient dans leur nouvel appartement, mais elle comprenait. Gem-Flex était une petite entreprise, et si Alex et son associé voulaient qu'elle grandisse, il leur fallait un représentant : un intermédiaire professionnel qui s'occuperait de démarcher les gros clients du luxe et qui se chargerait des négociations et des factures, bref, de toutes les démarches administratives qu'Alex abhorrait et qui l'empêchaient de faire ce qu'il aimait vraiment, c'est-à-dire prendre des photos. Or, ils avaient justement reçu lundi matin l'appel d'un représentant nommé Richard Hastie, qui avait un boulot d'une semaine à leur confier pour le compte de Cartier : un shooting de trois montres pour une publicité dans un magazine. Et, même si rien n'avait été dit en ce sens, Alex et son associé avaient le sentiment qu'il s'agissait d'un test, avec comme récompense potentielle non seulement des commandes régulières de Cartier, mais surtout une représentation durable par Hastie.

« Alors ? lui lança Susan, quelques heures plus tard, après s'être installée à l'autre bout du canapé avec un verre de vin et une grille de mots croisés (Emma, elle, dormait depuis longtemps). Est-ce que ça avance ?

– Franchement, je ne sais pas, répondit Alex en relevant les yeux de son ordinateur avec un sourire fatigué. J'ai l'impression que oui.

– Tu crois que ça va marcher ?

– Comme je te disais, je n'en sais rien. »

Il bâilla et retourna à son ordinateur. « J'espère », ajouta-t-il.

Susan reporta son attention sur ses mots croisés. Tout au fond d'elle, elle se sentait un peu irritée. Certes, Alex avait beaucoup de travail, mais cela ne lui ressemblait pas de ne pas dire quelque chose comme « Et toi, comment ça va ? », ou mieux : « Merci pour tout ce que tu as fait dans l'appartement, on se sent vraiment à la maison. »

À vrai dire, elle n'était pas rassurée de le voir aussi focalisé sur son travail, et elle se demanda à quel point ce contrat potentiel avec Cartier était important pour leurs finances, surtout après ce qu'avait coûté le déménagement.

Susan finit par poser ses mots croisés sur la table, puis elle embrassa Alex sur le sommet du crâne et monta se coucher.

Malgré le demi-somnifère, il lui fallut une éternité pour s'endormir, et quand enfin elle sombra dans le sommeil, ce fut pour basculer aussitôt dans un cauchemar affreux. Elle marchait tranquillement dans Cranberry Street et se cognait l'orteil sur un défaut du trottoir. Exactement comme sur le palier en début de soirée, sauf que là, la douleur était cent fois pire. Une agonie totalement disproportionnée pour un simple coup. Ça la lançait jusqu'en haut de la jambe. Elle attrapa son pied à deux mains en hurlant et, déséquilibrée, s'écroula au sol. Et là, alors qu'elle se tordait de douleur en position fœtale, elle aperçut Andrea Scharfstein. La vieille dame était assise au sommet du perron, enveloppée dans un châle rouge vif, et agitait ses bras maigrelets en criant : « Attention, Susan ! Attention ! »

Susan leva la tête et vit une énorme poussette double qui tombait du ciel. Elle eut à peine le temps de se relever et de se jeter en arrière que le landau s'écrasait à ses pieds dans une explosion de sang. C'était comme si un gigantesque ballon de baudruche rempli d'hémoglobine avait éclaté. Il y en avait des litres et des litres. Une quantité incroyable, astronomique. En tout cas beaucoup plus que n'en pouvait contenir le corps de ces deux pauvres petites filles. Susan en avait partout. Elle hurla et essuya le liquide chaud et poisseux qui lui couvrait le visage jusqu'à ce qu'elle puisse voir les deux minuscules cadavres : deux squelettes fracassés, encore sanglés côte à côte dans la poussette, et qui se donnaient la main... Susan hurla de nouveau, et c'est ce cri qui la réveilla. Elle avait les poings serrés et les frottait si fort contre ses yeux qu'on aurait dit qu'elle cherchait à les y enfoncer.

Elle se força à prendre de grandes inspirations jusqu'à ce qu'elle ait cessé de trembler. Puis elle se leva et marcha en titubant jusqu'à la salle de bains, où elle resta un long moment devant le miroir à s'essuyer vigoureusement le visage avec les mains, comme si le sang de son rêve lui collait toujours aux joues et aux cheveux. Une fois calmée, elle regagna la chambre sur la pointe des pieds et observa Alex, qui dormait profondément. L'affichage rouge sur le réveil indiquait 5 h 42. Consciente qu'elle ne dormirait plus, elle débrancha le babyphone sur la table de nuit et descendit avec au salon.

5

Ce n'est que le mercredi après-midi que Susan rencontra le « monsieur adorable » qui servait d'homme à tout faire à Andrea.

Il était à peine 13 heures, Susan venait encore de passer la matinée à accomplir diverses corvées et elle tournait tout juste l'angle de Henry Street pour s'engager sur Cranberry Street quand elle entendit les sanglots paniqués d'un enfant. Son cœur fit un bond dans sa poitrine – Emma ! Elle se lança aussitôt dans une course effrénée, la pile de linge sortant du pressing sous un bras, les sacs de courses lui cognant contre les mollets.

Dieu merci, Emma n'avait pas l'air blessée. Par contre, elle était toute rouge et pleurait avec une intensité que Susan lui avait rarement vue. Plantée derrière la petite grille en fer forgé qui séparait la maison du trottoir, l'enfant était au centre d'un tableau chargé de tension : Andrea, accroupie à côté d'elle, lui tapotait maladroitement l'épaule ; penchée par-dessus, Marni observait les alentours en se tordant les mains ; et, un peu en retrait, un homme noir assez âgé, chauve, ventripotent et visiblement très agité avait un pied posé sur la plus basse marche du perron. Le soleil se reflétait sur son crâne lisse et de la sueur lui gouttait dans les yeux.

« Maman ! » sanglota Emma en tendant ses petits bras vers sa mère.

C'est lui, songea Susan en attrapant sa fille et en la serrant contre elle. *C'est l'homme que j'ai vu dans le jardin l'autre nuit. C'est lui.*

« Tout va bien, ma puce. Tout va bien, je suis là », murmura-t-elle à l'oreille d'Emma. Puis, à l'intention des autres : « Qu'est-ce qui s'est passé ?

– Emma a eu peur, la pauvre chérie, répondit Andrea, qui se redressa et réajusta nerveusement le foulard gris et or qui lui nouait les cheveux.

– Je le vois bien. Pourquoi ?

– Elle a essayé de descendre à la cave.

– La cave ? »

Andrea indiqua une petite porte en contreplaqué nichée sous l'escalier, fermée par un imposant cadenas. Susan fronça les sourcils. Elle ne l'avait jamais remarquée jusque-là.

« J'étais chez moi et j'imagine qu'elle était en train de triturer le cadenas quand Louis l'a vue et s'est précipité pour l'en empêcher. » Susan jeta un œil vers l'inconnu, qui se contenta d'acquiescer et sortit un mouchoir de sa poche pour s'éponger le front. « Mais je tiens à dire qu'il a bien fait, reprit Andrea. La cave n'est pas un endroit pour les enfants. Tous ces outils, ces produits chimiques...

– Attendez une seconde. C'est qui, Louis ? » demanda Susan. Elle changea Emma de bras et pivota pour faire face au vieil homme. « Qui êtes-vous ?

– Eh bien, je m'appelle Louis », répondit doucement l'intéressé, et Susan leva les yeux au ciel.

C'est un hospice de vieux, ici, ou quoi ?

« Ça, j'avais compris, merci, fit-elle sèchement.

– Louis est le monsieur dont je vous ai parlé, intervint Andrea. Vous savez, celui qui s'occupe pour moi de tout ce qui est plomberie, électricité, réparations...

– Ah oui, je me rappelle. »

Pourtant, Louis ne ressemblait pas du tout à l'image que se faisait Susan d'un homme à tout faire. Pour commencer, il était gros, et c'était un euphémisme. On aurait plutôt dit le grand-oncle gentil mais un peu sénile qu'on essaie d'éviter aux réunions de famille. Une chose était sûre, il ne dégageait absolument pas l'assurance tranquille du bricoleur chevronné. Par ailleurs, Louis devait avoir au maximum cinq ou dix ans de moins qu'Andrea. Susan avait déjà du mal à l'imaginer monter l'escalier avec un sac de courses, alors avec une boîte à outils…

Les sanglots d'Emma avaient laissé place à un hoquet irrégulier ; Susan la serra un peu plus fort contre elle et lui caressa les cheveux.

« Est-ce que vous lui avez dit de ne pas descendre ici, ou est-ce que vous avez élevé la voix ? demanda-t-elle à Louis. Est-ce que vous l'avez touchée ?

– Comment ? s'exclama Louis en secouant la tête, horrifié. Mais certainement pas ! »

Andrea aussi se mit à secouer vigoureusement la tête.

« Non, ce n'est pas le genre de Louis. Jamais il ne lèverait la main sur un enfant.

– Jamais, jamais, jamais », renchérit le vieil homme en croisant ses gros bras sur sa poitrine.

Tout cela ne plaisait pas du tout à Susan. C'était donc ce type qui était censé venir chez eux quand il y aurait un problème d'électricité ou un évier à déboucher ? Lui qui était censé savoir quoi faire pour la latte de parquet qui dépassait ? Elle se tourna vers Marni.

« Et toi, tu faisais quoi pendant ce temps-là ?

– J'étais juste ici, en train de replier la poussette. »

Marni triturait nerveusement l'ourlet de son tee-shirt American Apparel. On aurait dit une enfant prête à fondre en larmes.

« Elle s'est éloignée deux secondes et quand j'ai relevé la tête, elle était devant la petite porte, et lui était à côté d'elle. Il n'a pas crié. Je vous le jure. Il a simplement parlé de manière… disons, un peu brusque… » Elle jeta un regard désolé à Louis, qui baissa la tête. « Je pense que c'est pour ça qu'elle a eu peur.

– Tu ne peux pas la laisser s'éloigner.

– Je sais.

– Pas une seconde.

– Je sais. Je suis vraiment désolée. »

Susan savait qu'elle devait rester calme. Si elle s'énervait, cela ne ferait que perturber encore plus Emma. Elle se retourna vers Louis et se força à sourire.

« Bon, ce n'est pas très grave. Je suis sûre que vous n'avez pas voulu lui faire peur. En attendant, je suis ravie de faire votre connaissance. »

Louis parut soulagé. Son visage s'illumina.

« Moi de même. Les amis d'Andrea sont mes amis.

– Alors, très bien. Mais dites-moi, je peux vous poser une dernière question ?

– Je vous écoute.

– Est-ce que vous étiez dans le jardin, dans la nuit de dimanche à lundi, juste après notre emménagement ? »

Alors qu'elle parlait, Susan se rendit compte de l'étrangeté de sa question. Et de son ton accusateur. Elle ajouta néanmoins :

« Est-ce que vous regardiez en direction de la fenêtre de la chambre ?

– Non, répondit Louis en secouant sa grosse tête, avant de se tourner vers Andrea. Absolument pas.

– Bon », dit Andrea, et Susan hocha la tête.

Louis disparut en direction du jardin, pendant que les autres gravissaient le perron en une file indienne désordonnée : Susan devant qui tenait toujours Emma dans ses bras, derrière elle Marni qui portait comme elle pouvait les sacs de courses et le paquet du pressing, avec la poussette pliée en bandoulière, et enfin Andrea qui fermait la marche.

« Au fait, est-ce que vous avez trouvé la boucherie Staubitz, l'autre jour ? demanda soudain la vieille dame.

– Oui », répondit Susan sans se retourner.

Arrivée en haut des marches, Susan se pencha par-dessus la rambarde pour voir la petite porte à l'origine de toute cette scène. Le battant en contreplaqué, vermoulu et certainement rongé par les termites, semblait en lui-même dangereux pour les enfants. Alors si on y ajoutait les outils et les produits chimiques qui se cachaient derrière... Louis avait peut-être manqué de tact, mais il avait eu raison de vouloir tenir Emma éloignée de cette porte, conclut Susan.

« Tout va bien, ma puce, répéta-t-elle en sentant la respiration humide de sa fille contre son cou. Tout va bien. »

Dès qu'elle eut franchi la porte de l'appartement, Susan se tourna vers Marni et lui dit qu'elle pouvait rentrer chez elle.

« Susan, je suis vraiment, vraiment désolée pour ce qui s'est passé. Je vous promets que ça ne se reproduira pas. »

Susan regarda Emma, qui avait essuyé ses dernières larmes et s'était installée sur une des chaises de la cuisine pour feuilleter un album intitulé *J'adore mon nouveau jouet.*

« D'accord, Marni.

– Non mais vraiment, je vous le jure.

– Très bien, dit Susan d'un ton glacial. Merci. »

Quelques minutes après le départ de la nounou, Andrea frappa à la porte. Elle avait remonté ses lunettes de soleil de grand-mère par-dessus le foulard dont elle était toujours coiffée et arborait un sourire penaud de petite fille, ce qui avec son visage ridé donnait un effet un peu effrayant. Elle avait à la main un vieux jouet : une boule en plastique attachée à un long manche en bois et remplie de petites billes qui sautaient dans tous les sens quand on la faisait rouler par terre.

Emma leva immédiatement les yeux.

« C'est pour moi ?

– D'abord, on dit bonjour, ma chérie », la réprimanda gentiment Susan, qui n'était pas particulièrement ravie de voir Andrea à sa porte.

La vieille dame rit et tendit le jouet à Emma.

« Écoutez, Susan, je m'en veux vraiment pour ce qui s'est passé tout à l'heure, et je voulais m'excuser encore une fois.

– Vous n'y êtes pour rien, Andrea.

– Et aussi, je voulais insister sur le fait que Louis est quelqu'un de très bien. Un vrai gentleman. Il ne paye pas de mine, mais c'est un excellent bricoleur. Très fiable. Vous avez ma parole. »

Emma passa à côté d'elles en poussant des petits cris de joie, armée de son nouveau jouet. Susan sourit, attendrie, et Andrea l'imita avant de poser une main arachnéenne sur son avant-bras.

« N'est-elle pas merveilleuse ? dit-elle. Mon mari, Howard, était un passionné de jouets. Il en achetait d'occasion et les restaurait pour les offrir aux enfants du quartier à Noël. Il avait toutes sortes de passe-temps, comme ça. Les jouets, les trains, la guerre de Sécession... Un homme très cultivé et très intelligent, mon Howard.

– La perle rare, à vous entendre !

– Oui, bon, ça suffit comme ça, grogna soudain Andrea en agitant brusquement la main, comme si c'était Susan qui avait mis sur le tapis un sujet qu'elle n'avait pas envie d'aborder. Assez parlé de lui. »

Houla ! songea Susan. *Qu'est-ce qui vient de se passer ?*

Mais la colère disparut de la voix d'Andrea aussi vite qu'elle était apparue, et la logeuse retrouva son sourire.

« Bref, tout ça pour dire que j'ai pensé qu'un petit cadeau ferait plaisir à Emma. »

À cet instant, Emma heurta le jouet contre le mur de la cuisine, poussa une exclamation ravie et effectua un magnifique demi-tour en trois temps.

« Merci, Andrea, dit Susan. C'est vraiment très gentil de votre part. »

La vieille dame balaya les remerciements d'un geste de la main et reprit :

« Juste une chose, au sujet de la cave.

– On ne s'approche pas ! Message reçu ! »

Susan avait besoin de faire déjeuner Emma et de la mettre à la sieste. D'ailleurs, elle n'aurait pas été contre une sieste, elle non plus.

« Non, non, ce n'est pas ça. Chaque fois, j'oublie de vous en parler, mais vous pouvez me descendre vos déchets biodégradables. Pelures de fruits et de légumes, coquilles d'œufs, sachets de thé, marc de café... Vous me déposez ça dans un petit sac au pied du perron ou même devant ma porte, et je les mettrai au compost.

– D'accord, Andrea. C'est noté.

– D'ailleurs, c'est aussi pour ça que je ne veux pas que la petite s'approche de la cave : c'est une véritable puanteur, là-dedans. Deux gros bacs de deux cents litres remplis de détritus, autant vous dire que ça ne sent pas la rose !

– J'imagine ! »

Après avoir couché Emma, Susan s'approcha de la fenêtre et vit Louis à quatre pattes dans un coin du jardin, luisant de transpiration, en train d'arracher des mauvaises herbes. Elle attendit de voir s'il allait lever la tête, mais il semblait concentré sur sa tâche.

Susan tira le rideau, souhaita « Bonne sieste ! » à Emma et ferma la porte derrière elle.

6

Marni avait dû craindre pour son job en sentant la colère de Susan, car elle se présenta le lendemain matin à 8h22 avec un programme bien ficelé pour la journée.

« Je me disais que comme il faisait encore très chaud, je pourrais emmener Emma au parc au bout d'Atlantic Avenue. Vous savez, celui avec les toboggans aquatiques et les jets d'eau ?

– Si tu veux. »

Susan ne put s'empêcher de sourire devant le zèle de la nounou et se demanda si elle n'avait pas été trop dure avec elle la veille.

« Et on pourrait manger dehors, si ça vous va ? ajouta Marni, qui s'était de toute évidence coiffée à la va-vite pour ne pas être en retard. J'ai une copine, Lucy, qui s'occupe de jumeaux à Park Slope et qui m'a parlé du Moxie Spot, un petit café qui sert des croque-monsieur, des frites de patate douce, ce genre de choses...

– Ça me va, dit Susan en passant la brosse Dora l'Exploratrice dans les cheveux d'Emma. Et toi, ma puce, qu'est-ce que tu en penses ? »

Emma en pensait visiblement le plus grand bien, car elle fonça aussitôt à l'étage pour se préparer. Marni lui emboîta le pas pour s'assurer qu'elle n'oubliait pas son maillot de bain.

« Pense à prendre la crème solaire, Marni ! » lança Susan du bas de l'escalier.

Les filles parties, Susan posa sa tasse vide dans l'évier et resta plantée un long moment devant la fenêtre de la cuisine. Dans

Cranberry Street, les feuilles des arbres commençaient tout juste à changer de couleur, par petites touches orange vif. Un écureuil casse-cou s'élança de la branche où il se trouvait et atterrit sur une ligne téléphonique, ce qui eut pour effet de faire tomber une pluie de glands sur le trottoir et ondoyer le câble électrique.

Le moment était venu. Susan n'avait rien d'autre à faire. Il restait bien sûr quelques détails à régler : il faudrait encore qu'elle achète des cintres pour remplacer ceux qui avaient été cassés pendant le déménagement, et qu'elle resserre la prise au-dessus de l'évier avec un tournevis plat, à moins qu'elle ne demande à Alex de s'en charger. Mais le plus important et le plus urgent était fait. Elle s'était occupée du changement d'adresse pour l'assurance, l'abonnement au journal et la banque ; elle avait installé les rideaux de douche et accroché les miroirs ; les meubles étaient montés et les lampes avaient retrouvé leurs ampoules.

Susan prit une profonde inspiration et remonta le couloir d'un pas déterminé. Il restait un carton encore fermé devant la porte de la pièce bonus, dans lequel se trouvaient ses pinceaux, ses toiles vierges et un coffret tout neuf de peintures à l'huile. Elle souleva le carton, le cala sous un bras et tira la porte. Une odeur abominable d'urine de chat la prit aussitôt à la gorge et elle ne put s'empêcher de tousser.

« La vache ! s'exclama-t-elle en se pinçant le nez. Qu'est-ce que c'est que cette infection ? »

Susan reposa le carton et inspira de nouveau, avec précaution, avant de faire un pas en arrière en se couvrant le visage de la main. C'était bien une odeur d'urine, âcre et piquante, qui semblait se dégager par vagues de son futur atelier. Comment avait-elle pu ne pas s'en rendre compte avant ? Et soudain, elle se rappela la visite quelques semaines plus tôt, et plus précisément le moment fugace où son attirance quasi surnaturelle pour l'appartement s'était trouvée brièvement troublée par un effluve nauséabond en provenance de cette petite pièce exiguë.

Elle songea alors que si l'odeur avait été aussi forte, cela l'aurait interpellée. Est-ce qu'il s'était passé quelque chose depuis qu'ils avaient emménagé ?

Quelque part, c'était mérité : à force de repousser par tous les moyens le moment de se mettre à ce qui était censé être sa vocation, une puanteur infernale avait envahi son magnifique atelier.

C'est ma faute ! songea Susan, et elle se tapa les cuisses avec les poings. *Ma faute !*

Elle en avait les larmes aux yeux. Il fallait qu'elle se calme. *Ce n'est pas si grave, après tout.* En respirant par la bouche, elle traversa la pièce bonus en direction de la fenêtre à guillotine et souleva le châssis. Si ce dernier coulissa sans problème, il refusa de se coincer en position ouverte et retomba dès qu'elle le lâcha.

« Bon sang », marmonna-t-elle.

Elle essaya à nouveau, mais le résultat fut le même : c'était comme si une main invisible était déterminée à empêcher l'air frais de chasser l'odeur infecte qui imprégnait la pièce.

« Et merdouille ! »

Après le parfum délicat de l'urine de chat, la fenêtre récalcitrante ! Susan ne put s'empêcher de penser à la latte de parquet sur laquelle elle avait trébuché, et à la porte des enfers sous le perron. *Est-ce qu'il y a encore autre chose qu'on n'a pas vu ?* pensa-t-elle, amère. *Une voie ferrée qui traverse la cuisine ? Un robinet qui crache du feu ?*

Susan alla récupérer une chaise dans la cuisine, la traîna derrière elle dans le couloir, dans le salon et enfin dans la pièce bonus. Elle sentait déjà la transpiration former des taches sous ses aisselles. Elle installa la chaise à côté de la fenêtre et monta dessus pour examiner l'encadrement, sans trop savoir ce qu'elle devait chercher. Elle constata que le double vitrage dont avait parlé Andrea avait été installé sur le cadre original, de sorte que les deux plaques de verre étaient séparées par un espace d'un millimètre. Mais était-ce à cause de cela que… ?

Ah non. Voilà.

Il y avait une petite encoche dans le bois sur la partie supérieure du montant. Et coincé dedans, dépassant juste assez pour empêcher la fenêtre de se fermer convenablement, se trouvait un morceau de papier assez épais.

Non, pas un morceau de papier. Une photo d'identité, pliée en deux comme un petit mot d'écolier.

Susan la dégagea de l'interstice. Oubliant d'ouvrir la fenêtre, elle s'assit sur la chaise, déplia soigneusement le cliché et constata que le verso était recouvert d'une espèce de colle. Sur le recto, un couple, apparemment très heureux. À présent, Susan ne sentait même plus l'odeur infecte qui flottait toujours dans la pièce.

La photo avait été prise dans un de ces vieux Photomaton aux rideaux rouges qu'on trouvait parfois à l'entrée des cinémas ou que les gens faisaient installer pour leur mariage, afin que les invités puissent repartir avec un souvenir. L'homme avait les cheveux courts, un bouc bien taillé, et arborait un chapeau en feutre et une paire de lunettes de hipster à grosse monture noire. La femme qu'il embrassait sur la joue avait les cheveux teints en rouge écarlate, avec une frange qui lui couvrait partiellement les yeux. Elle avait un petit nez mutin et elle regardait l'objectif avec un sourire aguicheur.

Ils sont mignons, songea Susan.

Elle retourna la photo à la recherche d'un nom ou d'une date, mais découvrit à la place que ce qu'elle avait pris pour de la colle était en fait du sang séché qui avait commencé à s'écailler sur ses doigts. Au centre, elle distingua une empreinte digitale correspondant à un pouce.

« Dites-moi, Andrea, est-ce que vous savez si les locataires qui étaient là avant nous possédaient un chat ? »

Andrea Scharfstein ouvrit de grands yeux et s'interrompit en plein mouvement, la cuillère qu'elle tenait à la main suspendue entre le sucrier en porcelaine bleue et la tasse de Susan.

« Un chat ? répéta-t-elle avec une intensité qui prit Susan au dépourvu, et sa main tremblante reposa la cuillère dans le sucrier. Pourquoi me demandez-vous ça ? »

Andrea avait semblé si agréablement surprise de cette visite impromptue que Susan, qui n'était à la base descendue que pour se renseigner sur cette histoire de chat, n'avait osé refuser le thé que la propriétaire lui proposait. Ravie, Andrea était partie vers la cuisine en fredonnant, afin de rapporter des tasses, une corbeille de fruits et un plateau de biscuits secs.

« Est-ce que je peux vous aider ? avait proposé Susan, mais, toute à son rôle d'hôtesse, Andrea avait refusé.

– Non, non, asseyez-vous, je vous en prie. Je me débrouillerai très bien toute seule. Je suis vieille mais pas impotente ! »

L'appartement d'Andrea était disposé de la même façon que celui d'Alex et de Susan, avec la cuisine à une extrémité et le salon à l'autre ; d'un point de vue esthétique, en revanche, ils n'avaient rien à voir. Alors que Susan avait opté pour un intérieur sobre et épuré, les pièces chez Andrea étaient surchargées de meubles encombrants, de bibliothèques pleines à craquer, de plantes en pot et, dans un coin du salon, d'une vitrine où était exposée une collection d'affreuses poupées « exotiques ». Sur le mur opposé, Andrea avait accroché deux miroirs verticaux sur les flancs du puits d'aération, afin sûrement de cacher la présence de cet élément architectural moderne et inhabituel. Susan se fit la réflexion que rien chez la propriétaire n'indiquait qu'un homme avait pu vivre là, et elle se demanda une fois de plus à quand remontait la mort du cher Howard.

Quand Andrea porta la tasse de thé à ses lèvres, Susan croisa son regard fatigué et perçut derrière le maquillage et les habits colorés la fragilité d'une femme de plus de soixante-dix ans. Plus étrange encore, elle eut même le sentiment de voir ce qu'elle deviendrait bientôt : une vieillarde au cuir chevelu parcheminé où s'accrocheraient encore désespérément quelques mèches éparses.

« Je suis désolée de vous dire ça, mais vous savez, la petite pièce qui donne sur le salon ? Celle que vous appelez la pièce bonus ? Ça sent très mauvais à l'intérieur. Comme de l'urine de chat.

– De l'urine de chat, soupira Andrea en posant une main sur son front. C'est pire que ça, Susan.

– Comment ça ?

– Je suis vraiment navrée. J'étais pourtant sûre qu'on avait réussi à se débarrasser de l'odeur.

– Andrea ? »

On aurait dit une devinette de cour de récréation : qu'est-ce qui est plus dégoûtant qu'une chambre inondée de pipi de chat ? Susan but une gorgée de thé brûlante et dévisagea Andrea, attendant une réponse.

« Avant vous, j'avais un jeune couple de locataires. Jack et Jessica, mais Jessica préférait qu'on l'appelle Jessie. Jack et Jessie ! Jessie et Jack ! Ça sonne bien, non ? C'est ce que je leur répétais souvent, pour les taquiner. Ils devaient avoir dans les vingt ans, et ils n'étaient pas mariés. Ils vivaient "dans le péché", comme on disait à l'époque. Après, moi, les gens font ce qu'ils veulent. » Susan pensa à la photo qu'elle avait trouvée et qui était à présent posée sur la table de sa cuisine. « Jessica Spender, poursuivit Andrea. Quant à lui, je dois reconnaître que je n'ai jamais su son nom de famille. C'est elle qui avait signé le bail, et elle aussi qui m'adressait les chèques pour le loyer. Encore une fois, les gens font ce qu'ils veulent. Mais bref, ils avaient un chat. Un chaton adorable. Malo, ils l'avaient appelé. Le chat Malo. » Susan eut un petit sourire et reprit une gorgée de thé, en songeant que c'était typique de la génération juste après la sienne de trouver un jeu de mots pour nommer un animal de compagnie.

« Toujours est-il qu'il devait y avoir de l'eau dans le gaz entre Jack et Jessie. Moi, ils m'ont toujours paru très heureux, très amoureux, mais il faut croire que les apparences sont parfois trompeuses, car un matin, Jack est parti. Comme ça, du jour au lendemain. Pouf. J'ai retrouvé la pauvre Jessie assise sur le perron, en larmes. Elle n'arrivait même plus à parler... C'était quelque chose.

– La pauvre... »

Andrea prit une grande inspiration sifflante, s'éclaircit la gorge et secoua la tête.

« Attendez un peu avant de vous attendrir : peu de temps après, Jessie a fichu le camp à son tour, en oubliant de me payer le dernier mois de loyer. C'est d'ailleurs parce que je ne voyais pas le chèque arriver que j'ai fini par soupçonner qu'elle m'avait faussé compagnie. Deux ou trois jours de retard, entre nous, je m'en remettrai. Mais deux semaines, puis trois... là, ça commence à devenir problématique. Et puis évidemment, plus le temps passe sans que je la voie, plus je commence à m'inquiéter. Alors un jour je monte, j'ouvre la porte et... »

Andrea s'interrompit et se mit à secouer vigoureusement la tête. Il y avait de la douleur dans sa voix, et Susan se pencha pour lui caresser la main – en attendant impatiemment la suite.

« Et... ? l'encouragea-t-elle.

– Et le pauvre chat était mort. J'imagine que dans sa précipitation, Jessica l'avait oublié dans la petite pièce... Sans eau, sans nourriture. Et je vous rappelle que c'était au mois de juillet. Avec la fenêtre fermée et la climatisation coupée, il faisait une chaleur abominable, dans cet appartement. Pauvre bête... »

Andrea ferma les yeux pour chasser le souvenir, tandis que Susan sentait elle aussi sa gorge se serrer. *Pauvre Malo ! Pauvre chaton ! Comment peut-on... ? Les gens sont vraiment des monstres.*

Andrea attrapa une serviette en papier et se moucha.

« Bref, reprit-elle d'une voix posée, comme si elle était déterminée à ne pas se laisser émouvoir. Après ça, Louis et moi avons passé des heures à tout nettoyer. Mais j'imagine que ça n'a pas suffi. Je vais lui demander d'aller s'en occuper.

– Merci, Andrea. Quand il aura le temps, bien sûr.

– Non, non. Pas "quand il aura le temps", répondit Andrea avant de pivoter sur sa chaise. Louis ?

– Une seconde », répondit une voix depuis les entrailles de l'appartement.

Interloquée, Susan pivota à son tour, déjà à moitié debout. Pendant tout le temps qu'avait duré leur conversation, elle n'avait pas entendu le moindre bruit dans l'appartement, et Andrea ne lui avait à aucun moment laissé entendre qu'elles n'étaient pas seules. Louis apparut à la porte, vêtu d'une chemise en jean, avec aux pieds de grosses chaussures noires.

« Qu'est-ce qui se passe ?

– L'odeur n'est toujours pas partie dans la petite pièce, là-haut.

– Ce n'est pas possible. Vraiment ? »

Susan acquiesça.

« Je suis désolée.

– Mais non, c'est moi qui suis désolé, dit Louis en se grattant le menton. Bon, ça vous va si je passe demain ?

– Oui.

– Quelle heure vous arrangerait ?

– Tôt, c'est mieux, parce que, avec la...

– Tôt, ça me va. À quelle heure est-ce que vous vous levez ?

– La petite a trois ans et demi, donc on est généralement debout à 7 heures, mais...

– Pas de problème. Je passerai à 7 h 30. Il faut juste que je le note là-dedans », s'esclaffa-t-il en se tapotant le crâne. Puis il s'éloigna dans le couloir en répétant pour lui-même : « 7 h 30, 7 h 30...

– Il est en train de réparer le lavabo de la salle de bains, qui est bouché comme pas possible, expliqua Andrea avant de se pencher vers Susan. Je perds mes cheveux, ajouta-t-elle sur le ton de la confidence.

– Ah », fit Susan, ne sachant quoi répondre.

Andrea se leva avec un soupir et se mit à débarrasser les tasses.

Susan pensa au pauvre Malo, et à Jack et Jessie, qui l'avaient si lâchement abandonné. *Et qui a bien pu coincer cette photo dans l'encadrement de la fenêtre ?* songea-t-elle. *À qui appartient cette empreinte de pouce sanglante ?*

« Profitez de vos beaux cheveux tant que vous le pouvez, ma chère, dit Andrea depuis la cuisine, et Susan porta instinctivement la main à ses boucles blond foncé. Parce que en vieillissant, c'est par touffes entières qu'ils tombent. Par touffes entières. »

Susan se leva, remercia Andrea pour le thé et remonta chez elle.

7

Susan avait complètement oublié le petit *ping* que le technicien de Warner Cable lui avait fait remarquer le mardi matin. Mais le jeudi soir, ce fut au tour d'Alex de l'entendre. Ils avaient fini de faire manger Emma et s'étaient installés avec elle sur le canapé du salon pour lire un album, quand il s'interrompit soudain au milieu d'une phrase.

« Tu as entendu ça, Sue ?

– Quoi donc ?

– Papa ! Continue, s'il te plaît.

– Une seconde, ma puce.

– Entendu quoi, Alex ?

– Mais papa ! Pourquoi tu lis plus ? »

Et alors, ils l'entendirent tous, faible mais distinct, semblant venir de partout et nulle part à la fois : *ping !* Quelques secondes plus tard, rebelote ! Tous trois se levèrent en même temps et se mirent à traquer l'origine du son.

« Est-ce que ça pourrait être l'alarme incendie ? avança Susan. Si ça se trouve, on a une fuite de monoxyde de carbone.

– Impossible, rétorqua Alex, qui jeta un œil vers le détecteur de fumée dont le voyant vert indiquait que tout allait bien. Une alarme qui ferait aussi peu de bruit, ce serait quand même contre-productif. »

Ping ! Le bruit était si faible qu'on l'entendait à peine.

« Ping ! s'écria Emma, et elle se mit à sautiller sur place. Ping ! Ping ! Ping !

– Ping ! cria à son tour Alex, et le son répliqua presque aussitôt depuis le tréfonds de la maison, comme en écho. Bizarre. On dirait un sonar. »

Ping ! fit la maison.

Et Emma de reprendre : « Ping ! »

Tout le monde s'esclaffa.

Au bout d'un moment, le bruit finit par s'arrêter sans qu'ils en aient trouvé l'origine, et Alex se mit à courir après Emma pour l'emmener au bain. Plus tard, une fois leur fille endormie, Susan songea à raconter à Alex l'odeur de pipi de chat, l'histoire abominable de Jack, Jessica et Malo, et la photo avec l'empreinte de pouce ensanglantée qu'elle avait trouvée. Mais elle se ravisa quand elle se rendit compte avec un sentiment de culpabilité qu'elle devrait commencer par expliquer pourquoi elle avait attendu tout ce temps avant de mettre les pieds dans son « atelier ».

Elle resta donc appuyée sans rien dire sur le plan de travail de la cuisine, à regarder Alex sortir de la laitue, un concombre, des tomates et un oignon rouge du réfrigérateur pour préparer une salade. Elle essaya d'imaginer sa réponse.

Mais, ma chérie, je croyais que si tu voulais qu'on déménage, c'était justement parce que tu avais besoin d'un endroit pour peindre ?

Mais, ma chérie, si tu ne peins pas et que tu ne surveilles pas Emma, à quoi tu occupes tes journées ?

Mais, ma chérie, qu'est-ce que tu fous ?

Elle secoua la tête pour s'éclaircir les idées, puis elle prit un couteau dans le bloc et aida son mari à découper les légumes. Pendant le dîner, elle relata un potin qu'elle avait lu dans un blog, sur un des grands galeristes de Chelsea qui n'arrêtait pas de faire appel à des « assistantes » toutes plus plantureuses les unes que les autres. Alex se contenta de lui répondre par monosyllabes, et, dès qu'ils eurent fini de manger, il retourna à son ordinateur et à la tonne d'e-mails qu'il lui restait à envoyer avant le lendemain matin. Susan voyait bien qu'il était très inquiet. Et pour cause. Apparemment, il y avait eu un gros problème avec le shooting pour Cartier : un assistant lumière incompétent que Vic avait embauché à la pige avait rayé le cadran d'une des montres.

Quand elle monta se coucher, Alex était encore dans le salon à pianoter sur son clavier en marmonnant.

À 7 h 30 précises le lendemain matin, Louis frappa à la porte.

« Enfin quelqu'un qui tient parole, murmura Susan en refermant les pans de sa robe de chambre sur sa poitrine avant d'aller ouvrir. Une seconde, j'arrive ! »

Alex était parti un quart d'heure plus tôt en emportant son mug de voyage, le visage impassible, pour affronter cette journée qui s'annonçait capitale. Après avoir demandé à Louis s'il voulait du café ou du thé – il refusa poliment –, Susan passa à la cuisine vérifier qu'Emma prenait bien son petit déjeuner, avant de revenir se planter dans l'encadrement de la porte de la pièce bonus, sans savoir ce qui la mettait le plus mal à l'aise : regarder un vieux monsieur en jean et maillot de corps récurer son parquet à quatre pattes, ou le laisser sans surveillance.

« Ça fait longtemps que vous travaillez pour Andrea ? demanda-t-elle.

– Voyons voir, répondit Louis en se tournant vers elle avec un grand sourire. Est-ce que quarante ans, c'est long, pour vous ?

– Quarante ans ?

– Je vous jure que c'est la vérité. Même si, officiellement, on peut dire que je ne travaille pour elle que depuis la mort de Howard. Je lui donne un coup de main quand elle en a besoin. Quand on peut aider, vous savez... »

Susan hocha la tête, et Louis essora son éponge trempée sur le sol. De toute évidence, c'était un bavard.

« Je suis à la retraite, alors j'ai du temps. Trente-sept ans j'ai travaillé comme directeur adjoint à l'école primaire Philippa Schuyler, dans Greene Avenue. Et je peux vous dire qu'après toutes ces années à surveiller des centaines de gamins, laver un parquet, à côté, c'est les vacances ! »

Le rire de Louis était grave, doux et mélodieux, comme un lent roulement de tambour.

« Cela dit, j'adorais ça. Qu'est-ce que je les aimais, ces mômes ! »

Susan eut une pensée émue pour le directeur adjoint de sa propre école primaire, dans le New Jersey. M. Crimson. Ou Clemson, peut-être ? Quelque chose comme ça, en tout cas.

« Si vous voulez tout savoir, je connais Howard et Andrea depuis 1970. On s'est rencontrés ici même, à Brooklyn, pendant une manifestation après la fusillade à l'université de Kent State. Un jour, je vous montrerai les photos que j'ai prises à Cadman Plaza, avec nos pancartes. Vous aurez du mal à nous reconnaître ! »

Susan sourit en imaginant Andrea en jeune militante pacifiste.

« Howard est décédé il y a longtemps ? » demanda-t-elle.

Le sourire disparut du visage de Louis, et le vieil homme baissa la tête.

« Quatre ans. Pauvre homme, vraiment. »

Un lourd silence s'installa, et Louis se remit à l'ouvrage. Susan ressentit un pincement de remords en le regardant récurer le plancher – elle l'avait jugé trop vite. Certes, il n'avait rien d'un professionnel, mais il travaillait consciencieusement et avec énergie, et il ne laissait rien au hasard, frottant chaque centimètre carré de la petite pièce à l'eau de Javel.

Au bout d'un moment, Emma appela de la cuisine.

« Maman, j'ai fini de manger !

– C'est très bien, ma chérie ! »

Susan entendit le grincement d'une chaise suivi d'un bruit mat quand Emma descendit. Elle sourit. *Qu'est-ce qu'elle grandit vite !* Les souvenirs de Louis et la mélancolie qui se dégageait de sa personne la rendaient sentimentale. *Ma toute petite fille.*

« Au fait, euh... Susan ? »

Elle se retourna et vit le vieil homme se relever péniblement, puis croiser les bras au-dessus de son ventre rebondi. À la manière dont il évitait son regard, elle devina qu'il était nerveux.

« Il y a quelque chose qu'il faut que je vous avoue.

– Oui ?

– L'autre soir, je n'espionnais pas votre fille. Je veux que vous le sachiez.

– Oh, je le sais, répliqua-t-elle, surprise. Vous me l'avez déjà dit. »

Il y avait quelque chose de suppliant dans le ton de Louis, comme si l'idée que quelqu'un puisse le soupçonner d'être le genre de personne qui s'intéresse aux petites filles le rendait malade. Susan le croyait.

« Mais...

– Mais ?

– C'était bien moi, dans le jardin. Je surveillais Andrea. Entre vous et moi, Susan, je... Eh bien, il m'arrive de me faire du souci pour elle.

– Du souci ? »

Louis regarda autour de lui, une main agrippée à l'autre, au comble de la gêne.

« Vous savez, depuis la mort de Howard, Andrea ne dort presque plus. Et elle a tout le temps l'air... Je ne sais pas, malheureuse. Pour tout vous dire, je trouve qu'il y a une atmosphère étrange qui se dégage de cette maison. Comme une profonde tristesse, depuis que Howard n'est plus là. Alors parfois, j'espionne un peu Andrea. Pour vérifier que tout va bien. Je me dis que je le fais pour mon vieil ami Howard.

– Oh. »

Susan ne savait pas trop quoi penser de cette confidence. Un souvenir douloureux lui revint soudain. Sa mère. Morte. L'enterrement. *Ils avaient essayé de faire en sorte qu'elle paraisse... bien, dans son cercueil, mais bon sang...*

« Vous n'êtes pas obligé de me répondre, mais de quoi est mort Howard, précisément ? demanda-t-elle à brûle-pourpoint.

– Non, non, ça ne me dérange pas. »

Louis laissa échapper un long soupir qui agita tout son corps et ramassa le seau contenant les produits ménagers. À présent, il flottait dans la petite pièce une odeur entêtante de javel et d'ammoniaque.

« Il est tombé malade. Très malade. C'est venu d'un coup, parce que avant ça, il avait une santé de fer. Imaginez-vous, on jouait au squash trois fois par semaine et je ne crois pas l'avoir battu une seule fois en quarante ans.

– Qu'est-ce qu'il a eu ? insista Susan, qui ne cherchait même plus à masquer sa curiosité.

– Je ne sais pas vraiment. Quelque chose dans le sang. Mais il ne s'est pas laissé faire. Ce serait mal connaître Howard. »

Louis inclina la tête sur un côté. Ses yeux scintillaient tandis qu'il repensait à son ami.

« Il s'est suicidé, poursuivit-il. Avant que la maladie l'emporte, il s'est tiré une balle dans la tête. »

Devant la porte d'entrée, Emma regarda Louis avec méfiance, mais celui-ci s'accroupit (ce qui fit remonter l'ourlet de son jean) et lui adressa un grand sourire.

« Est-ce que tu veux que je te dise un secret ? J'ai une petite-fille qui a le même âge que toi. Et tu sais comment elle s'appelle ? Améthyste. »

Emma ouvrit de grands yeux et acquiesça, comme si, effectivement, elle était au courant. Puis elle se pencha vers Louis.

« Eh ben, moi, je sais ce que c'est, l'améthyste. C'est une pierre précieuse.

– C'est vrai ? s'exclama Louis, feignant l'ignorance.

– Oui, c'est vrai. Même que c'est violet. » Au moment où l'homme à tout faire se relevait, un petit son retentit.

« Ping ! s'écria joyeusement Emma.

– C'est..., commença Susan, mais Louis leva la main, l'index tendu.

– Attendez. »

Le bruit recommença. *Ping!*

Puis, quelques secondes plus tard, un long gémissement se fit entendre, comme un ballon qui se dégonfle. Un bruit très laid et d'autant plus troublant qu'il était impossible à définir – à peine audible, proche et lointain à la fois. Louis fronça les yeux, fit un pas dans une direction au hasard et s'arrêta. Susan attrapa la main d'Emma et retint sa respiration, attendant que le bruit se répète.

Une seconde s'écoula, puis une autre. Un silence chargé de tension et de malaise.

Et soudain, son iPhone se mit à sonner, et elle poussa un petit cri effrayé.

8

« Marni, dit Susan en portant son téléphone à l'oreille. Merde, tu m'as fait peur !

– Comment ? Pourquoi ?

– Maman ? dit Emma. C'est quoi, "merde" ?

– Rien, ma puce. Désolée, Marni, c'est à quel sujet ? »

Susan jeta un œil à l'horloge de la box Internet, qui indiquait 8 h 17, soit treize minutes avant l'arrivée supposée de la nounou. Louis profita de l'appel téléphonique pour prendre congé en murmurant un « À bientôt » accompagné d'un petit geste de la main. Susan leva un doigt pour lui faire signe d'attendre – *Et du coup, pour cette histoire de* ping*?* –, mais il était déjà parti.

« Écoutez, commença Marni, je suis vraiment navrée, mais... »

À sa voix exagérément rauque, Susan soupçonna tout de suite qu'elle jouait la comédie. Marni expliqua qu'elle était tombée malade la veille au soir, qu'elle avait espéré que cela passerait dans la nuit, mais qu'elle s'était réveillée dans le même état. Bien sûr, elle avait conscience de tout ce que Susan avait à faire et elle était prête à venir malgré tout, mais elle ne voulait surtout pas risquer de contaminer Emma.

« Oui, évidemment, dit Susan, qui n'écoutait qu'à moitié ses excuses. Pas de problème. Remets-toi bien, alors. » Elle raccrocha, soupira et lança à Emma : « Devine quoi, ma chérie ? Aujourd'hui, tu passes la journée avec maman !

– C'est vrai ? Youpi ! » s'exclama Emma, qui fila aussitôt dans sa chambre pour s'habiller.

Susan s'en voulait de se sentir aussi irritée. Après tout, cela faisait une éternité qu'elle n'avait pas eu l'occasion de passer une journée entière seule à seule avec sa fille. Sa petite fille si joyeuse et si pleine de vie.

Allez, se dit-elle en s'éloignant de son atelier pour se diriger vers l'escalier. *On va bien s'amuser.*

Alors qu'Emma fourrageait bruyamment dans ses tiroirs à la recherche de la tenue idéale, Susan s'arrêta sur le palier et se mit à examiner le parquet.

La petite rainure entre les deux lattes... Ne s'était-elle pas agrandie ? Elle n'avait pas mesuré, bien sûr, et l'espace restait minuscule, mais elle avait l'impression qu'il s'était un peu élargi. Sûrement le bois qui travaillait, si c'était bien là le terme consacré. *Je demanderai à Louis de venir jeter un œil à l'occasion,* songea-t-elle. *Peut-être qu'il saura quoi faire.*

D'après le bulletin météo de 1010 WINS, la matinée serait pluvieuse mais le ciel devait se découvrir dans l'après-midi, aussi Susan décida de commencer par emmener Emma à la petite bibliothèque située à Cadman Plaza. Après la sieste, il serait toujours temps d'aller au parc de jeux de Pierrepont. Sur le chemin de la bibliothèque, elle laissa un message vocal à Alex pour lui annoncer que Marni leur avait fait faux bond et lui demander, si possible, de rentrer un peu plus tôt. Une heure passa, puis deux. Susan et Emma lisaient des albums et jouaient à Dora l'Exploratrice sur un vieil ordinateur de bureau, mais Alex ne rappelait pas. Plus le temps passait, plus Susan s'agaçait de ne pas avoir de nouvelles – elle savait que son mari était très occupé à rattraper les dégâts causés par l'assistant lumière, mais il pouvait quand même au moins lui confirmer qu'il avait bien reçu son message. En fin de matinée, elles rentrèrent déjeuner à la maison. Alex n'avait toujours pas donné de nouvelles.

Il doit être très pris, tenta de se rassurer Susan. *Il doit être submergé.*

« Maman ? Ça va, maman ?

– Oui, ma chérie. Mange ton sandwich. »

Susan profita ensuite de la sieste d'Emma pour déjeuner à son tour (un bagel au fromage frais qu'elle avait acheté dans un *delicatessen* de Montague Street) en feuilletant le journal. Il y avait un article dans la rubrique locale qui parlait d'une infestation de punaises de lit dans un immeuble de l'Upper West Side : un couple protestait après avoir reçu de la part du syndic de copropriété un avis lui intimant de faire procéder à ses frais à une désinsectisation coûteuse sous peine d'expulsion. Susan parcourut rapidement l'article avant de se rendre à la page des mots croisés. Quand elle ouvrit le tiroir fourre-tout à la recherche d'un stylo, elle tomba sur la photo de Jessie Spender et de son petit ami Jack.

Quel gâchis ! songea-t-elle en examinant le cliché à la lumière de la fenêtre de la cuisine. *Ils ont l'air si heureux.*

Après la sieste, au parc, elles retrouvèrent Shawn, l'adorable petit garçon aux cheveux nattés avec qui Emma avait joué à chat le jour où ils avaient visité l'appartement. Pendant que les deux enfants se lançaient dans une adaptation fantaisiste et complexe de Cendrillon, alternant les rôles de prince, princesse, de la marraine bonne fée et du cheval tirant un carrosse, Susan discuta avec Vanessa, la mère du petit garçon.

« Au fait, je me demandais, est-ce que Shawn va à la maternelle ?

– Oui, trois jours par semaine. D'ailleurs, si vous avez besoin d'informations sur les écoles du quartier, n'hésitez pas à me demander. J'ai passé des heures et des heures à faire des recherches. C'est mon côté obsessionnel ! »

Susan sourit – cette Vanessa lui plaisait décidément beaucoup.

« Ce serait avec plaisir », accepta-t-elle, et les deux femmes échangèrent leurs numéros de téléphone.

Peu après le départ de Vanessa et de Shawn, un incident désagréable gâcha le bel après-midi de Susan et d'Emma. Un homme élancé, en jean noir et veste cintrée, le genre « je suis le père le plus cool du parc et je le sais », poussait sa fille sur la balançoire tout en regardant son BlackBerry. Malheureusement, son inattention ne fut pas sans conséquence, car une dernière poussée un peu trop violente fit s'envoler la fillette – une petite brune maigrichonne de cinq ou six ans –, qui atterrit la tête la première sur un caillou et se releva en hurlant, le visage en sang. La mère bondit du banc où elle était assise et se précipita vers sa fille pendant que le père rempochait discrètement son téléphone.

« Est-ce que je peux faire quelque chose ? demanda Susan, qui avait accouru après avoir récupéré Emma. Vous voulez que j'aille chercher des pansements ? Que j'appelle une ambulance ? »

La mère était trop occupée à éponger la blessure avec une serviette en papier humide pour répondre. L'homme au BlackBerry, en revanche, se tourna vers Susan et lui lança d'un ton irrité :

« Une ambulance ? Et puis quoi encore ? Vous voyez bien que ce n'est rien du tout. »

Susan ne trouvait pas que c'était « rien du tout », mais elle avait aussi conscience que cela ne la regardait pas.

« Est-ce qu'elle va bien, la petite fille ? demanda Emma un peu plus tard en passant la tête par-dessus le côté de sa poussette, pendant que Susan écartait le portail de l'aire de jeux.

– Mais oui, ma puce. Elle va très bien. »

Susan jeta à son tour un regard en arrière et vit que la fillette pleurait toujours. Elle avait du mal à se relever et son front était encore maculé de sang. Susan repensa à l'horrible cauchemar qu'elle avait fait récemment : la poussette double qui s'écrasait au sol dans une explosion d'hémoglobine. Elle repensa aussi à l'empreinte brune au dos de la photo. Et au pauvre Malo, enfermé dans la pièce bonus, rendu fou par la faim. Elle l'imagina agonisant, de la mousse rosâtre au coin de la gueule.

« Alex ? Ça va ? »

Elles venaient de rentrer à la maison, et Susan avait décroché à la première sonnerie. Il était 16 h 45.

« Ça va, chérie. Et toi ?

– Je t'ai appelé ce matin. Tu as eu mon message ?

– Quoi ? Ah oui. Enfin, je crois. Ce matin, tu dis ? »

Susan perçut de la tension dans la voix de son mari, et elle devina qu'il était en train de regarder son écran d'ordinateur en même temps. En fond, elle entendit Vic aboyer un ordre à quelqu'un.

« Tu as l'air occupé, dit-elle.

– Sue, je suis vraiment désolé, mais je ne vais pas être à l'heure pour dîner, ce soir.

– Oh. »

Elle s'efforça d'ignorer l'étrange pincement qu'elle ressentit à l'estomac et cala le portable contre son épaule, le temps d'aider Emma à retirer ses chaussures.

« C'est à cause de cette saleté de montre, expliqua Alex. Il nous a fallu toute la matinée pour trouver un nouveau cadran et le faire monter. Résultat, je n'ai pas encore pu m'occuper des photos. Et comme si ça ne suffisait pas, le shooting de la Rolex aussi était prévu pour aujourd'hui. Ça va encore prendre une éternité.

– Tu en as jusqu'à quand, tu penses ? demanda-t-elle en s'efforçant de dissimuler sa déception.

– Je n'en ai aucune idée, ma chérie.

– Je vois. »

Elle marqua une pause. Elle voulait bien se montrer compréhensive... jusqu'à un certain point.

« Donc, comme tu sais, Marni n'est pas venue aujourd'hui, reprit-elle.

– Ah bon ?

– Oui, je te l'ai dit dans le message.

– Attends. »

Alex s'adressa d'un ton cassant à quelqu'un à côté de lui. Vic, sûrement.

« Tu peux attendre deux secondes, non ? Deux secondes. »

Puis il reprit la conversation :

« Donc oui, Marni... Pénible... En tout cas, je suis désolé pour ce soir, mais il faut vraiment qu'on décroche ce contrat. J'espère que tu comprends... »

Encore une fois, Susan ne put s'empêcher de s'inquiéter de la bonne santé financière de l'entreprise de son mari. Avec le déménagement qui avait coûté une petite fortune, leur loyer qui avait augmenté... Et si Gem-Flex faisait faillite ? Que se passerait-il alors ? Son pincement à l'estomac se transforma en une douleur sourde. *Au pire, tu pourras toujours retrouver du boulot dans le droit. Analyste juridique, greffière, secrétaire administrative... ou autre chose.*

« Écoute, Susan, il faut que je te laisse.

– D'accord, très bien. »

Elle raccrocha et vit sa fille qui la regardait, les larmes aux yeux.

« Qu'est-ce qui t'arrive, ma puce ? »

Emma éclata en sanglots.

« Je voulais parler à papa ! »

Trois heures et demie plus tard, alors qu'Emma dormait déjà profondément, Susan se prépara un plat de pâtes tout simple qu'elle mangea accompagné d'un verre de syrah. Puis elle débarrassa la table, fit la vaisselle et récupéra la photo de Jessica et de Jack dans le tiroir. Dans la pièce bonus, elle déplia son chevalet et posa le cliché dans le coin inférieur droit d'une toile vierge. L'odeur d'urine de chat avait disparu, Dieu merci, mais Susan ouvrit néanmoins la fenêtre pour profiter de la fraîcheur agréable de cette soirée d'automne. La pièce était équipée de deux prises de courant. Elle brancha le babyphone sur la première, au cas où Emma se mettrait à pleurer, et son ordinateur portable sur la seconde, afin de pouvoir écouter la *Messe en si* de Bach sur iTunes – sa musique préférée pour peindre.

Susan disposa ensuite autour d'elle son essence de térébenthine, ses chiffons, son verre à vin et la bouteille de syrah, puis elle s'arma de sa vieille palette en bois.

« Très bien, lança-t-elle à la photo de Jessica Spender. On commence ? »

Lentement d'abord, elle se mit à l'ouvrage. Ses yeux faisaient des allers et retours entre la photo et la toile, tandis qu'elle traçait l'ovale du visage de Jessica, s'attardait sur les contours de ses pommettes hautes, laissait deux trous pour ses yeux, suivait l'angle audacieux de sa frange. Puis elle sentit qu'elle prenait confiance et elle accéléra le rythme jusqu'à se laisser totalement happer par son travail. À présent, elle chantait en chœur avec la musique et dessinait à l'instinct les plus petits détails. Parfois, elle maniait son pinceau comme une épée, tantôt piquant, tantôt tranchant, pour mener un assaut d'une sauvagerie quasi animale contre la toile.

Régulièrement, elle reculait pour admirer son œuvre. Un murmure approbateur, une gorgée de vin, et elle repartait au combat. *Je suis douée*, songea-t-elle, avant de s'exclamer tout haut :

« Je suis la meilleure ! »

Elle avait chaud, elle transpirait, alors elle retira ses vêtements jusqu'à se retrouver en soutien-gorge et petite culotte. Le regard braqué sur son modèle, elle peignait toujours plus vite, comme hypnotisée par cette femme à qui elle était en train de donner vie sur la toile. Il n'y avait plus que la peinture. Susan disparaissait dans les ombres pour ressurgir sur les glacis, mélangeant les couleurs, ressentant la puissance de chaque coup de pinceau. La messe entama le long crescendo du Credo, et Susan, en transe, se mit à pousser de petits grognements.

Quand elle entendit frapper à la porte, ses mains se figèrent. Elle regarda autour d'elle, le souffle court, comme un animal pris au piège. Elle se sentait coupable, sans savoir pourquoi. Elle éteignit la musique, débrancha le babyphone et se coula hors de la petite pièce en refermant discrètement la porte derrière elle.

C'était Alex.

« Désolé, j'ai oublié mes clés », dit-il quand elle lui ouvrit. Puis, après une petite pause : « Euh, chérie, tu es sûre que tout va bien ?

– Pourquoi ? Qu'est-ce qu'il y a ?

– Comment ça, "Qu'est-ce qu'il y a" ? Tu es toute nue. Et couverte de peinture. Enfin, rassure-moi, c'est bien de la peinture ? »

Susan baissa la tête pour s'examiner. Son corps était entièrement moucheté de gouttelettes colorées, et de longues taches rouges et noires lui lacéraient la poitrine et le ventre.

« Sans compter qu'il est 2 heures du matin, ajouta Alex.

– Quoi ? »

2 heures du matin ? Impossible. Elle n'avait tout de même pas passé cinq heures dans la petite pièce, si ?

« Je peignais, c'est tout. J'étais vraiment concentrée. »

Sa propre voix lui paraissait lointaine, peu naturelle. Et elle se sentait épuisée. Elle avait mal partout – surtout à la tête.

« Il est vraiment 2 heures ? demanda-t-elle.

– Oui. Je suis désolé de rentrer si tard. Après le shooting, j'ai croisé Anton sur le chemin du métro et je lui ai payé une bière. Apparemment, ça ne va pas très bien avec Blondie. »

Susan hocha la tête. Comment pouvait-il être déjà 2 heures du matin ?

Elle était si fatiguée qu'elle eut du mal à gravir les marches de l'escalier. Mais évidemment, une fois qu'elle se fut brossé les dents, qu'elle fut passée aux toilettes et qu'elle se fut écroulée sur le lit, elle n'arriva pas à trouver le sommeil. Alex, lui, s'assoupit sitôt couché, comme à son habitude. Après une demi-heure à le regarder dormir, elle finit par se relever. Elle hésita à prendre un cachet mais songea qu'il était trop tard, et que, de toute façon, elle avait un peu forcé sur le vin. Elle repassa donc aux toilettes, puis elle se lava les mains et le visage et regarda les écailles de peinture disparaître dans la bonde. En sortant, elle vit le jean d'Alex qui traînait par terre au milieu de la chambre. Elle le ramassa et s'apprêtait à le mettre dans le panier à linge quand elle remarqua une forme rectangulaire dans une des poches. Curieuse, elle glissa deux doigts à l'intérieur. C'était une boîte d'allumettes portant le logo de l'hôtel Mandarin Oriental.

2 heures du matin, songea aussitôt Susan, et elle se tourna vers la masse sombre de son mari endormi. *Des allumettes d'hôtel ?*

Il lui fallut environ cinq secondes pour se rappeler que la fille qu'ils surnommaient Blondie, et avec qui Anton, le copain de fac d'Alex, entretenait une relation compliquée, était concierge au Mandarin Oriental. Quand Emma n'était pas encore née et qu'ils avaient encore l'occasion de sortir le soir, il était arrivé qu'elle leur dégotte des places de théâtre. Une vague de soulagement la submergea – Alex s'était servi des allumettes d'Anton, que lui-même avait dû emprunter à Blondie, qui elle-même travaillait au Mandarin Oriental. *Et moi qui me fais des scénarios catastrophes dignes d'une chanson country...*

Elle finit par retourner se glisser sous la couverture en se moquant intérieurement de sa propre paranoïa. *Ma pauvre fille*, songea-t-elle alors que le sommeil commençait enfin à la happer. *Cette maison est vraiment en train de te rendre folle.*

C'était le matin du samedi 18 septembre. Susan, Alex et Emma Wendt habitaient à Brooklyn Heights depuis six jours.

9

Quatre heures plus tard, Susan ouvrait les yeux et découvrait une minuscule tache de sang sur son oreiller. Sauf que ce n'était pas du sang. À moins que... La pièce était sombre, Susan était encore à moitié endormie, c'était difficile à dire. En tout cas, cela ressemblait à du sang. Elle se retourna vers le radio-réveil et soupira en voyant l'heure : 6h36. Une chose était sûre, ce n'était pas Emma qui l'avait réveillée, puisque celle-ci ne se levait jamais avant 7 heures.

La tache sur son oreiller se trouvait à quelques centimètres de l'endroit où avait reposé son visage, un peu en dessous du niveau de son menton; on aurait pu croire qu'elle avait bavé pendant son sommeil, mais la marque était trop petite : de la taille d'une rognure d'ongle et d'une forme similaire, en demi-lune. Alex, lui, ronflait toujours, la bouche ouverte. Susan se redressa sur un coude, se concentra sur sa propre respiration et examina la taie d'oreiller jaune citron. À présent que les premiers rayons du soleil filtraient par les volets, la tache, qui jusque-là paraissait gris foncé, révélait sa vraie couleur : un rouge tirant sur le brun.

Mais je suis bête! songea-t-elle. *Ça doit être de la peinture.*

Susan attaqua la salissure avec l'ongle de son index, mais le point semblait incrusté dans le tissu et refusait de partir. Quand elle appuya le bout du doigt dessus, la mousse compacte de l'oreiller s'enfonça légèrement.

Ce n'est rien. Peut-être que... non, ce n'est rien.

Susan reposa la tête sur l'oreiller et ferma les yeux. Elle essaya de se rendormir, tout en sachant que c'était vain. Alors elle attendit. Enfin, à 7h12, elle entendit le babyphone crépiter – Emma remuait. Comme tous les jours, elle sourit en écoutant les sons que faisait sa fille. Le frottement des draps, le grincement des ressorts de son petit lit Ikea, et, bien sûr, le premier « Maman ? » prononcé d'une voix ensommeillée.

Susan ouvrit les yeux en espérant que la petite tache aurait disparu, comme un fragment de rêve qu'on oublie au réveil… mais elle était toujours là.

Cinq minutes plus tard, Susan était accroupie à côté des toilettes pendant qu'Emma faisait pipi. Elle entendit Alex se lever, puis une série de bruits familiers tandis qu'il faisait le lit et remettait les oreillers en place. Mais soudain, il y eut un long silence.

« Sue ? appela-t-il. Tu as vu ce truc ? »

Merde. Il faisait pourtant sombre dans la chambre. Et Alex faisait toujours le lit à la va-vite. S'il avait remarqué la tache, c'est donc qu'elle était plus grosse et plus visible – plus réelle – qu'elle ne l'avait espéré.

« Tire la chasse d'eau et lave-toi les mains, Emma. »

Dans la chambre, Alex avait allumé la lampe de chevet de Susan et l'avait orientée de façon que l'ampoule de soixante watts soit dirigée vers l'oreiller.

« Est-ce que c'est de la peinture ? demanda-t-il en examinant la petite trace en forme de croissant de lune.

– Peut-être. Je n'en ai aucune idée. »

Sans parvenir à se l'expliquer, Susan ne voulait pas reconnaître qu'elle avait remarqué la tache, et qu'elle avait déjà éliminé l'hypothèse qu'avançait son mari.

« Mmmh, fit Alex en écartant une boucle de cheveux de devant ses yeux. Et du sang ? Tu penses que ça pourrait être du sang ? »

Susan frémit. *Calme-toi,* songea-t-elle. *Ce n'est pas le moment de paniquer.*

« Est-ce que tu t'es fait piquer ? insista Alex.

– Non, répondit Susan, et elle se passa la main sur la joue à la recherche d'un éventuel bouton. Je ne crois pas.

– Mais c'est bien du sang. Tu es d'accord avec moi, non ?

– Non. Enfin, je n'en sais rien.

– Qu'est-ce qui aurait pu te piquer ?

– Honnêtement, Alex, je n'en ai pas la moindre idée. »

Pourtant, la réponse lui titillait la gorge, sournoise et furtive : *des punaises de lit, des punaises de lit, des punaises de lit*. Elle repensa à l'article sur le syndic de copropriété. Il lui semblait d'ailleurs que, depuis quelque temps, tous les médias traitaient de ces maudits insectes : des histoires de locataires qui portaient plainte contre leur propriétaire, de magasins désertés par les clients, d'hôtels contraints de fermer en période de forte affluence pour procéder à une fumigation.

« Mais je suis sûre que ce n'est rien, ajouta-t-elle. Une écaille de peinture séchée, peut-être. Probablement, même. »

Alex croisa les bras et poussa un soupir. Entre-temps, Emma s'était assise en tailleur au pied du lit, vêtue de son peignoir orné de hiboux et d'étoiles, et jouait à lancer M. Bouboule en l'air.

« Est-ce qu'on est certains que c'est rouge, déjà ? demanda Susan en examinant la tache. Regarde. »

Alex s'approcha à son tour, puis il se tourna vers elle, l'air surpris.

« Euh… oui. Ça se voit, non ?

– Tu vois, moi, j'aurais plutôt dit marron.

– Mmmh. » Ils restèrent ainsi quelques secondes, penchés au-dessus de l'oreiller tels deux chirurgiens observant une cage thoracique ouverte. « Tu as raison, finit par déclarer Alex. Ça doit être de la saleté.

– À la réflexion, je me demande si ce n'est quand même pas du sang, finalement.

– Mais non, trancha Alex en se redressant, sûr de lui. C'est de la saleté. Tiens, regarde. »

Il gratta la petite tache, approcha son ongle de la lumière et sembla satisfait. Pourtant, Susan avait l'impression que la marque était toujours là et qu'il n'y avait rien sur l'ongle d'Alex.

« De la saleté, répéta-t-il d'un ton guilleret avant d'éteindre la lampe de chevet. Ouf ! Maintenant que le mystère est résolu, je vais enfin pouvoir passer aux toilettes. » En s'éloignant vers la salle de bains, il caressa distraitement les cheveux d'Emma. « La dernière chose dont on a besoin, c'est bien des punaises de lit, ajouta-t-il.

– Tu m'étonnes », répliqua Susan d'un ton léger, mais son regard était toujours braqué sur l'oreiller.

La tache était encore là. Peut-être un peu moins foncée qu'à l'origine, mais qui la défiait par sa simple présence.

Des punaises de lit. Il lui vint soudain l'idée absurde qu'en prononçant à voix haute ces mots qu'elle-même s'était efforcée de ne pas dire, Alex avait attiré le fléau chez eux. Il avait permis à la tache brune d'être effectivement du sang.

Susan se gratta le cou. Était-ce une petite démangeaison qu'elle ressentait ?

« Maman, c'est quoi des punaises de lit ? »

Emma se tenait à présent sur la pointe des pieds à côté de Susan pour essayer de regarder par-dessus le bord du matelas.

« Oh, rien du tout, ma chérie.

– Ce sont de tout petits petits insectes, Emma, expliqua Alex de la salle de bains, d'une voix forte pour couvrir le bruit de son jet d'urine. Ils se cachent dans les draps et ils piquent les gens pendant leur sommeil pour leur sucer le sang. »

Emma posa sur sa mère un regard affolé, et Susan la prit dans ses bras.

« Mais ne t'en fais pas, ma chérie, parce que tu veux que je te dise un secret ? Il n'y en a pas ici. »

Ce samedi de fin septembre s'annonçait parfait, avec le soleil qui s'engouffrait déjà par les fenêtres. Susan prépara du café et du porridge, mit un album de They Might Be Giants sur iTunes et se lança avec Emma dans une chorégraphie loufoque pendant que son mari était sous la douche. Puis, alors que les filles prenaient leur petit déjeuner, Alex leur joua sa fameuse routine du week-end, qui consistait à apparaître à la porte en oubliant des vêtements. D'abord, il se présenta en chemise et boxer, ensuite torse nu avec seulement un pantalon et une casquette, et enfin, pour le bouquet final, en chemise, short et palmes de plongée.

Chaque fois, il demandait d'un ton très sérieux : « Et maintenant, vous pensez que je suis prêt à sortir ? », ce qui provoquait inévitablement un fou rire de la part d'Emma. D'un coup, Susan se sentit envahie par un sentiment de bonheur et de gratitude : c'était une journée magnifique, ils habitaient un beau duplex de Brooklyn Heights qui donnait sur une jolie rue arborée, et ils faisaient les clowns comme une famille heureuse.

On a réussi, songea-t-elle, tandis qu'elle aidait Emma à enfiler ses chaussons en forme de chiens. *On l'a fait.*

« Bon, commença Alex en versant du sucre brun dans son porridge. Je me suis dit que ce matin, je pourrais m'occuper d'Emma et te laisser te reposer un peu. Je l'emmène à la danse, je passe un peu de temps avec elle au parc, et tu nous rejoins ensuite pour déjeuner ?

– C'est vrai ? Tu es sûr que ça ne te dérange pas ?

– Pas du tout.

– Papa va m'accompagner à la danse ! se mit à chantonner Emma en faisant des galipettes maladroites sur le parquet du salon. Papa va m'accompagner à la danse !

– Susan, tu t'es occupée de tout dans l'appartement depuis qu'on a emménagé, et hier tu as dû en plus garder la petite toute la journée. Tu as bien mérité une pause.

– D'accord... En plus, il faut encore que j'achète une ou deux bricoles à la quincaillerie. Et si la banque est ouverte, je...

– Non. Tu fais une pause. C'est un ordre ! »

Dans la douche, Susan se moqua intérieurement de sa réaction devant la petite tache sur l'oreiller. Ce n'était pas la première fois que, confrontée à différents scénarios possibles, elle envisageait le pire. C'était même devenu systématique au fil du temps. Ainsi, à l'université, elle s'était convaincue à deux reprises qu'elle avait contracté la maladie de Lyme, sur la base de symptômes pourtant bénins. De la même manière, alors qu'elle était enceinte depuis douze semaines, elle avait passé une nuit à éplucher des sites Web plus alarmistes les uns que les autres et avait fini par aller trouver Alex, en larmes, pour lui annoncer qu'elle faisait une grossesse extra-utérine – une crainte qui s'était heureusement révélée infondée.

Susan regarda son reflet déformé par la buée dans le miroir de la salle de bains et se força à sourire. *Cette maison est parfaite,* se dit-elle. *Ce quartier est parfait. Et hier soir, j'ai même réussi à peindre.*

Après s'être coiffée, elle s'habilla en vitesse, et, en repassant dans la chambre, elle ne pensa même pas à jeter un autre coup d'œil à la tache sur son oreiller.

Une heure et demie plus tard, Susan descendit l'escalier et franchit la porte du 56 Cranberry Street vêtue d'une robe en coton bleue toute simple et d'une paire de chaussures plates de couleur noire – la tenue idéale pour aller retrouver dans Montague Street ce mari et cette petite fille qu'elle adorait. Andrea Scharfstein était plantée au pied du perron, les mains sur les hanches, les yeux rivés sur la grande porte d'entrée rouge orangé. À croire qu'elle attendait de voir Susan apparaître. Elle portait un chapeau de paille à larges bords, une robe d'intérieur verte assez ample, et arborait les fameuses lunettes de soleil de vieille excentrique que Susan admirait tant. Susan agita la main et descendit les marches.

« Bonjour ! dit-elle.

– Bonjour, bonjour, lui répondit Andrea en la regardant par-dessus ses lunettes. Et où sont monsieur et mademoiselle ? Est-ce qu'ils vous ont déjà remplacée ?

– Euh... non, ils sont sortis plus tôt. »

Étrange, comme plaisanterie.

« Je vais justement les retrouver pour déjeuner, ajouta-t-elle avant de s'arrêter à hauteur d'Andrea et de se tourner, comme elle, vers la porte. Qu'est-ce que vous regardez ?

– Oh, rien. Rien du tout. »

Andrea passa un bras squelettique sous celui de Susan et posa la tête sur son épaule, comme si elles étaient meilleures amies, ou mère et fille. Le geste, intime et inattendu, troubla Susan, mais elle n'en laissa rien paraître et se mit à tapoter l'avant-bras de la vieille dame. Susan avait perdu sa mère deux ans après avoir obtenu son diplôme universitaire – la faute à un chauffard alcoolisé. C'était l'été, et elle faisait le tour de l'Europe pour peindre, passant d'une auberge de jeunesse à une autre, quand elle avait reçu l'appel funeste. Dans l'avion qui la ramenait de Paris, elle avait pleuré sans discontinuer pendant sept heures, et, trois jours après l'enterrement, elle s'était inscrite à l'examen d'entrée en école de droit.

« J'espère que l'appartement vous plaît, dit Andrea d'une voix enrouée, avant de s'éclaircir la gorge et de se tourner vers Susan. Alors, c'est le cas ? »

Une grande mélancolie se dégageait de la façon de parler d'Andrea, ainsi qu'une certaine confusion. Pour la première fois, Susan se demanda si, derrière une énergie et une vivacité d'esprit de façade, Andrea ne dissimulait pas un début de basculement vers la sénilité. Elle baissa les yeux vers le bras décharné toujours passé sous le sien. La peau fripée était constellée de taches de vieillesse. Et, au milieu de l'avant-bras, apparaissait une petite plaie rouge qui scintillait au soleil.

« L'appartement est très bien, Andrea. Merci. On l'adore.

– Il n'y a rien que je puisse faire pour améliorer les choses ? »

Andrea retira ses lunettes et scruta le visage de Susan.

« C'est vraiment très important pour moi que vous et votre famille vous sentiez bien ici. »

Susan comprit alors qu'Andrea voulait qu'elle lui fasse une liste de menus problèmes à régler, qu'elle avait besoin de se sentir responsable du bien-être de quelqu'un d'autre. « Elle a tout le temps l'air... Je ne sais pas, malheureuse, avait dit Louis. Il y a une atmosphère étrange qui se dégage de cette maison. Comme une profonde tristesse. »

« Si vous insistez, dit Susan, il y a bien deux ou trois petites choses... »

Rapidement, elle énuméra les détails qu'elle avait remarqués depuis qu'ils avaient emménagé, une semaine plus tôt : la latte de plancher qui dépassait sur le palier à l'étage, la peinture qui s'écaillait dans la salle de bains, la prise de courant desserrée dans la cuisine.

« Mais ce ne sont pas des petites choses, ça, Susie ! s'exclama Andrea en fronçant les sourcils, et les rides se multiplièrent autour de ses yeux et sur son front. Loin de là ! »

Susie ? Susan eut la chair de poule en entendant ce diminutif, mais elle ne reprit pas Andrea. La propriétaire retira enfin son bras.

« Je vous ai dit – je vous ai prévenue, plutôt – que c'était une vieille maison. Mais rassurez-vous, je vais évidemment demander à Louis de s'occuper de tout ça dès qu'il aura un moment.

– Merci, dit Susan, et elle se mordit la lèvre. À vrai dire, il me semble qu'il y avait une dernière bricole.

– Oui ? »

Les punaises de lit. Une fois de plus, les mots lui démangèrent la gorge et menacèrent de s'échapper d'entre ses lèvres. *Parle-lui des punaises de...*

Sauf qu'elle avait conclu qu'il n'y en avait pas – et c'était vrai, non ? –, et qu'elle se voyait mal dire à sa propriétaire qu'elle avait remarqué une tache sur sa taie d'oreiller.

« Ah, ça y est, je me souviens. Il y a une espèce de bruit. Comme un... Comme un *ping*.

– Un *ping* ? répéta Andrea, qui avait posé un pied sur la marche du bas, révélant la paire de chaussons vert clair qu'elle avait mis pour sortir. Et ça vient d'où ?

– C'est ça le plus étrange, expliqua Susan, un peu gênée d'avoir abordé le sujet. On ne sait pas. C'est simplement quelque chose qu'on entend une fois de temps en temps. Quand on est dans le salon, surtout. C'est à peine audible, et ça ne dure jamais très longtemps. À vrai dire, ça ne nous dérange pas plus que ça.

– Pas d'inquiétude. Je vais m'en occuper personnellement. »

Quelque part au-dessus de l'East River, le soleil disparut derrière un amas de nuages gris et la maison se retrouva temporairement plongée dans l'ombre, de sorte qu'on l'aurait cru enveloppée d'un voile de dentelle noire. Il était presque midi, l'heure à laquelle Susan devait se trouver à Theresa's pour manger un sandwich au thon en écoutant sa fille lui raconter son cours de danse. Comme si elle avait deviné son impatience, Andrea gravit brusquement les marches restantes et ouvrit l'imposante porte rouge orangé.

« Bon, Susie, on reparlera de tout ça une autre fois. »

Et elle referma le lourd battant derrière elle.

Le reste du week-end ne fut qu'une succession de petits moments heureux et agréables. Après le déjeuner, Susan, Alex et Emma explorèrent les rues arborées de leur nouveau quartier en famille. Ils s'arrêtèrent à la quincaillerie, à la banque, et dans un magasin de jouets pour trouver un puzzle pour Emma. Au marché de Cadman Plaza, ils achetèrent un sac de pommes Honeycrisp, de la chair à saucisse et trois bottes d'asperges. Après la sieste, Emma s'attaqua à son puzzle, sous le regard émerveillé de Susan qui n'en revenait pas du talent que déployait sa fille pour assembler les vingt-quatre énormes pièces de la scène du fermier dans sa basse-cour.

« Je retire ce que j'ai dit, déclara Alex ce soir-là, alors qu'il faisait revenir les asperges dans l'huile d'olive. Cette cuisine est fantastique ! »

Il fit un clin d'œil à Susan, qui le lui rendit. Quand Emma fut couchée, ils vidèrent une bouteille de prosecco et, pour la première fois depuis le déménagement, ils firent l'amour – à même le sol du salon.

Le dimanche matin, Susan se rendit à pied à la laverie automatique armée d'un chargement de linge clair. Elle feuilleta le *Time Magazine* en attendant que retentisse le *bip* de la machine à laver, puis elle transféra les affaires humides dans le sèche-linge et rejoignit Alex et Emma au parc. Elle sourit en voyant qu'ils avaient retrouvé Shawn, et découvrit à cette occasion qu'il avait une sœur de sept ans nommée Tarika, une petite fille adorable avec deux tresses et un grand sourire auquel manquaient les deux dents de devant. Les deux familles finirent par déjeuner ensemble au Park Diner et il ne fallut pas longtemps avant qu'Emma voue une véritable adoration à Tarika – elle la suivait partout et semblait boire ses paroles.

« Ah, mince ! s'exclama Susan, quelques heures plus tard, alors qu'Alex et elle lisaient au lit.

– Qu'est-ce qu'il y a, ma chérie ?

– Il faut que je retourne à la laverie. J'ai oublié les affaires dans le sèche-linge.

– Hors de question, dit-il en jetant le *New Yorker* par terre. Je m'en charge.

– Tu es sûr ?

– Mais enfin, c'est à ça que sert un mari, non ? » lui lança-t-il, et il sauta du lit.

Susan sourit. Elle était épuisée, mais elle se sentait bien. En sécurité. Alex enfila son jogging bleu, lui déposa un baiser sur le front et sortit. Pour une fois, Susan n'eut aucun mal à s'assoupir, et elle dormait à poings fermés quand Alex rentra vingt minutes plus tard, plia le linge et le rangea – y compris la taie d'oreiller sur laquelle ils avaient remarqué la petite tache mystérieuse.

10

Le lundi matin, à 9h13, Susan entra dans la pièce bonus, poussa un cri et lâcha sa tasse de café. Le mug en porcelaine explosa en mille morceaux sur le parquet, et le liquide brûlant lui éclaboussa les jambes à l'endroit où elles dépassaient de son pantalon de pyjama. Elle cria de nouveau, de douleur autant que de surprise, tituba en arrière et se raccrocha à l'encadrement de la porte, sans quitter des yeux le portrait. Ce dernier, quoique inachevé, n'en était pas moins très réussi. La reproduction de la jeune femme dont elle avait posé la photo sur le coin inférieur droit de son chevalet était frappante de réalisme. La douce et drôle Jessica Spender, avec sa frange rouge vif, son air mutin, ses pommettes hautes et son rouge à lèvres carmin.

Sauf qu'en haut de la joue gauche, Susan lui avait ajouté trois affreux boutons, qui formaient une ligne partant du coin de l'œil et descendant jusqu'à la narine. Trois petits cercles rouges, en relief, avec au centre de chacun un petit point blanc. Les marques étaient précises, et Susan n'avait aucun souvenir de les avoir peintes.

Des marques ?

Non. Des piqûres.

Des piqûres de punaise de lit, lui souffla sa petite voix intérieure. *Ça ne peut être que...*

Susan claqua la porte et se réfugia dans le salon, la main sur la poitrine. Elle se mordit la lèvre, se frotta les yeux et tâcha de se remémorer ce qui s'était passé le vendredi soir. Les heures qu'elle avait passées à peindre intensément. Cette espèce d'extase, de transanse... ? En tout cas cet état de concentration intense et quasi inconscient dans lequel elle était entrée. Le reste du portrait était presque une copie conforme de la photo. Sauf qu'elle, ou plutôt une partie d'elle, avait décidé d'y ajouter les boutons. Les piqûres.

Comment était-il possible qu'elle n'en ait aucun souvenir ? D'autant plus que c'était un travail précis et minutieux. Mais surtout, pourquoi aurait-elle défiguré ainsi son portrait ?

Susan pensa au sang sur son oreiller – *De la peinture, Susan, on avait conclu que c'était de la peinture, non ? Ou de la saleté ? Qu'est-ce qu'on avait décidé, déjà ?* – et un frisson glacial lui parcourut l'échine.

« Susan ? »

Marni l'appelait de la cuisine, où elle récupérait quelques en-cas ainsi que des couverts en plastique avant d'emmener Emma en promenade.

« On va partir, d'accord ? »

La nounou se montrait d'un zèle inhabituel. Sûrement cherchait-elle à se faire pardonner pour la maladie qui l'avait soi-disant clouée au lit le vendredi, mais qui avait miraculeusement guéri juste à temps pour lui permettre de se rendre à un concert au Hammerstein Ballroom le samedi soir.

« Attends, lui lança Susan en remontant le couloir. Une seconde.

– Coucou, maman ! »

Emma était prête à partir. Elle avait ses chaussures aux pieds, sa petite veste en jean, et son sac à dos Dora l'Exploratrice beaucoup trop grand pour elle. Marni se tenait à côté d'elle, la bandoulière du sac à langer plaquée entre les seins.

« Emma, ma puce, maman voudrait te demander quelque chose. »

Elle guida Emma jusqu'à la pièce bonus et l'aida à contourner les éclats de la tasse de café pour atteindre le chevalet. Puis elle serra sa petite main dans la sienne pour la rassurer. À bientôt quatre ans, Emma avait assez d'expérience pour comprendre que sa mère était contrariée, et assez d'intuition pour deviner que c'était peut-être sa faute.

« Emma, est-ce que tu vois ces petits points sur le visage de la dame ? » demanda Susan d'une voix douce.

Emma se hissa sur la pointe des pieds et acquiesça, l'air grave.

« Ma chérie, est-ce que c'est toi qui les as peints ? »

Emma secoua vigoureusement la tête et sa frange tressaillit.

« Tu en es sûre ? Samedi, peut-être, avant le dîner, quand maman et papa étaient dans la cuisine ? Tu jouais toute seule dans le salon, alors est-ce que peut-être... ? »

Mais Emma continuait à secouer la tête, sourcils froncés.

« Non, maman. C'est pas moi. »

Sentant une présence, Susan releva la tête. Marni était plantée dans l'encadrement de la porte, la tête inclinée sur le côté, et elle observait le portrait de Jessica Spender. Susan lui lança un regard assassin qui la fit battre en retraite.

« Maman n'est pas fâchée, ma puce, d'accord ? Je veux juste que tu me dises la vérité. Est-ce que tu as touché à mon tableau ? »

Et soudain, sans crier gare, Emma sauta au cou de sa mère et enfouit le visage dans ses cheveux. Susan sentit la chaleur de son haleine contre sa peau.

« On peut partir, maman ? J'aime pas cette pièce.

– Mais bien sûr, Emma. C'est juste que...

– Je l'aime pas ! »

Susan se mit à quatre pattes pour éponger le café renversé à l'aide de serviettes jetables et rassembler les éclats de porcelaine dans un sac en papier. Et là, derrière l'odeur riche et amère du café, elle perçut de nouveau la puanteur infâme, mélange d'urine de chat et de chair en décomposition. Au-dessus de sa tête, la toile était immobile et silencieuse sur son chevalet. Susan savait bien que sa fille ne pouvait pas être responsable. Quand bien même Emma aurait voulu altérer le tableau, il aurait d'abord fallu qu'elle traîne le petit escabeau jusque dans la pièce, puis qu'elle le remette à sa place une fois son forfait terminé. Quant au forfait lui-même, Emma ne savait pas mélanger les peintures, et encore moins nettoyer les pinceaux.

C'est moi qui ai fait ça. C'est moi qui ai peint ces boutons, et je ne sais pas pourquoi.

Susan sentit son sang se glacer dans ses veines. Elle se redressa, s'approcha de la toile et passa la main sur les trois points qui déparaient la joue splendide de Jessica Spender.

Je suis désolée, Jessica, songea-t-elle, comme si ce n'était pas le tableau qu'elle avait vandalisé, mais le sujet lui-même. *Je suis désolée.*

Vingt minutes plus tard, Susan sortit pour se rendre à la promenade de Brooklyn Heights. Elle avait dans l'idée de s'installer avec son carnet de croquis et ses fusains et d'observer le flux constant des joggeurs et des nounous antillaises avec leurs poussettes. Peut-être même pourrait-elle poser son regard d'artiste sur l'horizon de Manhattan et en croquer la magie. Elle descendit Cranberry Street en profitant du soleil de septembre qui lui réchauffait les joues. Après avoir tourné à droite pour s'engager sur la promenade, elle sortit son iPhone de la poche de son manteau et appela Alex.

« Coucou, chérie, dit-il. Qu'est-ce qu'il y a ? »

Elle l'imagina scrutant son écran d'ordinateur comme un radiologue devant un scanner, passant la loupe numérique sur une photo de diamant zoomée au maximum, à la recherche du moindre défaut.

« Rien, je voulais juste te poser une petite question. Est-ce que, par hasard, tu aurais touché à mon tableau ?

– Pardon ? »

Elle entendit ses doigts pianoter sur le clavier.

« Mon tableau, Alex, celui sur lequel je travaille dans la pièce bonus.

– Attends, Susan, tu veux bien patienter une seconde ?

– J'attends. »

Elle posa son sac sur un banc avec une vue imprenable sur la statue de la Liberté et sur Governors Island et s'assit. À quelques mètres de là, des touristes hilares armés d'un drapeau italien posaient devant la rambarde en se serrant au maximum pour tenir dans le cadre.

« Désolé, chérie. Tu disais ?

– Je... *Attention !* »

Un des touristes tenait un enfant sur ses épaules et Susan venait d'imaginer le petit garçon basculer par-dessus la rambarde et s'écraser sur la voie rapide qui passait en contrebas.

« Susan ? »

L'enfant ne risquait rien. Son père le tenait fermement par les jambes, une dans chaque main. Susan ferma les yeux et les ouvrit à nouveau en se concentrant sur sa respiration.

« Quand tu es rentré à la maison vendredi soir, je peignais. Dans mon... dans la petite pièce qui donne sur le salon. Je voulais savoir si tu avais fait quelque chose à mon tableau pendant le week-end.

– Si j'ai fait quelque chose à ton tableau ? Mais bien sûr, ma chérie, je l'ai découpé en petits morceaux et j'en ai fait une tourte.

– Alex.

– Écoute, je n'ai pas mis les pieds dans cette pièce depuis qu'on a emménagé. »

De nouveau, elle l'entendit pianoter sur son clavier. Il était en train d'envoyer des e-mails en même temps qu'il lui parlait.

« D'ailleurs, je ne sais même plus à quoi elle ressemble.

– D'accord. Parce qu'il s'est passé quelque chose de vraiment étrange. Figure-toi que...

– Susan ? J'ai vraiment beaucoup de choses à faire aujourd'hui. Est-ce que ça peut...

– Oui. Bien sûr. Retourne travailler. »

Susan passa ensuite une demi-heure à regarder le fleuve, son carnet de croquis fermé sur les genoux.

Quand Alex rentra ce soir-là, c'était comme si le clown décontracté avec qui Emma et Susan avaient passé le week-end avait été kidnappé et remplacé par son jumeau grognon et irritable. Il se contenta d'un bonsoir du bout des lèvres et regarda à peine la pomme de pin qu'Emma avait passé l'après-midi à peindre pour lui.

« J'ai l'impression que tu n'es pas d'humeur à faire la cuisine, ce soir, observa Susan. Tu veux que je prépare des croque-monsieur ?

– Si tu veux. »

Pendant que Susan fouillait le réfrigérateur à la recherche du fromage et du jambon, il passa un bras par-dessus sa tête et attrapa une bière. Emma, elle, s'était installée à la table de la cuisine avec un album de coloriage.

« Tu ne devineras jamais ce qui vient de se passer. Il y a un vieillard en train de fumer un cigare sur le perron. Quand je suis rentré, je lui ai dit "Pardon" d'un ton qui voulait dire "Ça va, je vous dérange pas ?", mais il n'a pas répondu. Il s'est écarté pour me laisser passer et il m'a fait un grand sourire. Comme s'il me rendait un service en me laissant rentrer chez moi... » Alex s'approcha de la fenêtre en ouvrant sa bière et jeta un coup d'œil à l'extérieur. « S'il est encore là dans dix minutes, j'appelle la police.

– C'est juste Louis, répondit Susan, qui avait commencé à râper le fromage.

– Louis ? Qui c'est encore, celui-là ? » s'emporta Alex.

Susan s'interrompit, la râpe à la main, et Emma leva la tête de son album avant de la baisser aussitôt.

« Tu te souviens, quand Andrea nous a parlé d'un monsieur qui s'occupait de toutes les petites réparations pour elle ? Eh bien, c'est lui. »

Alex leva les yeux au ciel et laissa échapper un petit ricanement mauvais.

« Putain, sérieux ? »

D'un regard, Susan lui intima de faire attention à la façon dont il parlait devant leur fille, mais il l'ignora.

« Non mais t'as vu ce vieux débris ! »

Susan haussa les épaules et répéta ce qu'avait dit Andrea :

« Il ne paye pas de mine, mais c'est un excellent bricoleur. »

Alex poussa un grognement peu convaincu et but une gorgée de bière.

« Et sinon, le travail ? enchaîna Susan. Comment ça s'est passé aujourd'hui ?

– Un cauchemar, je te raconte pas. »

Mais il lui raconta quand même. Apparemment, tout ce qu'ils avaient fait la semaine précédente avec le shooting pour Cartier n'avait servi à rien. Richard Hastie, le représentant potentiel, se servait de l'incident avec la montre comme excuse pour proposer le contrat Cartier à Stone Work, une grosse entreprise basée dans le Diamond District.

« C'est toujours la même histoire. Cartier préfère traiter avec une boîte qui a plus d'expérience, et nous, on ne peut pas engranger d'expérience tant qu'on n'a pas un gros client. Du coup, on continue à jouer dans la cour des petits, et je passe la moitié de mon temps à rédiger des factures et des rappels de paiement au lieu de faire des images. » Il eut un rire sans joie. « Au moins, quand je fais une belle photo de bague, je peux me dire que je suis un vrai photographe.

– Je suis vraiment désolée, Alex. »

Susan fit toutes les remarques compatissantes qu'il attendait de sa part, mais elle sentit l'angoisse prendre de plus en plus de place en elle. Elle entendait tout ce qu'Alex pensait sans oser le dire : *C'est ta faute, Susan. C'est entièrement ta faute.* Son mari essayait désespérément de surnager alors que son entreprise le tirait vers le fond et lui arrachait son identité artistique, et elle avait le luxe de rester à la maison pour peindre ?

Ou plutôt de s'asseoir sur un banc à regarder les gens sans rien faire ?

« Enfin, Susan, ne te sers pas du santoku pour couper les tomates.

– Pardon ?

– On a un petit couteau à tomates. Utilise-le. Ce n'est pas comme si je ne te l'avais jamais dit : les bons couteaux, c'est uniquement quand on en a vraiment besoin. »

Ils mirent Emma au lit plus tôt que d'habitude et regardèrent ensuite *Top Chef* en silence. Susan se demanda si Alex se souvenait de la question étrange qu'elle lui avait posée lorsqu'elle l'avait appelé dans la matinée, à propos du tableau, mais comme il n'en avait pas reparlé de lui-même et qu'il n'était de toute évidence pas dans de bonnes dispositions, elle se garda d'aborder le sujet.

11

Le lendemain, Susan ne chercha même pas à peindre. À 9h30, une fois Alex parti au travail et Emma à un spectacle pour enfants avec Marni, elle prit son parapluie et affronta la bruine automnale jusqu'au café Pedlar, dans Court Street. Là, elle commanda un cappuccino et un petit pain et s'installa à une table dans un coin pour faire le point sur les événements récents.

Elle avait désormais complètement abandonné l'idée qu'Emma ou quelqu'un d'autre ait pu entrer dans la pièce bonus et toucher à son tableau. C'était elle qui avait peint les marques – *Les piqûres, Susan, les piqûres.* Seulement, elle ne savait pas pourquoi. Ce numéro étrange de peinture automatique représentait-il l'émergence d'une énergie artistique cachée dans son subconscient ? Était-ce la preuve que, derrière les couches de son moi et de son surmoi, il y avait un talent exceptionnel confinant au génie ?

« Non, dit-elle à haute voix, et elle laissa échapper un ricanement moqueur. C'est peu crédible. »

À la table voisine, un barbu arborant un tee-shirt Bob Dylan leva les yeux de son iPad et lui lança un regard noir. Susan s'excusa d'un sourire.

Comment expliquer la rangée de piqûres, alors ? L'œuvre d'un fantôme farceur ? D'un esprit malin ?

Elle secoua la tête et but une gorgée de son cappuccino. Susan n'avait jamais été superstitieuse, ni même portée sur la religion. À l'enterrement de sa mère, elle s'était agenouillée devant le cercueil ouvert et avait prononcé la prière de circonstance, tout en songeant au ridicule de la situation. Ce n'était pas sa mère qui était étendue sous ses yeux, mais une machine cassée, un objet inanimé attendant d'être rendu à la terre d'où il venait.

Susan soupira. Elle devait être folle, alors. Elle repensa à un article qu'elle avait lu quelques années auparavant dans le *Time Magazine*, sur les gens qui faisaient des choses étranges dans leur sommeil et ne s'en souvenaient pas au réveil ; ceux qui frappaient leur conjoint, ceux qui ouvraient la porte du réfrigérateur pour manger de la viande crue, ceux qui urinaient sur le tapis. Peut-être qu'elle avait tout simplement fait une crise de somnambulisme au cours du week-end. Elle était descendue à son atelier en pleine nuit, avait ajouté les trois points au tableau et était remontée se coucher.

C'était la seule explication logique.

Mais il y avait une autre image à laquelle elle n'arrêtait pas de repenser : celle de Louis, debout dans la pièce bonus fraîchement nettoyée, qui ne savait pas quoi faire de ses mains. « Pour tout vous dire, je trouve qu'il y a une atmosphère étrange qui se dégage de cette maison, avait-il déclaré. Comme une profonde tristesse, depuis que Howard n'est plus là. »

Comme une profonde tristesse...

Oh, mais arrête un peu, se dit Susan. Le barbu d'à côté lui lança un autre regard noir. Une fois de plus, Susan lui fit un sourire, puis elle lui adressa un bras d'honneur et se leva pour partir.

Sur le chemin du retour, elle s'arrêta à l'institut de beauté Dashing Diva, dans Smith Street, et s'offrit une formule manucure, pédicure et épilation à la cire.

« Vous vous rongez les ongles, hein ? dit Mme Lee, l'esthéticienne, une Coréenne de petite taille au brushing aussi figé que le sourire.

– Comment ? Ah oui, enfin, ça fait longtemps que j'ai arrêté. »

Susan avait pris cette mauvaise habitude dans les mois qui avaient suivi le décès de sa mère et n'avait réussi à s'en défaire que plusieurs années après, à force de séances d'hypnose et d'applications quotidiennes du genre de produit répugnant dont on badigeonne les mains des enfants pour qu'ils arrêtent de sucer leur pouce. Mais lorsqu'elle vit le sourire artificiel de l'esthéticienne se transformer en une grimace confuse, Susan baissa les yeux et constata qu'il ne restait de ses ongles qu'un résidu de corne aux contours irréguliers, avec des taches rougeâtres aux endroits où elle s'était arraché les petites peaux.

Ce soir-là, toute la famille mangea en silence. Alex attendit qu'Emma soit couchée pour faire la vaisselle et se plaignit à plusieurs reprises du « seau rempli de merde » sous l'évier. Il faisait référence au récipient où Susan jetait les déchets biodégradables destinés au compost, et qu'elle déposait ensuite au pied du perron comme Andrea le lui avait demandé. La vaisselle terminée, Alex alluma son ordinateur portable et s'assit sur le canapé, ses lunettes remontées sur la tête et une main appuyée sur le front. Susan continua à s'affairer et tenta quelques ouvertures – « Ça te dirait que je mette un peu de musique ? », « Samedi soir, je pensais peut-être demander à Marni de nous garder Emma pour qu'on puisse aller dîner tous les deux au Jack the Horse, qu'est-ce que tu en penses ? » –, n'obtenant pour toute réponse que des grognements d'homme des cavernes. Au bout d'un moment, elle jeta un œil à l'écran et fut surprise d'y voir non pas une photo en gros plan de montre ou de diamant, mais une longue colonne de chiffres que son mari faisait défiler en prenant des notes sur un carnet.

« Chéri ? finit-elle par demander. Qu'est-ce que tu regardes ? »

Elle avait conscience que c'était de la curiosité mal placée, mais elle ne pouvait pas s'en empêcher. Si l'entreprise était en difficulté, si son mari était en difficulté, alors, indirectement, elle aussi.

« Les comptes, répondit Alex d'un ton cassant.

– De l'entreprise ?

– Oui. »

Il ferma l'ordinateur d'un coup sec et se tourna vers elle avec un air de défi.

« Et donc… ? l'encouragea Susan.

– Je n'ai pas envie d'en parler, d'accord ? »

Susan se raidit, leva les mains en signe d'abdication et battit en retraite. Si Alex se montrait aussi agressif, ce qui n'était pas du tout dans ses habitudes, cela confirmait ses soupçons : il y avait quelque chose qui clochait dans cette maison – comme une ombre omniprésente. Car il n'y avait pas que le problème des petits points rouges sur son tableau. Depuis qu'ils avaient emménagé à Cranberry Street, c'était comme si leur famille n'arrivait pas à trouver son équilibre. Alex était toujours tendu et distrait, elle faisait des crises de somnambulisme… et il lui semblait que même Emma était plus silencieuse que d'habitude. Plus distante.

Elle se demanda alors si elle n'était pas encore une fois en train de s'inventer des problèmes, de laisser son cerveau enclin à l'angoisse imaginer de nouvelles sources d'inquiétude. Alex traversait une période un peu délicate, voilà tout. En plus, le week-end s'était bien passé. Extrêmement bien, même.

Les choses finiraient par revenir à la normale, et ils redeviendraient la famille heureuse qu'ils avaient toujours été. Ils avaient des problèmes, certes, mais ils en avaient aussi eu lorsqu'ils habitaient à Union Square, sans que cela remette quoi que ce soit en cause.

Susan monta à la salle de bains, se brossa les dents, avala un somnifère entier et se mit au lit en songeant : *J'ai fait une énorme erreur, j'ai fait une énorme erreur…*

Le réveil indiquait 1 h 12 quand Susan abandonna l'idée de dormir et descendit à la cuisine. Elle se servit un grand verre de vin rouge, en but la moitié d'un trait, puis le remplit de nouveau jusqu'à ras bord. Le verre à pied dans une main, elle traversa le salon plongé dans l'obscurité avec l'étrange sensation d'être observée. Des centaines, des milliers d'yeux qui semblaient épier chacun de ses pas hésitants. Mal à l'aise, elle resserra les pans de sa robe de chambre.

Puis, très lentement, en s'efforçant d'ignorer le nœud dans son estomac, elle tira la porte de la pièce bonus. Elle n'eut pas le temps de terminer son geste qu'elle laissa échapper un long gémissement tremblant. La lune brillait juste assez pour éclairer le portrait inachevé de Jessica Spender, et il était couvert de piqûres. Des dizaines et des dizaines de vilains petits points rouges, en grappes de trois : une dans le cou, une au-dessus et une en dessous des yeux, deux sur le nez, et d'autres encore au niveau du menton et des joues.

Susan se précipita à la cuisine et, secouée de spasmes violents et douloureux, elle régurgita dans l'évier la bile acide et vineuse qui lui encombrait la gorge. Elle toussa, s'étrangla et espéra que le bruit réveillerait Alex. Elle avait besoin d'entendre sa voix endormie l'appeler du haut de l'escalier, lui demander avec douceur si tout allait bien.

Mais la maison resta silencieuse. Susan but trois verres d'eau et remonta se coucher, sans grand espoir de parvenir à s'endormir.

Quand les premiers gazouillements d'Emma s'élevèrent du babyphone le mercredi matin, Susan n'avait dormi que deux heures. Trois, au maximum. Elle se leva, se fit couler un café très fort et suivit sa routine matinale avec un air hébété. Alex partit sans manger et sans sourire à 7h25. Une heure et demie plus tard, Emma descendait à son tour les marches du perron avec Marni, en pleurant toutes les larmes de son corps parce qu'elle ne voulait pas quitter maman, une scène qu'elle n'avait plus faite depuis des mois.

Susan se laissa tomber sur une chaise dans la cuisine, passa les doigts dans ses cheveux gras, puis posa ses deux mains à plat sur la table.

« Maintenant, bouge-toi le cul, se dit-elle à haute voix. Oublie ces conneries de maison hantée et bouge-toi le cul. »

Elle avait une amie de fac, Kerry Feigue, qui parlait comme ça. Une femme impertinente, pleine d'assurance, et qui ne se laissait jamais abattre. Quand Susan ne se sentait pas bien, quand elle avait besoin de se mettre un bon coup de pied aux fesses, elle avait pris le réflexe d'imaginer comment aurait réagi Kerry. Elle ouvrit son MacBook sur la table de la cuisine et se mit à pianoter sur le clavier. Quelques jours plus tôt, Alex lui avait demandé de commander une nouvelle poêle antiadhésive pour remplacer celle qui avait été rayée pendant le déménagement – elle pouvait donc aller sur Amazon, passer dix minutes à lire différents avis et acheter l'article le mieux adapté. Il fallait aussi qu'elle fasse des recherches sur les écoles maternelles que lui avait conseillées Vanessa, la maman de Shawn.

Au lieu de quoi elle tapa « punaises de lit » dans la barre de recherche Google et suivit le premier résultat, intitulé www.punaises-demolition.com. Le site était brouillon et mal structuré, avec différentes pages aux noms fantaisistes : « Dormez bien », « Demandez l'avis du presque expert », « Photos ! Photos ! Photos ! » Le design était clairement amateur, et, entre deux paragraphes rédigés dans des polices aléatoires, apparaissaient des publicités criardes pour des dératiseurs et des sociétés de désinfection.

Susan cliqua au hasard sur un lien indiquant « Tout ce que vous avez toujours voulu savoir sur les punaises de lit sans jamais oser le demander », et vit s'afficher sur l'écran une liste qui ressemblait à un exposé rédigé par un élève de primaire. « Les punaises de lit sont des *parasites*, ce qui signifie qu'elles se nourrissent du sang de leur hôte – vous ! », « Les punaises de lit commencent leur vie à l'"étape une" et muent *cinq fois* avant d'atteindre l'âge adulte, qui correspond à "l'étape cinq" ! », « Les punaises de lit peuvent survivre *plus d'un an* entre deux repas ! »

« Super », marmonna Susan.

Quelques clics plus tard, elle se retrouva sur un forum où un débat faisait rage entre certains internautes qui trouvaient que les colonies de punaises de lit avaient une odeur distinctive qui faisait penser au citron ou à la citronnelle, et d'autres qui estimaient que c'était n'importe quoi. Il y avait aussi un original qui arguait avec passion que les punaises sentaient la framboise et la coriandre, et que cette odeur avait tendance à se renforcer avant et pendant les repas sanguins.

Susan retourna à la page précédente, retrouva le lien intitulé « Photos ! Photos ! Photos ! » et cliqua dessus. Elle avait à peine commencé à faire défiler la page qu'elle s'interrompit soudainement : la première photo, postée par un certain 0-684-84328-5 @gmail.com, montrait une rangée de trois piqûres, trois boutons rouges avec un petit point blanc au centre.

« Oh, merde, murmura Susan. Oh, merde. »

Elle approcha une main de sa joue et se mit à se gratter distraitement la pommette gauche, juste en dessous de l'œil. Puis elle retourna à la page d'accueil de Google et tapa « Jessica Spender » dans la barre de recherche.

Elle découvrit assez vite qu'il s'agissait d'un nom plutôt commun. Il y avait ainsi une Jessica Spender à Joliet, dans l'Illinois, qui tenait une boulangerie, mais dont la photo montrait une femme en surpoids âgée d'une quarantaine d'années et vêtue d'un tablier froissé. Il y en avait une autre à Détroit, citée trois fois dans un article de la presse locale sur le combat qu'elle menait pour rendre sa beauté d'antan au centre-ville décrépit. Elle avait vingt-sept ans, ce qui correspondait à peu près à l'âge de la personne que cherchait Susan, mais elle avait toujours vécu à Détroit et elle était noire. Il y avait aussi une lycéenne de dix-sept ans qui habitait dans l'Indiana, un bébé mentionné dans un article médical sur la jaunisse, etc.

Susan se tapota le menton et essaya « Jessie Spender ». Cette fois, le premier résultat était un compte Facebook correspondant à une certaine Jess Spender. Elle tenait sa première vraie piste. Car si le profil ne mentionnait ni âge ni occupation, la photo qui l'illustrait était un cliché d'un gratte-ciel iconique de Brooklyn, la Williamsburgh Savings Bank Tower, qu'on avait retouché pour l'affubler d'une grande moustache en guidon de vélo. Bref, une photo de profil qui correspondait parfaitement au sens de l'humour d'une New-Yorkaise de Brooklyn qui appelle son chat Malo.

C'est elle.

Elles n'avaient pas d'amis en commun, mais les paramètres du compte Facebook de Jess Spender permettaient à n'importe qui de lui envoyer un message. *Même quelqu'un qui habite dans ton ancien appartement, qui a peint ton portrait à ton insu et qui s'est ensuite amusé à le défigurer*, songea-t-elle avec un petit ricanement nerveux.

Elle cliqua sur le bouton « Envoyer un message à Jess » et se mit à taper tout en minuscules : « bonjour. si vous êtes bien la jessica spender qui habitait dans cranberry street, à brooklyn, j'ai une petite... »

Susan s'interrompit et fit craquer ses phalanges. Elle allait écrire « question à vous poser », mais elle se rendait compte qu'elle ne savait pas quoi lui demander.

« Comment va ton visage ? », par exemple. C'est une petite question, ça, non ?

Susan effaça « une petite » et écrivit à la place « reçu un courrier pour vous qui a l'air important et la propriétaire ne connaît pas votre nouvelle adresse ». Elle signa ensuite de son nom, laissa son adresse e-mail et, après une seconde d'hésitation, ajouta également son numéro de portable.

12

« Coucou, ma Susan, je suis désolée, j'ai vraiment été la pire amie du monde ! Est-ce que ça te dirait de déjeuner avec moi aujourd'hui ? On pourrait se retrouver quelque part à Manhattan ? »

Jenna avait appelé vendredi matin pour proposer cette invitation de dernière minute, et Susan s'était empressée d'accepter. La semaine avait été une longue répétition de la même journée maussade. Alex, qui après avoir marmonné un vague « bonjour » attrapait son sac besace et partait en hâte en cramponnant son Thermos de café. Marni, qui arrivait un peu plus tard et récupérait Emma, laissant Susan seule. Seule avec sa mélancolie et seule avec sa terreur. Elle avait désormais si peur de la pièce bonus qu'elle n'osait même plus se mettre à son chevalet ou faire quoi que ce soit d'autre.

« Quelque part où on peut boire du vin ? suggéra Susan.

– Bonne idée ! »

Jenna faisait partie de ces rares comédiennes qui réussissaient à vivre de leur passion : elle jouait dans de nombreuses pièces de théâtre, parfois même à Broadway, et s'assurait un complément de revenu en tournant dans des publicités et en enregistrant des voix off pour la télé. Elle était d'une gentillesse sans limites et d'une modestie quasiment maladive : toujours à dénigrer ses propres accomplissements, pourtant remarquables, et à s'extasier lorsqu'elle évoquait la vie de Susan – sa fille extraordinaire, son mari parfait...

Pour la première fois depuis plusieurs jours, Susan passa une excellente matinée. Après un rapide aller et retour chez un fleuriste de Henry Street où elle acheta un bouquet pour égayer la table de la cuisine, elle passa un long moment à choisir une tenue pour le déjeuner. Elle avait hâte d'entendre les dernières aventures de Jenna et de partager avec cette amie toujours à l'écoute ses joies et ses doutes concernant la maison de Cranberry Street. Jenna saurait la rassurer. Elle lui ferait comprendre qu'elle se montait la tête et qu'elle avait une chance incroyable de vivre dans un appartement aussi fabuleux avec une famille aussi exquise.

Susan sortit de chez à elle à 12 h 30 pour retrouver Jenna à la brasserie Les Halles à 13 h 15. La station de métro la plus proche, High Street, étant fermée pour travaux, elle marcha jusqu'à Jay Street. Ce détour la fit passer par Livingston Street, où elle pressa le pas pour contourner la petite forêt de roses blanches et roses et les ours en peluche aux grands yeux tristes qui constituaient le mémorial improvisé en hommage aux jumelles Phelps.

« Alors raconte un peu, comment ça va, vous ? Et Emma, qu'est-ce qu'elle devient ?

– Elle va bien. Elle grandit. Tiens, regarde... »

Jenna se pencha au-dessus de la table et Susan fit défiler les dernières photos sur son iPhone. À chaque nouveau cliché, Jenna lui attrapait le bras en s'extasiant :

« Mais non ! Qu'est-ce qu'elle est mignonne ! Trop chou ! Oh, Susan, si tu savais comme je suis jalouse !

– Jalouse ? De moi ? Arrête ! Et toi, qu'est-ce que tu racontes ? Tu sais que Fran m'a envoyé le dernier article paru dans *Variety* ? Sur ta performance au festival Lillian Hellman. »

Jenna balaya le sujet d'un geste de la main.

« Comment va Alex ?

– Oh... » Susan soupira et but une gorgée de merlot. « Il va bien. Il est très occupé.

– C'est plutôt bon signe, ça, non ?

– Si, si. »

Il y eut une longue pause. Susan se mordit la lèvre, se passa la main dans les cheveux et se tourna vers son amie, qui ouvrit de grands yeux compatissants.

« Je dois vraiment avoir une sale tête, si tu me regardes comme ça, plaisanta-t-elle.

– Mais tu rigoles, tu es resplendissante, Susan ! »

Jenna lui attrapa les mains. Susan et elle étaient devenues amies douze ans auparavant, après être toutes les deux sorties avec un certain William Vasouvian. Elles s'étaient croisées un soir au DBA et s'étaient rapprochées autour d'un demi et d'une discussion sur les nombreuses tares de leur ex-petit ami commun.

« Bon, dis-moi, maintenant, qu'est-ce qui t'arrive ? » demanda Jenna.

Susan ouvrit la bouche pour répondre, puis la referma et haussa les épaules avec un sourire forcé. C'était si bête. *Tu ne vas pas me croire, Jenna, mais j'ai l'impression que mes pinceaux sont possédés ! Qu'est-ce que je peux faire ?*

« Pas grand-chose, répondit-elle. Rien. Je crois qu'on a peut-être des punaises de lit. »

Jenna lui lâcha les mains.

« Il faut que tu déménages. »

Son amie la regardait avec une intensité à laquelle Susan n'était pas habituée.

« Je ne plaisante pas », insista-t-elle.

Susan sentit un frisson glacé lui parcourir la colonne vertébrale, de la nuque au coccyx ; Jenna réagissait comme si elle lui avait annoncé que sa maison était hantée ou que des forces obscures guidaient sa main lorsqu'elle se tenait devant son chevalet. Elle tâcha de détendre l'atmosphère avec un petit rire léger et un haussement de sourcils.

« Calme-toi, Jenna ! J'ai dit "peut-être". En vérité, je n'y crois pas une seconde. D'ailleurs...

– Alors pourquoi tu me racontes une chose pareille ?

– Parce que je... euh, je ne sais pas. Il y avait une petite tache sur mon oreiller, et j'ai pensé... »

Elle se rappela la fois où elle avait traversé le salon en pleine nuit, avec la sensation d'être épiée. Elle dut se retenir pour ne pas dire à Jenna : « Je les ai senties me regarder. »

« Tu as pensé quoi ? Est-ce que tu as été piquée ?

– Non, Jenna. Non. »

Mais Jenna secouait gravement la tête.

« Il faut vraiment que tu déménages. Je t'aiderai à faire les cartons, s'il le faut.

– Jenna, arrête. Tu m'inquiètes, là.

– Je suis désolée, mais il y a de quoi s'inquiéter. »

Le serveur déposa devant elles deux salades de poulet grillé et une corbeille de pain et leur souhaita un bon appétit.

Jenna ne quittait pas Susan des yeux.

« Tu n'as pas vu les infos ? Ces saletés sont partout. Je ne sais pas quelle est la situation à Brooklyn, mais j'ai entendu des choses horribles. Des gens qui se retrouvent à jeter la moitié de leurs meubles, à dormir par terre, à déménager des dizaines de fois.

– Jenna.

– Je connais une fille, Katie Wilkes, elle a joué dans *The Weir* avec moi, elle était fiancée à un type et ils ont eu des punaises de lit. À cause d'un futon d'occasion, *a priori*. Bref, ça a été une telle épreuve qu'ils ont fini par se séparer. »

Jenna planta sa fourchette dans un morceau de poulet au moment où son BlackBerry se mettait à vibrer. Elle jeta un œil à l'écran mais ne répondit pas. Susan se demanda qui pouvait bien appeler Jenna, et elle éprouva un soupçon de nostalgie en repensant au temps où elle aussi travaillait. Les dossiers, les *deadlines*, les fiches de frais, les choses à faire...

« C'est bon, Jenna, j'ai compris. Mais je t'assure, comme je te disais, je ne pense pas que ce soient des punaises de lit.

– Qu'en dit Alex ? »

Susan attaqua sa salade.

« Il pense comme moi », répondit-elle la bouche pleine.

Jenna soupira et attrapa son téléphone.

« Je vais te donner le numéro de Dana Kaufmann. C'est une exterminatrice. Une désinsectiseuse, je ne sais pas comment on dit.

– Jenna...

– C'est mon ami Ron qui me l'a donné. Tu sais, celui qui travaille au syndicat des comédiens. Il a forcé tout le monde à l'enregistrer après qu'ils ont trouvé des punaises dans les coulisses de l'Academy of Theatre Arts. Apparemment, c'est un peu l'exterminatrice des stars. Elle a désinfecté la maison de Maggie Gyllenhaal et de Peter Sarsgaard à Park Slope.

– Ah oui ?

– Tu me promets de l'appeler ?

– Si j'en ai besoin. »

Jenna finit par changer de sujet et elles passèrent le reste du repas à se donner des nouvelles de leurs amis communs et à parler des livres qu'elles avaient lus récemment. Jenna promit à Susan qu'elle passerait la voir bientôt, et Susan promit à Jenna qu'elle irait voir la pièce qu'elle commençait tout juste à répéter, une comédie musicale écrite par Tom Kitt, un des auteurs de *Next to Normal*. Comme à son habitude, Jenna répondit :

« Oh, ne te sens pas obligée, tu as assez de choses à faire comme ça. »

Quand elles se prirent dans les bras avant de se séparer, Jenna serra Susan plus fort que d'habitude, puis elle fit un pas en arrière et la regarda droit dans les yeux.

« Oh, et la pauvre petite Emma, dit-elle dans un murmure pressant. Je vais me répéter, Susan, mais si vous avez vraiment des punaises de lit, il faut que vous déménagiez ! »

Pour rentrer, Susan prit la ligne 2 du métro afin d'éviter de devoir repasser par Livingston Street et son sinistre mémorial. Il était 14h45 quand elle arriva devant chez elle; Emma devait être dans son lit en train de faire la sieste, et Marni sur le canapé du salon en train de lire – ou de faire la sieste, elle aussi. Susan resta plantée quelque temps au pied du perron, les mains sur les hanches, à observer la silhouette de la maison qui se découpait sur le ciel, sans se rendre compte qu'elle adoptait la même position qu'Andrea quelques jours plus tôt. Alors qu'elle s'apprêtait enfin à gravir la volée de marches, la porte d'entrée rouge s'ouvrit d'un coup et Louis sortit en sifflotant, un marteau à la main. En la voyant, il se figea et fronça les sourcils, comme s'il n'était pas sûr de la reconnaître. Enfin, un sourire s'afficha sur son visage.

« Bonjour, Susan, comment allez-vous ? »

Il commença à descendre l'escalier, mais Susan ne le regardait plus : elle avait reporté son attention sur la petite porte vermoulue située sous le perron.

« Louis, est-ce que je peux vous poser une question ?

– Mais bien sûr.

– Est-ce qu'Andrea a déjà eu des punaises de lit ? »

Louis la rejoignit sur le trottoir, s'appuya contre le portail en fer forgé et se gratta la tête.

« Euh... ma foi, non, je ne crois pas. Pas que je sache, en tout cas. Et s'il y a bien une personne qui serait au courant, c'est moi !

– Et les locataires précédents ? Jessica Spender et son... fiancé ?

– Jack. Il s'appelait Jack Barnum. Je m'en souviens parce que c'était le même nom que le cirque, et mes gamins adoraient le cirque, quand ils étaient mômes. Parfois, on les emmenait à l'entrée du Midtown Tunnel au milieu de la nuit pour voir quand ils faisaient traverser les éléphants. Vous avez déjà fait ça, avec votre petite ?

– Non. Mais du coup, est-ce que vous savez si Jessica et Jack ont eu des punaises de lit ?

– Non. Il ne leur aurait plus manqué que ça, à ces pauvres gens. Croyez-moi, ils avaient déjà assez de problèmes comme ça. » Louis bascula son poids d'une jambe sur l'autre et fit tourner le manche du marteau dans sa main. « Pourquoi cette question ? Vous pensez avoir une infestation ?

– Non, non. C'est juste... On en parle beaucoup aux informations, c'est tout.

– Je vois. »

Ils restèrent l'un à côté de l'autre sans rien dire pendant un long moment, puis Louis hocha la tête et se redressa.

« Bon, c'est pas tout ça, mais il faut que j'y aille, moi. »

Il commença à s'éloigner, mais Susan n'en avait pas encore terminé.

« Louis ? »

L'homme se retourna. Il avait toujours le sourire, mais Susan crut déceler une pointe d'agacement derrière son air serviable.

« Oui ? »

Je devrais lui demander de réparer la latte du plancher, songea Susan. *Et le robinet. Et la prise de courant.* Quand elle avait fait à Andrea la liste des détails à régler le week-end précédent, celle-ci n'avait rien noté, et Susan était convaincue qu'elle avait oublié d'en parler à Louis.

Au lieu de quoi, elle lui demanda :

« Qu'est-ce qu'il y a au sous-sol, Louis ? »

Le visage de Louis se durcit.

« Écoutez, Susan. Je me suis déjà excusé par rapport à votre petite.

– Je sais, je sais. Simple curiosité.

– De la curiosité, hein ? »

Il la dévisagea pendant de longues secondes, comme s'il la jaugeait, et Susan crut qu'il allait tourner les talons et partir. Finalement, il haussa les épaules et revint à sa hauteur.

« Ce que je vais vous dire doit rester entre nous, d'accord ? » commença-t-il d'une voix grave.

Elle acquiesça.

« C'est très important, insista-t-il. Bon, donc comme je vous l'ai déjà raconté l'autre jour, Howard s'est suicidé avant que la maladie l'emporte. Ce que je ne vous ai pas dit, en revanche, ce que je n'ai pas voulu vous dire, mais puisque vous me posez la question... »

Il se pencha vers Susan, et Susan se pencha vers lui. Leurs fronts se touchaient presque.

« Il a fait ça ici, en pleine nuit. Au sous-sol.

– Mon Dieu. »

Louis se redressa et regarda par-dessus son épaule en direction de la fenêtre d'Andrea, avant de reprendre en chuchotant :

« C'est en partie pour ça que je me fais du souci pour Andrea. Depuis le drame, elle n'a jamais laissé personne descendre au sous-sol pour... vous savez, pour nettoyer. Je ne sais pas si vous imaginez le résultat d'une balle dans la tête au niveau du sol et des murs, mais... »

Susan grimaça. Elle se sentait fatiguée et elle avait un peu chaud, certainement à cause du vin qu'elle avait bu au déjeuner.

« La seule chose que j'ai eu le temps de faire, entre le moment où ils ont emmené le corps et celui où Andrea m'a interdit de descendre, c'est de remettre ce foutu fusil de chasse dans sa malle. Au moins, comme ça, il n'est plus là pour lui donner de mauvaises idées quand elle descend chercher un rouleau de Sopalin. À part ça, de ce que j'en sais, le sous-sol est resté exactement en l'état. Une scène de film d'horreur, si vous voulez mon avis.

– Vous voulez dire que vous n'avez jamais... ? »

Louis secoua la tête.

« Elle m'a défendu d'y mettre les pieds. Parce qu'elle sait que si je descends là-dedans, je ne pourrai pas m'empêcher de me mettre à quatre pattes pour tout nettoyer. Personnellement, je trouve ça moche, de laisser ça tel quel. C'est un peu comme... un musée de la mort.

– Quelle horreur !

– Vous l'avez dit. Par contre, j'insiste encore une fois, Susan : tout ça doit rester entre nous, d'accord ?

– Bien sûr. Bien sûr. »

Louis sourit de nouveau, mais son regard était dur et glacial. Ce n'était pas une requête, mais un ordre.

13

L'orage qui menaçait le mariage de Susan et d'Alex depuis le début de la semaine éclata avec férocité le dimanche soir, quand Alex redescendit à la cuisine après avoir couché Emma. Alors qu'il avait déjà bu deux bières au dîner, il se dirigea droit vers le réfrigérateur, en ouvrit une troisième et en but la moitié d'un trait. Susan, qui était encore à table en train de terminer sa salade et sa tranche de rosbif, se tourna vers lui et dit simplement, d'un ton tout à fait désinvolte :

« Tu avais soif ? »

C'était le genre de petite taquinerie qui d'ordinaire lui aurait valu un acquiescement amusé – « Il faut bien que je m'hydrate » – ou, dans le pire des cas, un simple « ha, ha, très drôle » prononcé d'un ton las. Sauf que cette fois, alors qu'il affichait depuis plusieurs jours une humeur sombre et renfrognée, Alex fit volte-face, le goulot de la bouteille serré entre les doigts, et cracha :

« Qu'est-ce qu'il y a ? C'est quoi, ton problème ? »

Susan recula sa chaise. Si Alex cherchait la dispute, il était bien tombé, parce qu'elle aussi en avait gros sur le cœur.

« Mon problème ? rétorqua-t-elle. Écoute, Alex, je ne sais pas ce que tu as cette semaine, mais figure-toi que tu n'es pas tout seul. Il y a deux personnes qui vivent avec toi, je te rappelle.

– Crois-moi, je suis au courant », dit-il, l'air mauvais.

Le couteau de Susan trembla légèrement dans sa main.

« Qu'est-ce que tu veux dire par là ?

– Rien. »

Il soupira, se détourna et baissa les yeux vers l'évier.

« C'est juste que je m'inquiète pour l'argent. Il faut que je fasse un gros chèque pour le loyer, et ça va mettre un coup à nos finances.

– Oh. »

Le voir se radoucir la calma instantanément. C'était tout ce qu'elle voulait : qu'Alex se confie, qu'il lui fasse part de ses angoisses au lieu de se morfondre dans son coin. À présent, elle allait pouvoir jouer le rôle qui lui incombait en tant qu'épouse et lui dire que tout allait s'arranger, qu'ils formaient une équipe solide et qu'ils allaient trouver la solution ensemble.

Mais alors qu'elle s'apprêtait à le rassurer, il se tourna de nouveau vers elle et prononça les mots magiques :

« Surtout maintenant que tu ne travailles plus...

– Tu te fous de moi ? » cria-t-elle en jetant son couteau dans son assiette.

Emma poussa un grognement désapprobateur qui résonna dans le babyphone.

« Qu'est-ce qu'il y a ? demanda Alex en feignant odieusement l'innocence.

– Il y a que j'en ai ras-le-bol que tu dises ça.

– Parce que c'est faux, peut-être ? Si je me souviens bien, c'est quand même toi qui as décidé d'arrêter de travailler.

– Ce n'était pas une décision unilatérale. On en a parlé mille fois.

– Disons plutôt que tu as insisté jusqu'à ce que je finisse par fléchir. » Susan eut l'impression qu'il venait de lui donner un coup de poing dans le ventre. « Et au passage, ajouta Alex en pointant un index accusateur, je te rappelle que c'est aussi toi qui as voulu qu'on dépense des milliers de dollars pour déménager dans un appartement trop cher pour nous...

– Là encore, je n'ai rien décidé toute seule.

– À d'autres.

– Toi aussi, tu en avais envie !

– J'ai cédé.

– Ben tiens », dit Susan avec un petit ricanement mauvais.

Alex secoua la tête. Il était furieux et elle pouvait presque voir la rage monter en lui, tandis qu'il se convainquait de la fiabilité de sa propre mémoire. Elle remarqua alors la largeur de son torse, l'épaisseur de ses bras, et se fit la réflexion qu'il était beaucoup plus fort qu'elle.

« Si, si, insista Alex. C'est exactement ce qui s'est passé. Je savais que c'était une idée débile, mais tu m'as tellement bassiné avec que j'ai fini par capituler. Je n'étais pas d'accord.

– Tu es dégueulasse de dire ça, Alex. Tu es dégueulasse et tu le sais. »

Mais dans le même temps, un petit murmure insistant et accusateur s'élevait du tréfonds de son cerveau : *Il a raison, il a raison, évidemment qu'il a raison.* C'était bien Susan qui leur avait fait quitter leur petit nid douillet de Manhattan et leur avait imposé ce nouveau poids, ce nouvel appartement – *appartement qui, pour ne rien arranger, est peut-être bien hanté et/ou envahi par les...*

Elle secoua vigoureusement la tête et reprit le contrôle de ses pensées.

« Bon, ton entreprise est en train de couler ? cracha-t-elle, et elle eut la satisfaction de voir Alex écarquiller les yeux, blessé. Eh bien je retrouverai un boulot ! Je retournerai dans mon ancienne boîte et, dès la semaine prochaine, je toucherai trois fois ce que tu gagnes !

– Excellente idée. Et comme ça j'aurai à nouveau le plaisir de t'écouter te plaindre tous les soirs... "J'en peux plus", "C'est trop dur"...

– Tu veux dire, exactement comme tu le fais depuis deux semaines ? »

La dispute se poursuivit pendant des heures, avec ses silences insupportables entrecoupés d'explosions plus violentes les unes que les autres : volées de récriminations et d'accusations, ricanements méprisants, vieux sujets ramenés sur le tapis pour l'occasion. Deux chiens enragés qui se sautaient à la gorge – c'était l'image que voyait Susan chaque fois qu'ils avaient ce genre de prise de bec. Plus tard, alors qu'elle était allongée dans son lit, les yeux grands ouverts, le cœur battant et la poitrine tremblante, Susan se fit la réflexion qu'il s'agissait de leur pire dispute depuis qu'ils étaient mariés. Depuis qu'ils se connaissaient, même.

À ses côtés, Alex dormait paisiblement. Sa peau scintillait au clair de lune et un filet de bave s'échappait de ses lèvres. Comme un enfant. Comme si rien ne s'était passé. Susan examina les fissures au plafond en résistant à l'envie de le secouer, de lui hurler dessus, de se lancer dans un énième round. Le sommeil d'Alex lui paraissait un affront supplémentaire, une façon de la faire culpabiliser encore plus.

Saletés de fissures.

Tous les soirs, il lui semblait qu'elles étaient plus nombreuses que la veille.

Elle fit de nouveau le cauchemar.

Cette fois, il commença au mémorial improvisé dans Livingston Street. Elle écartait les roses fanées et les peluches sales à la recherche d'un cadeau pour Emma. Ces peluches étaient là depuis si longtemps qu'il y avait fort à parier que puces et asticots y avaient déjà élu domicile. Mais Emma voulait absolument un nounours, alors elle continua à soulever les jouets décrépits les uns après les autres, lorgnant les yeux de plastique ternes et passant la main sur les fourrures détrempées. Soudain, une voix rauque s'écria : « Attention ! », et elle leva la tête pour voir l'énorme double poussette chuter en tourbillonnant depuis le sommet de l'immeuble, de plus en plus vite. À son bord, les deux petites jumelles poussaient des hurlements de terreur. Le landau rebondit sur l'auvent et décrivit un dernier arc de cercle au-dessus de la tête de Susan avant de s'écraser à ses pieds, au milieu du trottoir. Des litres et des litres de sang se mirent alors à jaillir dans toutes les directions, et elle se retrouva douchée, aveuglée et incapable de crier parce qu'elle en avait plein la bouche.

Quand elle se réveilla, elle haletait et Alex était en train de la secouer.

« Chérie ? Chérie ? Réveille-toi, tout va bien. »

Ses yeux étaient remplis d'amour et de tendresse, alors elle se laissa aller contre son torse nu et enfouit les mains dans ses cheveux. Il la serra contre lui et lui murmura à l'oreille :

« Ton oreiller est trempé. »

Puis il se leva et se dirigea vers le placard pour y récupérer une taie propre.

« Non », murmura-t-elle – ou plutôt essaya-t-elle de murmurer, mais le mot était coincé dans sa gorge, comme une bille toute dure.

NON. Alex déplia la taie d'oreiller, la secoua, et les punaises s'envolèrent comme des grains de sable sur une serviette de plage. Des milliers et des milliers de punaises qui s'empressèrent de se disperser en faisant frétiller leurs antennes et qui disparurent en quelques instants dans les différentes anfractuosités de la pièce.

On n'arrivera jamais à s'en débarrasser, maintenant. On n'y arrivera jamais…

Elle ouvrit les yeux. Cette fois, elle était vraiment réveillée. L'obscurité silencieuse. Le plafond. Les fissures. Il était 3 h 32.

La taie d'oreiller ! songea-t-elle.

Elle se coula hors du lit, se rendit sur le palier et ouvrit le grand placard. La taie d'oreiller qu'elle avait lavée le week-end précédent était toujours là où Alex l'avait posée, au sommet d'une pile de linge bien repassé. Elle l'attrapa, la glissa sous son bras et l'emporta jusqu'à la salle de bains, où elle la secoua au-dessus du lavabo avant de l'examiner à la lumière des ampoules du miroir. Alex et elle avaient eu beau essayer de se convaincre que ce n'était pas du sang, cela ne faisait désormais plus aucun doute. La petite tache rouge foncé était toujours là, bien visible sur le tissu jaune. De la saleté serait partie au lavage.

Comme un zombie, Susan replia soigneusement la taie et alla la reposer à sa place. Puis elle regagna la chambre d'un pas titubant, se laissa tomber sur le lit et sombra dans un sommeil profond et sans rêve.

14

Le lendemain matin, Susan se réveilla avec trois boutons sur le bras.

Elle ne ressentit aucune surprise en les voyant. Trois piqûres.

Elle alluma la lampe de chevet. Les boutons suivaient une ligne quasiment droite juste au-dessus du poignet. Chacun formait un disque de la surface d'une petite pièce de monnaie, assez dur au toucher et légèrement bombé, avec au centre un petit point blanc. Pendant trente longues secondes, Susan regarda les piqûres.

Exactement comme Jessica, songea-t-elle, puis elle se dit que ce n'était pas le moment de penser à ça.

C'était le lundi 27 septembre, il était 6 h 42. Cela faisait désormais quinze jours que Susan et sa famille habitaient à Brooklyn.

Emma dormait encore, Alex était sous la douche – elle entendait l'eau couler à travers la cloison. Susan retourna son oreiller, passa les doigts sur la taie et approcha le tissu de son visage, mais elle ne trouva aucune trace. Après quoi elle se leva, retira la couette et examina méthodiquement le drap, puis le drap-housse, de la tête du lit jusqu'au pied. Elle avait le sentiment que le moment qu'elle attendait était enfin arrivé ; le malaise constant qu'elle ressentait dans ses tripes depuis plusieurs jours s'était matérialisé, comme une prophétie qui se réalise.

Les boutons ne lui faisaient pas mal. Elle les pressa du bout de l'index, en traça le contour, les gratta délicatement avec ce qui lui restait d'ongles. Le bruit d'eau dans la salle de bains s'interrompit pour reprendre, plus discret, quelque temps plus tard. Après s'être douché, Alex était en train de remplir le lavabo pour se raser. Susan perçut au fond d'elle-même des traces d'angoisse et de colère, comme si elle avait encore dans le sang des résidus chimiques de leur dispute de la veille – une gueule de bois de rage.

Elle se dirigea vers la porte, actionna l'interrupteur du plafonnier pour inonder la chambre de lumière, et reprit ses recherches. Du plat de la main, elle commença par lisser son côté du lit, puis celui d'Alex. Cela lui rappela un souvenir : un matin, alors qu'elle était en deuxième année de fac – cela lui semblait si loin, à présent –, elle s'était réveillée dans le lit de sa colocataire aux côtés d'un inconnu avec qui elle avait couché pour une raison idiote probablement motivée par l'alcool. Après avoir mis l'amant dehors, elle avait effectué le même exercice honteux, inspectant minutieusement les draps avec la crainte de découvrir une ou plusieurs taches compromettantes.

Le drap et la couette formaient une boule sur le plancher et Susan était à quatre pattes sur le lit en train d'examiner l'alèse comme un chien de chasse flairant une piste, quand la porte de la chambre s'entrouvrit et qu'Alex apparut, une serviette enroulée autour de la taille.

« Susan ? »

Sa voix était douce et il avait la tête baissée – de toute évidence, il était prêt à enterrer la dispute.

« Écoute », reprit-il.

Susan leva la tête et poussa un hurlement. Son mari avait un filet de sang scintillant qui lui coulait du menton jusqu'à la poitrine.

« Je me suis coupé en me rasant, expliqua-t-il en posant la main sur la blessure. Vu ta réaction, j'imagine que je ne me suis pas loupé ! »

Des bruissements s'élevèrent du babyphone ; Emma était réveillée.

« Maman ? murmura une petite voix mélodieuse. Maman ?

– Susan ? reprit Alex, qui traversa la pièce pour s'approcher du lit. Qu'est-ce que... ? »

Sans un mot, elle s'assit et lui présenta ses poignets, comme pour qu'on lui passe les menottes. En voyant les boutons, Alex laissa échapper un long sifflement.

« Eh ben ! s'exclama-t-il. On dirait qu'on va avoir besoin d'un exterminateur. »

« Vous avez de la chance, dit Dana Kaufmann, l'exterminatrice des stars. J'ai un créneau de libre aujourd'hui à 10 heures. Ça vous irait ? »

Susan s'empressa d'accepter, et Kaufmann arriva pile à l'heure. C'était une femme très masculine, qui ne souriait pas. Elle portait une salopette grise, une casquette arborant l'inscription « Brooklyn Désinsectisation » et une paire de grosses chaussures marron. Un sac en toile noir complétait sa tenue, ainsi qu'une ceinture à laquelle était accroché l'étui d'une lampe torche. Dès qu'elle fut entrée dans l'appartement, Susan se sentit mieux.

« Bonjour, bonjour ! Merci beaucoup d'être venue ! Est-ce que je peux vous proposer un verre d'eau, ou autre chose ?

– Non, merci. »

Alors qu'elles pénétraient dans la cuisine, Kaufmann sortit de la poche de sa salopette un petit carnet à spirale et un stylo.

« Parlez-moi un peu de ces punaises de lit, dit-elle après s'être éclairci la gorge. Quelles preuves avez-vous trouvées ?

– Euh, juste... ça. »

Susan remonta sa manche et montra à Kaufmann la rangée de boutons. Elle ressentait le même genre de gêne que lorsqu'un médecin lui demandait de se déshabiller.

« Très bien, marmonna Kaufmann, sourcils froncés en inspectant les piqûres. Et pour ce qui est des punaises ? Est-ce que vous avez pu en observer à l'état actif ?

– Qu'est-ce que vous voulez... ?

– Par "état actif", j'entends vivantes.

– Alors non. »

Kaufmann griffonna quelques mots dans son carnet.

« Et à l'état inactif ?

– Non plus, répondit Susan avec un frisson.

– Est-ce que vous avez retrouvé des mues ?

– À quoi est-ce que c'est censé ressembler ? »

Kaufmann se mit à débiter une explication qu'elle connaissait visiblement par cœur.

« Entre la naissance et l'âge adulte, les punaises de lit passent par cinq stades de croissance. À chaque changement de stade, elles muent et laissent derrière elles leur exosquelette. Cet exosquelette, ou mue, ressemble à une carapace vide et vaguement transparente d'une taille comprise entre deux et quatre millimètres.

– Ah. »

Kaufmann resta silencieuse quelques instants, puis reprit :

« Alors ? Est-ce que vous en avez vu ?

– Euh, non. Désolée.

– Et des larves ?

– À quoi est-ce que... ?

– À des petits asticots blanchâtres. »

Susan eut un haut-le-cœur et s'empressa de secouer la tête.

« Non, non. Rien de tout ça. »

Kaufmann fronça les sourcils et tourna la page de son carnet.

« Dans ce cas, pourriez-vous me donner la principale raison qui vous a poussée à faire appel à nos services aujourd'hui ?

– Eh bien... »

Alors en fait, je fais des cauchemars abominables, et puis il y a aussi ce tableau diabolique, et...

« Les piqûres. Juste les piqûres. »

Dana Kaufmann commença son inspection par la chambre. Elle traversa la pièce, piétinant au passage le petit tapis moderniste ovale d'Alex et de Susan avec ses grosses chaussures, et retira d'un coup sec la couette et les draps. Susan se sentit bête d'avoir pris le temps de refaire le lit juste après sa chasse aux punaises infructueuse. Kaufmann souleva ensuite le matelas au prix d'un effort qui lui fit pousser un petit grognement et le posa à la verticale contre le mur. Puis, tel un agent de sécurité palpant un suspect, elle se lança dans une inspection minutieuse : elle passa la main sur chaque centimètre carré de tissu, appuya légèrement sur les reliefs, parcourut toutes les coutures – d'abord avec les doigts, puis avec un long bâton plat qui ressemblait à une lime à ongles pointue. Un second grognement, et Kaufmann souleva le sommier à ressorts qu'elle posa verticalement contre un autre mur avant de recommencer l'opération, faisant danser ses doigts le long du cadre en bois et des pans de tissu détendus.

Susan se tenait dans l'encadrement de la porte, hypnotisée.

Enfin, Kaufmann fit craquer ses phalanges, sortit une petite visseuse électrique d'une poche de sa salopette et s'approcha de la tête de lit en chêne.

« Je peux ?

– Euh...

– Ne vous en faites pas, madame, je la remonterai aussitôt après. »

La visseuse émit un gémissement aigu et Kaufmann désassembla tour à tour la tête, le cadre et les pieds du lit, transformant en quelques minutes le meuble dont Susan était si fière en une pile de bois sombre. Kaufmann s'accroupit ensuite à côté de son œuvre et examina les différents morceaux les uns après les autres en les faisant tourner entre ses mains. Dès qu'elle avait fini d'évaluer un des éléments, elle le posait soigneusement à l'écart de la pile. Susan se demanda à quoi ressemblait le lit de Maggie Gyllenhaal et de Peter Sarsgaard.

« Vous en avez des choses, là-dessous, commenta Kaufmann sans se retourner.

– Comment ? Ah, oui, un peu. »

Susan regarda ce qui avait été mis au jour lorsque Kaufmann avait démonté le lit : une rangée de boîtes à chaussures, des cartons portant le logo d'un magasin de décoration, des sacs cabas remplis d'autres sacs cabas, quelques rouleaux de papier cadeau et l'étui contenant la mandoline qu'Alex n'avait pas touchée depuis une éternité.

« Vous trouvez que c'est trop ?

– Les punaises vivent dans des cachettes situées le plus près possible du lit. Elles sortent pour se nourrir – chaque repas dure entre dix et quinze minutes –, puis elles retournent se mettre à l'abri. Toutes ces boîtes à chaussures et ces cartons sous le lit ? Pour une punaise, c'est le paradis !

– Ah, d'accord, dit Susan, et elle attrapa vite un des objets incriminés pour le ranger dans le placard.

– Je serais vous, j'éviterais aussi le placard », ajouta Kaufmann, toujours sans lever la tête.

Comme elle l'avait promis, Dana Kaufmann remonta le lit, assemblant les différentes parties les unes après les autres avec une aisance de professionnelle. Elle remit également en place le sommier et le matelas, mais n'alla pas jusqu'à refaire les draps. Cette première opération terminée, elle récupéra la lampe torche à sa ceinture et se dirigea vers le placard de la chambre. Elle promena méthodiquement le rayon lumineux sur chaque centimètre carré en s'attardant sur les angles les moins visibles. Susan aurait dit que le placard était plutôt bien rangé ; ils n'avaient emménagé que deux semaines auparavant, si bien que la prédisposition d'Alex pour le désordre n'avait pas encore eu le temps de faire des ravages. Pourtant, Kaufmann n'arrêtait pas de pousser des soupirs désapprobateurs, chaque fois que la lampe révélait une cachette potentielle pour les punaises : la forêt de chemises d'Alex, la petite caisse en tissu où Susan rangeait ses bas et ses collants, les étagères du haut sur lesquelles étaient posés en vrac pulls et autres affaires d'hiver.

Debout derrière Kaufmann, les bras croisés, Susan sentait des gouttes de transpiration perler sur son front – l'angoisse. Elle attendait le moment où l'exterminatrice lui ferait signe d'approcher, braquerait le rayon de la lampe sous un pull ou dans une boîte à chaussures et s'exclamerait :

« Tenez ! Vous voyez ? C'est là qu'elles se cachent, vos punaises ! »

Mais les minutes continuèrent à s'égrener en silence, jusqu'à ce qu'enfin Kaufmann éteigne sa lampe torche, refasse craquer ses phalanges et déclare :

« Passons à la suite. »

Dans la chambre d'Emma, Kaufmann démonta le petit lit aussi rapidement qu'elle avait démonté celui de Susan et d'Alex. Puis, de la même manière, elle en inspecta tous les éléments avant de les remettre en place. Kaufmann fouilla ensuite les coffres à jouets avec ses grosses mains, visiblement insensible aux peluches roses et autres poupées désarticulées. Elle passa les doigts dans la fourrure des peluches comme un singe épouillant son congénère, elle feuilleta tous les albums, et, pour finir, elle examina sous toutes ses coutures le pyjama en coton d'Emma.

Kaufmann était à quatre pattes dans la cuisine, en train de fouiller le placard situé sous l'évier, quand quelqu'un frappa à la porte.

« Susie ?

– Tiens, bonjour, Andrea.

– Bonjour, Susan, je suis désolée de vous déranger, mais j'ai un souci avec mon ordinateur. Un problème de connexion réseau, apparemment ? Et comme je vous vois souvent avec votre sacoche d'ordinateur portable, je me suis dit... »

Elle s'interrompit. Elle venait de passer la tête par la porte de la cuisine.

« Grands dieux, mais qu'est-ce qui se passe, ici ? » s'exclama-t-elle d'une voix qui était soudain montée se percher dans les aigus. Avec ses chaussons verts et son pyjama en soie, elle semblait appartenir à un autre siècle. « Est-ce qu'on a une infestation ? Je vous en prie, dites-moi que non !

– Je ne suis pas sûre, on regarde. Enfin, elle regarde. On va voir.

– Vous auriez dû m'en parler, Susan, je me serais chargée d'appeler quelqu'un. » Alors que Susan escortait Andrea dans la cuisine, Kaufmann leva la tête et posa sur la nouvelle venue un coup d'œil scrutateur, comme pour vérifier qu'il ne s'agissait pas d'une énorme punaise douée de parole. « Bien sûr, vous déduirez le coût de la visite de madame de votre loyer, Susan. Vous n'avez pas encore payé, ce mois-ci, rassurez-moi ? Non, il me semble bien que non.

– Merci, Andrea. »

Susan ne lui proposa pas de café, mais Andrea resta néanmoins pendue à son bras, à regarder travailler Kaufmann – celle-ci venait de terminer l'inspection du placard et se dirigeait vers le garde-manger.

« J'ai une sœur, Nan', qui habite à Portland – le Portland dans l'Oregon, pas celui dans le Maine – et qui m'a parlé d'une astuce radicale, raconta Andrea. Apparemment, il faut verser quelques gouttes d'une boisson alcoolisée un peu partout dans la maison. Évidemment, depuis le temps, j'ai oublié de quel alcool il s'agit. Cela dit, je peux toujours l'appeler. Est-ce que vous voulez que je l'appelle ? En tout cas, d'après elle, c'est très efficace contre les insectes.

– Ah », fit Susan.

Kaufmann se releva, éteignit sa lampe torche et se tourna vers Susan.

« Dans un cas d'infestation de punaises de lit, nous préconisons un traitement en trois étapes. D'abord un insecticide de contact, ensuite un produit systémique tel que le Permacide, et enfin un régulateur de croissance comme le Gentrol. Bien entendu, si ce traitement se révèle inefficace, il existe d'autres solutions encore plus agressives.

– Du rhum ! s'exclama Andrea en faisant claquer ses doigts. Quelques gouttes de rhum dans tous les coins de la maison, et...

– Non, l'interrompit Kaufmann. Surtout pas. »

Andrea partit peu de temps après, et Kaufmann demanda un verre d'eau qu'elle vida d'un trait.

« Très bien, dit-elle une fois sa soif étanchée. Est-ce qu'il reste d'autres endroits de l'appartement à inspecter ? »

Susan ouvrit la porte de la pièce bonus, et Kaufmann s'arrêta net.

Le portrait de Jessica Spender était à présent couvert de centaines de boutons – les joues, le front, le menton, il y en avait absolument partout. Pire, les yeux de Jessica avaient perdu l'expression mutine et insouciante qu'ils avaient sur la photo et que Susan était pourtant certaine d'avoir réussi à retranscrire sur la toile. À présent, la pauvre fille avait l'air à la fois terrifiée, démunie et implorante. Il y avait même de petites larmes transparentes sous ses iris bleu clair.

Susan se plaqua la main sur la bouche et réprima un haut-le-cœur.

« C'est quelque chose, commenta Kaufmann, et quand elle posa un regard interrogateur sur Susan, celle-ci crut déceler une lueur d'admiration enfantine derrière la façade de professionnalisme.

– Oui, je... je suis peintre », dit Susan.

Elle avait chaud. La transpiration lui coulait dans les yeux, et elle avait l'impression que la pièce tournait devant elle. Kaufmann continua à observer le tableau, et Susan en fit de même, bien malgré elle. Car elle n'avait qu'une envie : sortir en courant de cette pièce, de cette maison. Prendre Emma avec elle et partir – loin, très loin, le plus loin possible.

« En tout cas, il n'y a pas beaucoup de bazar, ici, observa Kaufmann. Ça va être rapide. »

Elle se mit une fois de plus à quatre pattes et fit le tour de la petite pièce, passant les doigts sur chaque plinthe. Susan fit un pas vers le tableau. Elle avait envie de retirer la toile du chevalet, de la rouler et de la jeter à la poubelle. Ou mieux, de la brûler.

Pourquoi est-ce que je lui ai fait ça ? se demanda-t-elle. Ses pieds restèrent collés au plancher. *Pourquoi ?*

« Excusez-moi ? Madame ? » Kaufmann lui parlait. « Madame Wendt ?

– Oui. Désolée. Oui ?

– Qu'est-ce qu'il y avait dans cette pièce ? »

Susan écarta une mèche de cheveux tombée devant ses yeux. « Comment ça ? »

Kaufmann indiqua le tout petit pan de mur à gauche de la porte.

« Il y a des traces de griffure, ici, juste au-dessus de la plinthe. Quelqu'un a passé une couche de peinture par-dessus, mais on les sent quand même. Vous aviez remarqué ?

– Euh, non. »

Susan resta immobile. Elle ne voulait pas toucher le mur. Comment s'appelait le chat, déjà ? Ah oui. Malo.

« Il y avait un... un chat, balbutia-t-elle. Il est... il est mort ici.

– Un chat, vous dites ?

– Oui. »

Susan sentait le portrait qui la surveillait. Elle sentait le regard implorant de Jessica Spender posé sur elle.

« Pourquoi ?

– Pour rien, répondit Kaufmann, et elle se releva. Ce n'est pas mon domaine d'expertise, de toute façon. En attendant, j'ai terminé. On repasse à la cuisine pour faire le point ? »

Finalement, il n'y avait pas de punaises de lit dans l'appartement de Susan et d'Alex.

Kaufmann avait effectué une inspection complète – « de la proue à la poupe », pour reprendre ses mots – et n'avait trouvé aucune trace de *Cimex lectularius* ou de *Leptocimex boueti*, cette dernière espèce étant apparemment la plus redoutable.

« Bref, conclut-elle en refermant son carnet, cet appartement est sain.

– Mais..., commença Susan, et elle désigna le carnet. Et tout ce dont vous avez parlé ? L'insecticide de contact, le dérégulateur de croissance... ?

– Le régulateur de croissance, madame.

– Je vous en prie, arrêtez de m'appeler madame, d'accord ? »

Susan était troublée. Comment pouvait-il ne pas y avoir la moindre punaise ? Ça n'avait pas de sens.

« Je préfère Susan.

– Comme vous voudrez, Susan. C'est une excellente nouvelle, vous savez ? Tous ces insecticides, c'est du poison. Alors si on peut éviter d'en asperger ses meubles, croyez-moi, ça vaut mieux.

– Mais...

– Je n'ai trouvé aucune punaise, vivante ou morte. Je n'ai trouvé aucune mue, aucune déjection, aucune larve. Je ne dirais pas qu'il est impossible que vous ayez une infestation de punaises de lit, madame... Pardon, Susan. » Un sourire fugace éclaira le visage de Kaufmann, et elle poursuivit : « ... mais il est impossible que vous ayez une infestation de punaises de lit.

– Pfiou ! »

Susan se força à sourire, alors même que son estomac formait des nœuds inextricables.

« Comme vous dites, c'est une excellente nouvelle.

– Absolument.

– Attendez... et mon poignet ? »

Elle tendit le bras et résista à l'impulsion de coller les trois boutons sous le nez de l'exterminatrice. « Mes piqûres ? »

Lorsqu'elle prononça cette dernière question, les boutons se mirent à la démanger, comme si elle venait de leur rappeler qu'ils avaient oublié de faire leur travail. Elle baissa le bras et entreprit de se gratter nonchalamment pendant que Kaufmann lui répondait :

« Ça peut être un tas de choses différentes. La gale. Des moustiques. Des puces, aussi, même si je n'en ai pas vu lors de mon inspection. Faites une recherche Google sur les Ptininae, c'est une espèce de toute petite araignée. La plupart du temps, quand les gens ont des piqûres de punaises de lit mais qu'ils n'ont pas de punaises de lit, c'est cette bestiole qui en est la cause. Je ne suis pas médecin, mais à mon avis, avec une bonne crème à la cortisone, ce sera réglé en une semaine maximum.

– D'accord. Merci. Merci beaucoup.

– Je vous en prie, dit Kaufmann en rangeant son carnet dans la poche de sa salopette pendant que Susan ouvrait la porte. Ça fera deux cents dollars pour la visite. Je ne vous compte pas les taxes si vous payez en liquide. »

« Mais c'est fantastique ! s'exclama Alex. C'est la meilleure nouvelle que j'aie entendue de toute la semaine !

– N'est-ce pas ? »

Susan coinça le téléphone contre son épaule afin d'avoir la main droite libre pour continuer à se gratter. Elle avait beau s'acharner, les piqûres continuaient à la démanger.

« Écoute, ma chérie, je suis vraiment désolé pour hier soir. Je me suis comporté comme un gros con. Est-ce qu'on peut oublier tout ça et repartir de zéro ? Tu te souviens de l'article dont tu m'as parlé il y a quelque temps ? Sur le fait que les déménagements sont souvent les épreuves les plus difficiles à traverser pour les couples ?

– Oui.

– Eh ben, voilà. C'est fait. On a déménagé. Et maintenant, on a un nouvel appartement parfait, dans lequel il n'y a pas la queue d'une punaise de lit ! D'accord ?

– Oui. D'accord. À plus tard, chéri.

– Je t'aime, Susan. »

Elle raccrocha et regarda son poignet. À force de se gratter, elle s'était écorchée et les trois boutons saignaient.

15

Alex effectua un virement depuis le compte qu'ils réservaient aux imprévus afin de couvrir le montant du loyer. Le jeudi 30 septembre, dans la soirée, il descendit au rez-de-chaussée, frappa à la porte d'Andrea et lui remit le chèque. Susan resta à l'étage, sur le palier, à espionner leur conversation.

« Je suis passée chez vous l'autre jour, disait Andrea d'une voix grave. Quand l'exterminatrice était là. À moins qu'on dise "exterminateuse" ? » Le grand rire forcé d'Alex rebondit dans la cage d'escalier; le mari de Susan avait toujours été très doué pour rire aux plaisanteries des autres, même les plus mauvaises. « Susan avait l'air très inquiète, poursuivit Andrea. Mais j'ai cru comprendre que c'était une fausse alerte, finalement ? J'imagine qu'elle doit être soulagée.

– C'est sûr. Moi aussi, d'ailleurs.

– Et avec moi, ça fait trois ! »

Sur le palier, Susan écoutait en se grattant le poignet. Car les boutons n'avaient pas disparu, bien au contraire. Plus elle les grattait, plus ils saignaient et la démangeaient, et plus elle les grattait. Elle en était arrivée au point où elle portait tous les jours de gros bracelets qu'elle retirait dès qu'elle était seule pour attaquer la plaie en gémissant de soulagement. Quand elle ne se grattait pas, elle se rongeait les ongles, déchirant les petites peaux avec ses incisives. Elle s'était habituée à la minuscule goutte de sang qui se formait dans les crevasses, et à la légère douleur qui apparaissait quelques secondes après.

Suivant les recommandations de Dana Kaufmann, elle avait fait une recherche Google sur les Ptininae. La page Wikipédia indiquait qu'il s'agissait d'un petit coléoptère de la famille des Anobiidae, « présentant un corps rond et de longues pattes minces ». Mais les photos de piqûres qu'elle avait trouvées montraient des grappes très serrées d'au moins dix boutons, et non des alignements. Quant aux boutons eux-mêmes, ils étaient plus gros et plus rouges que les siens. Ou du souvenir qu'elle en avait, en tout cas, car à force de se gratter le poignet, les piqûres originales avaient quasiment disparu sous les plaies qu'elle s'était infligées. Cependant, jusqu'à présent, la prédiction de Kaufmann se vérifiait : il n'y avait eu ni nouvelle piqûre ni nouvelle petite tache de sang sur les oreillers ou les draps.

Un bonheur n'arrivant jamais seul, les choses s'étaient aussi arrangées au travail d'Alex. Gem-Flex avait signé une salve de contrats avec plusieurs nouveaux clients pour le début du mois d'octobre. Il s'agissait certes de « petits » clients, mais cela suffisait à atténuer la déception d'avoir laissé filer le représentant potentiel lors de l'épisode qu'Alex désignait désormais sous le nom d'« incident Hastie ».

Tous les matins, Susan sortait se promener dans Brooklyn armée de son carnet de croquis. Elle esquissa ainsi la Williamsburgh Savings Bank Tower, le vieux manège de Prospect Park, et le Prison Ship Martyrs' Monument érigé dans le parc de Fort Greene en hommage aux prisonniers de guerre américains morts sur les bateaux-prisons britanniques lors de la guerre d'indépendance. Elle ne remit pas les pieds dans la pièce bonus et expliqua à Alex que la peinture à l'huile ne lui apportait pas assez de satisfaction et qu'elle préférait s'essayer au dessin. Alex accepta cette vague justification sans poser de questions, si bien que Susan n'eut pas à lui avouer à quel point elle avait peur de l'état dans lequel elle découvrirait le portrait de Jessica Spender si elle s'avisait de pénétrer à nouveau dans son petit atelier.

« Maman ? Shawn me manque », déclara un jour Emma en se réveillant de sa sieste.

Il fallut quelques secondes à Susan pour comprendre de qui elle parlait.

« Oh, mais c'est normal, ma puce. Est-ce que tu veux que j'appelle sa maman pour leur proposer de venir à la maison, cet après-midi ? »

Emma sortit de son lit avec un grand sourire.

« Oui ! Je vais voir Shawn, je vais voir Shawn ! Et peut-être aussi Tarika ! Tu penses que Tarika, elle pourra venir ? »

Susan s'esclaffa et pinça doucement la jambe d'Emma – qu'est-ce qu'elle l'aimait, cette enfant !

« Je ne sais pas, Emma. Je vais déjà les appeler, d'accord ? »

Elle retrouva le numéro de Vanessa dans son téléphone et sentit son cœur se briser lorsque celle-ci lui demanda d'un ton froid et neutre :

« Susan, c'est un peu étrange comme question, mais est-ce que vous avez un problème d'infestation ?

– Pardon ?

– Je vais voir Shawn ! chantait Emma en tournant sur elle-même. Je vais voir Tarika !

– Emma, tu peux arrêter s'il te plaît ? dit Susan. Pardon, Vanessa, qu'est-ce que… ?

– Je suis vraiment désolée, Susan, mais l'autre jour, avec les enfants, on passait devant chez vous et on a vu une femme avec une casquette "Brooklyn Désinsectisation" qui descendait les marches de votre perron.

– Oh, mais non, Vanessa. Pas du tout ! Je t'assure qu'on n'a pas de punaises de lit. »

Il y eut un moment de silence.

« Des punaises de lit ?

– Ni punaises de lit, ni quoi que ce soit d'autre. »

Susan se passa la main sur le front. Elle sentait qu'elle était au bord des larmes.

« Je suis navrée, Susan, mais je ne peux pas prendre le risque. Pas avec les enfants...

– Je comprends. »

Elle raccrocha et regarda le mur, sonnée, pendant qu'Emma continuait à sautiller autour d'elle en tapant des mains.

« Je vais voir Shawn ! Je vais voir Shawn et Tarika ! »

Le mardi 19 octobre, Susan composa le numéro de Brooklyn Désinsectisation sans trop savoir ce qu'elle allait bien pouvoir dire. Même si elle n'aurait pas été contre, ce n'était pas comme s'ils avaient les moyens de dépenser deux cents dollars supplémentaires pour une deuxième visite. L'exterminatrice décrocha, grogna un « Kaufmann » bourru, et Susan, prise de panique, raccrocha comme un enfant après un canular téléphonique.

Finalement, elle appela Jenna. Celle-ci était en pleine répétition de *Dignity*, la nouvelle comédie musicale de Tom Kitt, dont la première était prévue le mardi suivant au Acorn Theatre.

« Coucou, Susan ! Je te préviens, je n'ai pas beaucoup de temps. Comment tu vas ?

– Ça va, ça va. Je voulais juste te dire que j'avais appelé l'exterminatrice dont tu m'avais parlé. Kaufmann ? Celle que ton ami du syndicat t'avait...

– Mince ! Ça veut dire que tu as vraiment des punaises de lit, alors ?

– Non. Elle a tout inspecté et elle a conclu qu'il n'y avait pas de problème.

– Eh ben ! Ça, c'est une bonne nouvelle. Je suis désolée si je t'ai fait peur, la dernière fois.

– Pas de souci. Par contre...

– Attends une seconde. » Susan entendit en fond l'orchestre qui s'accordait : le clairon étouffé des trompettes, le grondement sourd d'une contrebasse... « Désolée.

– Pas de souci, Jenna. Alors, cette comédie musicale, ça s'annonce comment ?

– Super bien ! C'est vraiment un bon spectacle. »

La dernière semaine d'octobre, le *New York Times* publia sur trois jours une grande enquête sur l'épidémie de punaises de lit qui touchait la ville : un premier article sur les mesures prises par les hôtels pour rassurer leur clientèle inquiète, un deuxième sur les ravages potentiels occasionnés par les meubles de seconde main et les vêtements achetés en friperie, et un dernier sur l'efficacité douteuse des chiens détecteurs de punaises. Susan essaya de ne pas y prêter attention mais, chaque matin, Alex s'amusait à lire les gros titres à voix haute en ajoutant, un brin goguenard :

« On l'a échappé belle, hein ? »

Susan fut soulagée de voir se terminer l'été indien, car cela signifiait qu'elle allait enfin pouvoir dissimuler son poignet meurtri sous des manches longues. Tous les soirs, elle attendait qu'Alex aille se coucher, puis elle avalait un somnifère entier et restait un long moment debout à côté du lit, à écouter la respiration douce et régulière de son mari en fixant le drap sous la couette partiellement tirée. Puis, à regret, elle finissait par s'allonger à son tour.

DEUXIÈME PARTIE

16

Le mercredi 3 novembre à 3h21, Susan se réveilla en sursaut et découvrit une punaise de lit cramponnée à son épaule, à quelques centimètres de son visage.

L'insecte brunâtre, de forme ovale, ressemblait à s'y méprendre à un pépin de pomme. Sauf que ce n'était ni un pépin ni une écaille de peinture ni quoi que ce soit d'autre : c'était une punaise de lit, et cette saleté était en train de la piquer. Susan ne ressentait aucune douleur. Pourtant, l'insecte était solidement accroché et semblait concentré sur sa tâche : la dévorer – cette chose était en train de se repaître de son sang.

Se repaître. Le mot lui fit remonter de la bile du tréfonds de l'estomac, et elle en sentit le goût amer au fond de sa gorge. *Un monstre est en train de se repaître de mon sang,* songea-t-elle. *Un monstre.*

Elle s'apprêtait à tuer le parasite, à l'attraper et l'écraser entre le pouce et l'index, mais au dernier moment, elle s'interrompit et sa main resta suspendue dans l'air.

« Alex ? » murmura-t-elle.

Il fallait qu'il voie de ses propres yeux. Qu'il sache.

« Hé ! fit-elle, un peu plus fort. Alex ? »

Il dormait aussi profondément que d'habitude. Elle tourna la tête vers l'insecte et le regarda poursuivre son repas. Un souvenir lui revint alors en mémoire : Emma, bébé joufflu à la peau jaunâtre et marbrée, qui s'accrochait à son sein comme un petit animal assoiffé et qui tétait de toutes ses petites forces pour libérer le lait jusqu'à ce que sa bouche déborde.

À présent, cette chose aussi tétait. Cet insecte, ce monstre…

À nouveau, Susan tendit la main pour attraper la punaise. Elle forma une pince avec ses doigts et s'approcha très lentement dans l'obscurité, millimètre par millimètre. Elle hésita, craignant le dégoût qu'elle ne manquerait pas d'éprouver lorsqu'elle saisirait le parasite, lorsqu'elle tirerait et qu'elle le sentirait résister avant de lâcher prise.

« Alex, je t'en prie. »

Elle appuya sur le dos de son mari, puis elle le secoua jusqu'à ce qu'il remue enfin, s'éclaircisse la gorge et se tourne lentement vers elle.

« Mmh ?

– Il y a… »

Elle regarda son épaule. L'insecte avait disparu. À l'endroit où il l'avait piquée, la peau était parfaitement lisse. Pâle dans la pénombre.

Alex se frotta les yeux.

« Quoi ? Qu'est-ce qui se passe, Susan ?

– Rien. Désolée, chéri. Ce n'est rien. Rendors-toi. »

Alex ne se fit pas prier et se rassoupit aussitôt. Susan, elle, avait les yeux grands ouverts. Son cœur battait à tout rompre sous l'effet de la décharge d'adrénaline. Les chiffres rouges du radio-réveil indiquaient 3 h 27. Elle se leva et descendit au salon pour attendre l'aube.

17

Alex n'était pas convaincu.

Quand il descendit prendre son petit déjeuner, peu après 7 heures, et que Susan fit tomber la bretelle de son caraco Old Navy pour lui montrer la minuscule marque rose sur son épaule, il hocha la tête et fit :

« Mmh. »

Puis, après quelques secondes, il lui demanda si elle était sûre que la petite marque n'était pas déjà là avant.

« Non, Alex, elle n'était pas là avant.

– Tu en es sûre ? Ce n'est pas simplement... je ne sais pas, moi... un petit bouton, ou...

– Un bouton ?

– Je n'en sais rien, Susan. Mais il me semble que je l'avais déjà remarquée. »

Susan le fusilla du regard.

« Alex. J'ai vu la punaise. Je me suis réveillée et je l'ai vue qui me piquait. Je l'ai sentie. »

Il soupira, ouvrit le réfrigérateur pour y récupérer le café en grains et lança par-dessus son épaule :

« C'est juste que... Je veux dire, l'autre jour, la nana a dit que c'était bon, non ? L'exterminatrice.

– Dana Kaufmann.

– C'est ça. D'ailleurs, je connaissais un type avec le même nom, en première année de fac. Dan Kaufmann. C'est marrant, hein ?

– Alex ?

– Oui, pardon. Mais bref, elle nous a assuré qu'on n'avait pas d'infestation. Elle a été sans équivoque, tu l'as dit toi-même. »

Susan était certaine de ne pas avoir utilisé ces termes. « Sans équivoque » faisait partie de ces expressions un peu ampoulées qu'employait Alex avec un ton professionnel quand il voulait se faire mousser. Susan frotta son poignet meurtri avec la paume de sa main.

« Elle s'est trompée, Alex. Je me suis refait piquer. Je crois qu'on va devoir déménager.

– Holà ! Holà ! s'exclama Alex en refermant la porte du réfrigérateur. Tu ne crois pas que tu exagères un petit peu ? »

Susan ferma les yeux et repensa à Jenna, assise en face d'elle à la brasserie Les Halles : « J'ai entendu des choses horribles… » Quand elle les rouvrit, elle vit son mari, avec son pantalon de pyjama trop large et son vieux maillot de base-ball tout troué.

« Alex, je me rends bien compte que c'est la plaie.

– La onzième plaie d'Égypte ? plaisanta Alex, mais Susan l'ignora et il soupira. Ça ne pourrait pas être autre chose ? Qu'est-ce qu'elle t'a dit, déjà, la bonne femme… ?

– Elle s'appelle Kaufmann. »

Susan se sentait irritée qu'Alex ne fasse pas l'effort de l'appeler par son nom. C'était un signe qu'il prenait le problème à la légère.

« Oui, oui, Kaufmann. Elle n'a pas dit que c'était une autre bestiole ?

– Elle a dit qu'il était possible que ce soit des piqûres de Ptininae, mais ce n'est pas ça. C'est des punaises de lit. » Elle frappa violemment du plat de la main sur la table, et Alex, surpris, recula jusqu'à l'évier. « Alex, je sais ce que j'ai vu, d'accord ?

– D'accord, ma chérie, d'accord. » Et il leva les mains en signe de reddition, avant de reprendre, d'une voix hésitante : « Tu ne crois pas qu'il soit envisageable que ton imagination t'ait joué un tour ? Je ne prétends pas du tout que ce soit le cas, mais peut-être que c'était simplement un rêve… Après tout, tu y penses beaucoup, à ces bestioles, ces derniers temps.

– Évidemment que j'y pense. »

Il hocha la tête, signe que pour lui, la discussion était terminée.

« Ce n'était pas un rêve. C'était trop… précis. Trop réel. »

Alex tira une chaise et s'assit en face d'elle à la table de la cuisine.

« Je te crois, Susan. Après… de là à déménager ? On vient à peine de poser nos valises ! Et je le reconnais, il m'a fallu du temps, mais j'ai l'impression que je m'y suis enfin fait, à ce nouvel appartement. Il n'est pas si loin que ça du boulot. Et puis, il me plaît. En plus, je sais tout le mal que tu te donnes pour trouver une bonne école dans le quartier pour Emma. »

Merde, songea Susan. Ces histoires d'écoles maternelles lui étaient complètement sorties de la tête.

« Sans compter que si on doit faire une croix sur le dépôt de garantie, on aura… En fait, non. On ne peut tout simplement pas se le permettre.

– Si on a une infestation de punaises de lit, Andrea sera obligée de nous rendre l'argent.

– Encore faudrait-il réussir à le prouver. Et de toute façon, dépôt de garantie ou pas, un nouveau déménagement nous coûterait quand même plusieurs milliers de dollars. Or, ces milliers de dollars, on ne les a pas. Rien que pour le loyer… Enfin, ça va, on s'en sort, mais bon, tu vois bien. »

Il poursuivit ainsi son argumentaire d'une voix posée et rassurante, pendant que Susan fixait le plafond. Quand il eut terminé, elle se pencha vers lui et lui prit les mains.

« Je sais tout ça, Alex, et je comprends ce que tu me dis. »

Elle essayait de parler du même ton calme et rationnel que son mari.

« Sauf que ce n'est pas la première fois que je me fais piquer. Et que c'est justement la raison pour laquelle on avait fait appel à Kaufmann. »

Elle remonta la manche de son caraco et lui présenta son poignet.

« Tu te souviens ? »

Alex eut un mouvement de recul.

« Bon Dieu, Sue ! »

Susan baissa les yeux. La chair rouge était à vif, avec des sillons parallèles qui couraient de la base de la main jusqu'à l'intérieur du coude. Quant aux trois boutons, ils avaient complètement disparu sous ce *no man's land* de peau boursouflée.

« Mais qu'est-ce que tu as fabriqué ?

– Je me suis grattée, répondit Susan, tête basse.

– Tu t'es grattée ? répéta Alex en remettant la manche en place. Ma chérie, il faut que tu arrêtes ça tout de suite.

– Ça me démange.

– Écoute, Susan...

– Écoute, Alex... »

Ils avaient prononcé ces derniers mots en même temps. La coïncidence les fit sourire tous les deux.

« Ma chérie, je sais que tu es très perturbée, mais peut-être qu'on peut attendre quelques jours pour voir comment les choses évoluent ? Et si je me fais piquer, ou si Emma se fait piquer, on va voir Andrea. »

Oh non ! Pas Emma, surtout pas Emma.

« On n'ira pas voir Andrea, s'emporta Susan. Si Emma se fait piquer, on fiche le camp d'ici dans l'heure.

– Sauf si Andrea peut nous aider à résoudre le problème.

– Attends, tu plaisantes ? Elle n'a absolument rien fait pour la latte de parquet, pour la prise électrique, pour le... Andrea ne sert à rien. Ta première impression était la bonne : notre proprio est nulle !

– Très bien. On déménagera. Et on trouvera une solution pour l'argent. Je te le promets. »

La cafetière électrique émit un petit *bip*, et Alex se leva pour se verser une tasse. Susan imagina la pauvre Andrea hochant tristement la tête lorsqu'elle lui annoncerait qu'ils déménageaient – elle serait dévastée, évidemment. Elle repensa au moment étrangement mélancolique qu'elles avaient partagé sur le perron, la fois où Andrea avait posé sur son épaule sa vieille tête parcheminée.

« Faisons comme ça, alors, dit Alex avant de boire une première gorgée de café. On attend quelques jours. Et si on entend ne serait-ce qu'un pet de punaise au milieu de la nuit, on fait les valises et on s'en va. »

Susan soupira. Elle savait très bien ce qu'il était en train de faire : il repoussait le problème à plus tard pour lui laisser le temps de l'oublier. Ce n'était pas la première fois qu'il agissait de la sorte. Quand elle avait voulu un chien, quand elle avait voulu quitter New York pour s'installer à la montagne... Chaque fois, la réaction d'Alex était la même. « Prenons le temps d'y réfléchir », « Reparlons-en la semaine prochaine », « Patientons un peu, le temps que les choses se calment au boulot », « Attendons qu'Emma soit guérie »... Et inévitablement, d'autres événements finissaient par détourner l'attention de Susan.

Elle regarda son épaule. La marque rose était minuscule, à peine visible. Alex avait peut-être raison en présumant qu'il s'agissait d'un petit bouton. Et l'exterminatrice professionnelle qui avait inspecté l'appartement quelques semaines plus tôt s'était montrée formelle...

Néanmoins, l'angoisse qui avait peu à peu envahi Susan depuis qu'elle s'était réveillée en voyant ce monstre sur son épaule à 3 heures du matin – *Ce n'était pas un rêve, c'est sûr que ce n'était pas un rêve* – ne s'était pas dissipée. Bien au contraire, elle l'étreignait désormais de toutes ses forces et lui répétait le même message en boucle : « Déménage. Pars d'ici, et vite. Car sinon... »

Susan profita de ce qu'Alex regardait l'horloge pour se ronger discrètement l'ongle du pouce – d'un coup de dent, elle en arracha un morceau et le recracha. Une douleur aiguë lui traversa aussitôt le doigt, et une grosse goutte de sang se mit à rouler vers sa phalange. Alex se retourna et lui déposa un baiser sur la joue.

« On va s'occuper de tout ça, affirma-t-il. Ne t'en fais pas.

– D'accord, répondit-elle avec un sourire fatigué. D'accord. »

Armé de sa tasse de café, Alex remonta à l'étage pour s'habiller. Dès qu'il fut sorti de la pièce, l'épaule de Susan se mit à la démanger.

18

Marni arriva une demi-heure plus tard, juste après le départ d'Alex – d'ailleurs, Susan les entendit se saluer sur le perron. Elle était restée dans la cuisine, à siroter lentement son café en regardant la fenêtre d'un air absent.

« Bonjour ! fit Marni depuis l'entrée, et Susan se pencha en arrière sur sa chaise pour répondre.

– Bonjour. Emma est en haut. »

Marni passa la tête par la porte de la cuisine. Avec ses grands yeux marron et ses cheveux délicieusement ébouriffés qui scintillaient au soleil, on aurait dit l'égérie d'une marque de shampooing.

« Tout va bien, Susan ?

– Oui, oui. Ça va. »

Susan se força à sourire. Marni était de ces gens qui n'ont besoin de faire aucun effort pour être beaux. Susan, elle, n'osait même pas imaginer de quoi elle avait l'air : elle n'était pas douchée, pas coiffée, pas maquillée, et ses yeux étaient rougis par la fatigue.

« Marni ! s'écria Emma à l'étage. Je suis en train de faire pipi, Marni !

– Super ! Je monte ! »

Elle sortit de la cuisine et se dirigea vers l'escalier en lançant par-dessus son épaule un regard à Susan qui semblait vouloir dire : « Qu'est-ce qu'elle est mignonne ! »

Alors que Susan se levait pour lui emboîter le pas, elle pensa au moment où Marni avait croisé Alex sur le perron, quelques instants plus tôt. C'était un espace étroit. Est-ce qu'ils s'étaient touchés ? Est-ce que les petits seins bien fermes de Marni avaient frôlé le torse de son mari ? Est-ce qu'Alex avait senti les arômes excitants de fleur d'oranger du parfum de la nounou ? Et combien de fois s'étaient-ils déjà croisés ainsi, alors que Susan était à l'étage en train d'habiller Emma ou dans la cuisine en train de lui servir des céréales ? Marni était immortelle. Insensible à la fatigue et à la douleur. Un peu comme Alex, finalement, songea-t-elle amèrement. Le monde n'avait pas de prise sur eux. C'étaient deux personnes qui n'avaient jamais eu de coup de soleil, qui ne s'étaient jamais fait piquer par une abeille, qui n'avaient pas perdu leur mère beaucoup trop tôt.

Susan gravit les marches jusqu'au palier qui séparait les deux chambres et regarda Marni habiller Emma. Ses yeux se posèrent sur le corps nu de sa fille : sa peau couleur crème, son petit ventre rebondi, ses jambes d'aspect encore si fragile, les deux petits ronds roses de ses tétons.

« Dis-moi, Emma, est-ce que ça te gratte ? »

Emma leva les yeux et gloussa, comme s'il s'agissait d'une plaisanterie.

« Non, maman, ça ne me gratte pas. »

Et la petite fille se mit à secouer vigoureusement la tête comme un chien qui vient de sortir de l'eau. En temps normal, Susan aurait dit : « C'est un bon toutou, ça. » Là, elle se contenta de hocher la tête en silence, avant de redescendre à la cuisine.

Susan alluma son MacBook et tapa avec ses doigts sur la table le temps que l'écran s'allume, en songeant qu'elle se comportait vraiment comme une idiote. *Va prendre une douche*, se dit-elle. *Enfile quelque chose de joli. Sors !* Le quartier était en effet idéal pour une balade : la promenade de Brooklyn Heights, les petits cafés de Smith Street, les antiquaires d'Atlantic Avenue... Par la fenêtre de la cuisine, on voyait que le ciel s'était découvert et qu'une magnifique journée d'automne s'annonçait.

Va peindre quelque chose, bon sang ! Profite de cette lumière ! Mange un bagel !

Au lieu de quoi Susan resta vissée sur sa chaise, à boire du café en surfant sur Internet, le visage baigné par la lueur bleue de son écran. Elle chercha successivement « punaises de lit », « infestation punaises de lit » et « signes infestation punaises de lit » sur Google, examina les résultats et passa de lien en lien. Elle téléchargea un article de la *Revue d'entomologie appliquée*, survola les fils de discussion du forum et regarda sur YouTube plusieurs vidéos de punaises de lit dans des vivariums.

« Beurk ! » fit-elle.

Quand elle arriva à court de café, elle se leva pour en refaire.

Susan apprit que les punaises de lit ne supportaient pas les températures extrêmes et qu'elles pouvaient se cacher dans les cheveux de leurs victimes, dans les paniers à linge et sous les coussins de canapé. Sur www.punaises-demolition.com, elle découvrit qu'il existait plusieurs solutions pour s'en débarrasser. Certains ne juraient que par la méthode dont lui avait parlé Dana Kaufmann : insecticide de contact, produit systémique et régulateur de croissance. D'autres préconisaient l'usage exclusif de pyréthrinoïdes. Et d'autres encore estimaient que les insecticides naturels trouvés en jardinerie ou en animalerie étaient très efficaces : ainsi, quelques pincées de terre de diatomée saupoudrées dans la maison permettaient selon eux d'engendrer des lésions qui causaient la mort des punaises par déshydratation.

« Le DDT !!!!!! », suggérait un internaute sous le pseudonyme Lafinjustifielesmoyens. S'ensuivait une litanie de commentaires expliquant que cet insecticide était interdit aux États-Unis depuis 1972. Un participant zélé allait jusqu'à écrire « Va lire *Printemps silencieux*, abruti ! », à quoi Lafinjustifielesmoyens, en troll qui se respecte, répondait simplement « Le DDT !!!!!! », cette fois en gras et souligné.

La personne qui écrivait sous le nom 0-684-84328-5@gmail.com avait elle aussi participé à ce fil de discussion en postant un message énigmatique : « assurezvousquecesontbiendespunaises ». Susan fronça les sourcils.

« Tiens », dit-elle lorsqu'elle eut séparé les mots les uns des autres.

Qu'est-ce qu'il pouvait bien vouloir dire par là ? Elle ouvrit la messagerie privée et rédigea un rapide message : « Comment savoir s'il s'agit de punaises ? »

Tandis qu'elle butinait de site en site, Susan se grattait régulièrement. À un moment, sa démangeaison à l'épaule s'intensifia. Elle ouvrit donc le tiroir fourre-tout, y piocha un stylo et se servit de la pointe – mine rentrée – pour cibler la source de cet insupportable picotement. À 11 h 52, elle sursauta lorsque son téléphone se mit à vibrer sur la table. L'écran indiquait qu'il s'agissait de Karen Grossbard, une vieille amie de fac de passage à New York pour le week-end avec ses deux enfants, avec qui elle avait vaguement convenu de passer une partie de la journée. Susan était concentrée sur une explication morphologique détaillée de l'appareil buccal des hémiptères, dont faisaient partie les punaises de lit. Apparemment, ces insectes disposaient d'un rostre équipé de deux trompes, une pour aspirer le sang de leurs victimes, l'autre pour injecter un anticoagulant qui avait pour double effet de maximiser l'afflux sanguin et d'empêcher l'hôte de ressentir la piqûre.

Les yeux rivés sur l'écran, Susan tâtonna pour attraper son téléphone et le mettre sur silencieux.

Un autre signe d'infestation potentielle, selon un contributeur de www.punaises-demolition.com nommé MrMcEschars, étaient les déjections que les punaises laissaient derrière elles. « C'est dégueu mais c'est vrai ! » écrivait MrMcEschars en légende d'une photo prise dans sa salle de bains, où l'on voyait un petit amas de poudre brunâtre. Cinq minutes plus tard, Susan s'étirait sur sa chaise en bâillant bruyamment lorsqu'elle aperçut un tas similaire sur le plan de travail, juste en dessous de la prise électrique desserrée. Elle cligna des yeux, paralysée.

Le choc initial passé, elle se leva, s'approcha d'un pas hésitant et posa la pointe de son annulaire sur le petit monticule.

Du café moulu.

« Quelle idiote ! » soupira-t-elle.

Elle expira longuement et attendit que son cœur ait repris un rythme normal, puis elle épousseta le café et le recueillit dans le creux de sa main. C'est alors qu'elle entendit le bruit des clés dans la serrure, puis un « Maman ? » plein d'espoir.

« Je suis ici, ma puce ! » répondit-elle.

Alors qu'elle jetait le café dans l'évier, elle dut s'appuyer sur le plan de travail – elle avait des fourmis dans les jambes et avait du mal à tenir debout. Elle n'avait pas bougé depuis que les filles étaient sorties, cinq heures et demie plus tôt.

« Tu veux que je te raconte ce que j'ai lu sur Internet ? demanda Susan.

– Qu'Internet est une énorme perte de temps ?

– Ha. Ha. Très drôle. »

La télévision était allumée, et Alex regardait d'un œil distrait la grande finale de *Top Chef*. Quand ils s'étaient parlé au téléphone à 17 h 30, Alex avait annoncé à Susan son intention de préparer une salade César pour le dîner, mais elle lui avait répondu que la laitue était toute flétrie et qu'elle préférait qu'il prenne des pizzas à emporter en rentrant du travail. C'était un mensonge – la laitue était parfaitement fraîche. En fait, Susan avait aperçu des petits points noirs au fond du bac à légumes. Elle avait rapidement compris qu'il s'agissait simplement de pépins de pomme, mais à présent qu'elle avait nettoyé le réfrigérateur de fond en comble, elle n'arrivait pas à se défaire de l'idée qu'il ait pu s'agir de punaises mortes.

« Désolé, c'était une mauvaise blague, concéda Alex. Vas-y, je t'écoute.

– Eh bien, j'ai appris que très souvent, des gens qui avaient un problème de punaises de lit et qui pensaient avoir réussi à s'en débarrasser se retrouvaient avec une nouvelle infestation. »

Alex écoutait d'une oreille distraite en mangeant sa pizza, et Susan se mit la main devant la bouche pour bâiller. Dans l'après-midi, elle avait emmené Emma au grand parc à jeux situé à côté du Brooklyn Bridge et s'était écroulée sur un banc, épuisée, pendant que sa fille enchaînait les allers et retours entre l'échelle de corde et le toboggan.

« Ce n'est pas comme les fourmis, dont on peut se débarrasser avec une simple bombe d'insecticide, poursuivit-elle. Même dans un appartement inoccupé, les punaises de lit peuvent survivre des mois et des mois sans se nourrir. Jusqu'à un an, selon certains spécialistes. Ah oui, et aussi, ces saletés peuvent se cacher dans les cheveux. Immonde, hein ?

– C'est clair, acquiesça Alex avec une moue dégoûtée. D'ailleurs... attends... »

Il reposa la part de pizza qu'il était en train de manger, glissa une main dans ses boucles brunes, et son visage se transforma en un masque de pure terreur.

« Je... je... je les sens ! Elles sont là ! Au secours ! »

À présent, il secouait la tête comme un désespéré en se comprimant les tempes à deux mains. Susan lui jeta un regard las.

« Tu pourrais prendre ça au sérieux, s'il te plaît ?

– Mais c'est ce que je fais, ma chérie, je te promets. D'ailleurs, j'ai appelé Dana Kaufmann, aujourd'hui. »

Susan sentit les battements de son cœur accélérer.

« C'est vrai ?

– Mais oui. Tiens, tu veux bien me passer une part de celle aux champignons ? »

Elle s'exécuta, les mains tremblantes. Ouf ! Kaufmann allait revenir. Et cette fois, elle verrait bien – c'est sûr, cette fois...

« J'ai pensé que ça pouvait valoir le coup de lui demander de venir jeter un deuxième coup d'œil, poursuivit Alex. Elle n'avait pas l'air enchantée. Elle m'a dit qu'elle n'avait, je cite, "aucun doute quant à la non-infestation de ce lieu de résidence". »

Susan sourit. Elle imaginait très bien l'impassible Dana Kaufmann prononcer cette phrase au mot près, avec le même ton détaché que son mari avait employé. Alex sourit à son tour, puis il mordit à pleines dents dans sa nouvelle part de pizza.

« Bref, j'ai insisté, et elle a fini par accepter, reprit-il en détachant un fil de fromage fondu qui était resté accroché à sa lèvre. Je lui ai dit que cette fois, ma femme était convaincue qu'on avait des punaises, même si ce n'était pas le cas avant, et que je la croyais sur parole.

– Merci, murmura Susan, et elle caressa tendrement la joue de son mari. Tu ne peux pas savoir comme ça me fait du bien d'entendre que tu me soutiens.

– Mais évidemment que je te soutiens, ma chérie. »

Il marqua une pause, avant d'ajouter, goguenard :

« Au fait, je peux t'emprunter deux cents dollars ? Je ne te compte pas les taxes si tu payes en liquide. »

Susan éclata de rire et se servit une part de pizza pendant qu'Alex se mettait à lui raconter sa journée. Apparemment, même si cela prenait plus de temps que prévu, les choses continuaient à s'arranger pour Gem-Flex.

« En gros, on va sûrement encore devoir rester en milieu de liste pendant quelques mois, mais ça nous va. Le milieu de liste, c'est très bien.

– Évidemment que c'est très bien.

– Alors, oui, on va prendre des photos pour Rolex au lieu de le faire pour Cartier, mais qu'est-ce que ça change ?

– Rien du tout.

– Après, je dis ça, mais vendredi après-midi, on a un shooting pour Tiffany...

– Tiffany ? La classe !

– N'est-ce pas ? Finalement, qui peut savoir de quoi demain sera fait ? »

Quand Alex demanda à Susan comment elle avait occupé sa matinée, elle prit une profonde inspiration et répondit :

« Oh, tu sais, je suis sortie. J'ai fait quelques croquis sur la promenade de Brooklyn Heights. Mais je pense que je ne vais pas tarder à ressortir les pinceaux.

– C'est super, ça, ma chérie ! »

Ils débarrassèrent la table et Susan resta assise à siroter son verre de vin pendant qu'Alex mettait des bâtonnets de poisson pané au four pour que Marni ait quelque chose à donner à manger à Emma le lendemain midi. Au bout d'un moment, Susan décida de remettre sur la table le sujet des punaises.

« Du coup, désolée, mais tu as dit que Kaufmann devait repasser quand ?

– Je ne sais plus, je l'ai noté. Vendredi à 16 h 30, je crois. »

Susan hocha la tête et s'efforça de sourire. Il lui restait donc deux jours à attendre – une éternité.

« Et je te promets que si elle trouve quoi que ce soit, on agira en conséquence », ajouta Alex.

Si elle trouve quoi que ce soit... Susan sentit un frisson glacé lui parcourir la colonne vertébrale. *Et si elle ne trouve rien ?*

Quatre heures plus tard, Susan récupérait deux draps, une taie d'oreiller et une couverture dans le placard du palier quand Alex passa la tête par la porte de la chambre – elle pensait qu'il était déjà couché.

« Qu'est-ce que tu fais ? Tu vas dormir sur le canapé ?

– Oui... »

Elle tenta de dissimuler son angoisse derrière un petit rire léger.

« C'est bête, mais je crois que je serai plus à l'aise. »

Alex fit la moue et sembla sur le point de protester, mais il se ravisa et haussa les épaules.

« Comme tu veux, ma chérie. »

Arrivée en bas de l'escalier, la pile de linge serrée contre sa poitrine, Susan releva la tête vers Alex, qui était toujours sur le palier, à contre-jour devant la salle de bains allumée. Ils restèrent ainsi un long moment à se regarder sans rien dire, elle en bas et lui en haut. Sauf qu'avec la lumière, Susan ne discernait plus de son mari qu'une vague silhouette. Comme si c'était un inconnu qui l'observait.

Bien sûr, Susan inspecta minutieusement le canapé avant de s'allonger. Sur le forum de www.punaises-demolition.com, un certain ArthropodMan avait publié un texte glaçant pour raconter comment, alors qu'il avait enfin réussi à « désinfester » le lit double auquel il tenait tant, un invité avait mis au jour une autre colonie de punaises, entre les coussins du canapé. Susan souleva les coussins un par un, les secoua, les frappa les uns contre les autres, glissa les doigts à l'intérieur des housses. Rien.

Elle avala ensuite un somnifère et s'allongea pour être aussitôt happée dans un tourbillon d'angoisse.

Alex comprendrait, non ? Il n'avait pas le choix. Il fallait qu'il comprenne qu'il était absurde de rester dans un appartement infesté de punaises de lit – *S'il y a bien des punaises, si c'est réel, et si ça ne l'est p...* – pour économiser quelques milliers de dollars. C'était insensé. Au pire, elle pourrait toujours appeler son père, demander à lui emprunter de l'argent pour les aider à payer le déménagement.

Bien sûr que non... Ne sois pas bête, Susan...

Son père n'avait pas d'argent. Et quand bien même en aurait-il eu, il ne leur en aurait pas prêté. C'étaient les parents d'Alex qui étaient riches, et ils avaient déjà financé en grande partie les études d'art de leur fils – de l'argent qu'il était censé rembourser, d'ailleurs, même si Susan ne se souvenait pas de la dernière fois qu'il leur avait adressé un virement. Il faisait chaud dans le salon, trop chaud, mais dès qu'elle glissa une jambe hors de la couverture, elle sentit un courant d'air et s'empressa de la remettre à l'abri. Des gouttes de transpiration se formaient sur son front et lui coulaient dans les yeux, de sorte que, l'espace d'un instant, elle imagina que des insectes s'aventuraient sur ses paupières. Elle essuya la sueur et fixa le plafond.

Au moins, ce n'est pas le même plafond que d'habitude.

De petits bruits remontaient du puits d'aération, en provenance de l'appartement d'Andrea : des pas traînants étouffés par les chaussons, le cliquetis d'une cuillère sur une tasse. Elle repensa alors au curieux *ping* et se fit la réflexion qu'elle ne l'avait plus entendu depuis plusieurs semaines. *J'imagine qu'Andrea s'en est occupée.*

De tous les défauts de l'appartement, de tous les problèmes dont Susan s'était plainte, c'était le seul auquel Andrea semblait avoir remédié.

Quand Susan s'endormit enfin, ce fut pour être aussitôt assaillie dans ses cauchemars par une colonne de punaises de lit. Elles défilaient sur son ventre, laissant dans leur sillage un trait irrégulier de poudre brunâtre qui n'était pas sans rappeler la ligne d'un écran magique. Les parasites remontaient inexorablement et lui piquaient la poitrine, les épaules, le cou et le visage. Dans son rêve, elle n'arrivait pas à bouger les bras pour s'en débarrasser. Elle restait donc allongée sur le dos, sans défense, pendant que ces minuscules monstres enfouissaient leurs deux trompes aiguisées dans sa chair avant de repartir, repus, et de disparaître dans la fissure entre la fenêtre et le mur du puits d'aération.

Elle ouvrit les yeux, haletante, et se redressa sur le canapé. D'un pas titubant, elle traversa le salon en se frappant le ventre du plat de la main – pas de punaises. Pas de boutons. Rien. Elle avait rêvé. *C'était bien un rêve, cette fois, non ?*

Oui, forcément.

Dans le noir, elle colla le visage à la vitre d'une des petites fenêtres fixes et essaya de regarder en contrebas.

19

Quand Susan se réveilla, il faisait encore noir et elle était allongée à même le sol, enveloppée dans une nappe en lin que la grand-tante d'Alex leur avait offerte pour leur mariage et dont ils ne s'étaient jamais servis. Elle n'avait aucun souvenir du moment où elle l'avait récupérée dans le placard ni de celui où elle avait décidé de s'allonger par terre. Elle avait mal au dos, mal aux yeux, et elle avait l'impression d'avoir de la cendre plein la bouche. Au bout d'un moment, elle se leva et se massa les tempes. D'un pas mal assuré, elle se dirigea vers la cuisine pour regarder l'heure sur l'horloge de la cuisinière. Il était 6h22.

Alors qu'elle gravissait l'escalier en se grattant machinalement le poignet, elle entendit le réveil d'Alex sonner. Cela ralluma en elle un besoin de tendresse. À présent, elle savait qu'il allait somnoler pendant dix minutes et elle songea qu'il serait tellement agréable de se glisser sous la couette et de se nicher tout contre lui. Au lieu de quoi elle entra dans la salle de bains, passa aux toilettes et tira la chasse après avoir terminé.

Elle s'approcha ensuite du lavabo et déboucha le tube de dentifrice. C'est alors qu'elle remarqua une minuscule bille translucide coincée entre les poils de sa brosse à dents. Elle cligna des yeux. Ouvrit la bouche de stupeur. Très lentement, elle approcha la brosse de son visage pour l'examiner.

C'était un œuf. Identique aux dizaines d'autres qu'elle avait vus la veille en photo sur www.punaises-demolition.com. Une sphère laiteuse de la taille d'une tête d'épingle, logée entre deux poils de sa brosse à dents. À la lumière du miroir de la salle de bains, il n'y avait aucun doute possible. Ce n'était pas le milieu de la nuit, elle n'était pas en train de rêver. Non. Elle était parfaitement réveillée, et elle avait sous les yeux une petite poche dans laquelle un bébé punaise était en train de se développer.

« Oh, putain », murmura-t-elle.

Très lentement, elle approcha son pouce et son index du minuscule point blanc. Elle l'attrapa, plaça ses doigts à la lumière et les écarta – rien.

« Merde, merde, merde, merde. »

Elle avait dû le laisser tomber dans le lavabo.

« Merde ! »

Susan s'empressa de fermer la bonde et se pencha au-dessus de la vasque en céramique blanche. Au bout d'un moment, elle se rendit à l'évidence : l'œuf avait disparu.

« Fait chier, putain ! jura-t-elle.

– Chérie ? Tout va bien ?

– Quoi ? »

Alex avait entrouvert la porte de la salle de bains et passé la tête à l'intérieur. Susan se tourna vers son mari encore assommé par le sommeil.

« Je te demandais simplement si tout allait bien.

– Oui, oui, je... »

Elle baissa les yeux vers la brosse à dents qu'elle avait toujours à la main, puis vers le lavabo, et imagina la suite de la conversation.

« J'ai trouvé un œuf de punaise sur ma brosse à dents.

– Ah bon ? Fais voir.

– Il a disparu. Je l'ai perdu.

– Bon, la prochaine fois, alors. »

« Ce n'est rien, marmonna Susan, et Alex haussa les épaules.

– Si tu le dis.

– Tu as besoin de passer aux toilettes ? »

Avant de quitter la pièce, elle jeta sa brosse à dents à la poubelle.

Susan s'habilla, redescendit à la cuisine et, quand Alex la rejoignit quelques minutes plus tard pour préparer son café matinal, elle lui demanda s'il pouvait exceptionnellement s'occuper d'Emma en attendant l'arrivée de Marni. Un nuage d'agacement assombrit le visage d'Alex, et Susan devina qu'il se demandait s'il valait mieux perdre quelques heures de travail ou prendre le risque d'énerver sa femme. La raison dut avoir le dessus, car il finit par lui décocher un grand sourire, leva les deux pouces et dit :

« Pas de problème, ma chérie.

– Super. »

Susan enfila son manteau – elle avait un besoin irrépressible de prendre l'air.

« Tout va bien ? lui demanda Alex, sa tasse de café à la main. Comment tu as dormi, sur ce canapé ?

– Très bien.

– Tant mieux. Ça veut dire que je survivrai le jour où tu décideras de me virer du lit ! »

Plutôt qu'un rire franc, Susan lui accorda un sourire crispé et sortit, ne terminant de boutonner sa veste qu'une fois sur le perron. Elle se rendit vite compte qu'avec sa jupe, son débardeur en coton et sa petite veste, elle était beaucoup trop légèrement vêtue pour la saison : le vent froid lui mordait les mollets et s'engouffrait sous sa jupe et à l'intérieur de ses manches.

C'était un vrai temps d'automne, et Susan ressentit une pointe de mélancolie, comme si le changement de saison s'était opéré sans son autorisation. Elle tourna la tête vers le portail du 56 Cranberry Street mais continua à s'éloigner.

Elle s'arrêta dans un *delicatessen* quelconque de Henry Street et commanda un bagel complet avec du fromage frais à l'oignon qu'elle mangea en marchant. Pendant une heure, puis deux, elle arpenta les rues de Brooklyn sans but, regardant le soleil se lever et les travailleurs quitter leur logement pour se diriger vers les différentes stations de métro. Elle alla jusqu'à Second Place au sud, jusqu'à Atlantic Center à l'est et jusqu'à l'embarcadère du ferry à l'ouest. À 9h30, elle remontait Van Brunt Street, aux confins du quartier de Red Hook, quand elle tomba sur une friperie éphémère qui n'était ouverte que pour la journée. Sur la vitrine était collée une affiche représentant un dessin de punaise de lit les six pattes en l'air – « tous nos vêtements ont été traités contre les parasites », indiquait la légende. Susan ressentit soudain une peur panique et irrationnelle à l'idée que cette garantie soit étayée par des caméras infrarouges qui scanneraient chaque client. Elle imaginait déjà une alarme retentir et des chiens détecteurs de punaises la chasser du magasin.

« Ne sois pas idiote », marmonna-t-elle, et elle se força à rester un quart d'heure dans la boutique, à admirer les robes et les bijoux vintage.

Une fois sortie, elle se remit à marcher sans but. Elle avait froid, et elle était tellement épuisée qu'elle avait l'impression de progresser au fond de l'océan. Une pression sourde lui comprimait les yeux. Elle tourna dans Smith Street et slaloma sur le trottoir en essayant de comprendre ce qui arrivait à sa maison... et ce qui lui arrivait, à elle. Les cauchemars, les piqûres, l'œuf sur la brosse à dents qui avait disparu avant qu'elle ait pu l'attraper et le montrer à Alex... Elle avait l'impression que les punaises se moquaient d'elle, qu'elles la torturaient, comme si elles avaient décidé qu'elle, et elle seule, devait être punie.

Et n'oublie pas Jessie – cette pauvre Jessica Spender.

« Eh ! Regardez un peu où vous allez ! »

Toute à ses pensées, Susan s'était heurtée à un attroupement à l'angle de Schermerhorn Street et Court Street – face au palais de justice. Les badauds avaient les yeux rivés sur une femme menottée vêtue d'une combinaison orange fluo, que trois agentes de police peu avenantes escortaient d'un fourgon pénitentiaire jusqu'aux portes du tribunal. Susan approcha une main tremblante de sa poitrine. La détenue était Anna Mara Phelps, la femme qui avait précipité ses deux pauvres petites filles dans le vide du toit de son immeuble de Livingston Street.

Arrivée à l'entrée du palais de justice, la prisonnière s'arrêta et posa sur la foule des yeux hébétés où se lisaient la terreur autant que l'incompréhension.

Susan croisa son regard.

« Tout va bien », articula-t-elle.

Anna Mara avait l'air si menue et si fragile au milieu des trois brutes qui l'entouraient – on aurait dit un animal pris au piège.

« Tout va bien. »

La jeune femme sembla s'accrocher désespérément au visage de Susan avant d'être entraînée à l'intérieur. Susan tourna les talons et remonta la rue, hébétée.

Des mots étranges apparurent alors dans sa tête, tels des néons phosphorescents dans la nuit : *non seulement de votre sang, mais aussi de votre corps et de votre âme.*

Susan n'y comprenait rien, mais elle avait conscience qu'il se passait quelque chose de terrible et qu'il fallait qu'elle réagisse.

« Allô, Susan ? C'est dingue, j'étais justement en train de parler de toi !

– C'est vrai ? »

Susan avait atteint une intersection et attendait que le feu passe au vert pour les piétons. Elle glissa la langue sur ses lèvres gercées et écouta la voix de Jenna qui résonnait dans son oreille.

« Je disais à Rami – tu te souviens de Rami ? Le chorégraphe de *Dignity* ? Celui dont le copain était à la fac avec toi ? –, bref, je lui parlais de toi et je lui disais qu'il fallait absolument que je t'appelle.

– C'est gentil. Comment ça va, Jenna ? » Susan s'éclaircit la gorge afin de faire entrer un peu d'air et de lumière dans sa voix, avant de poursuivre : « Comment ça s'est passé, ta première ?

– Comment ? Ah, oui, super. On a reçu une critique assez élogieuse dans le *Times*.

– Assez élogieuse ? répéta quelqu'un en fond – Rami, sûrement. Dithyrambique, tu veux dire !

– Je suis vraiment désolée, Jenna, je n'ai pas pu y aller.

– Mais ne t'excuse pas, je sais que tu es très prise.

– Jenna... »

Susan prit une profonde inspiration. Elle se redressa. Elle se tenait devant l'entrée d'une librairie Barnes & Noble et pouvait voir son reflet hagard qui la dévisageait dans la vitrine.

« J'ai un service à te demander », dit-elle d'un ton qu'elle aurait voulu assuré.

Malheureusement, on pouvait entendre les larmes dans sa voix et cela n'avait de toute évidence pas échappé à Jenna, qui demanda aussitôt, alarmée :

« Susan ? Qu'est-ce qui se passe ? »

Une bourrasque plus forte que les autres fouetta le visage de Susan. Elle serra le téléphone contre son oreille et referma comme elle put les pans de sa veste.

« Emma et moi... On aurait besoin d'un endroit où dormir. »

Elle avait essayé de mettre autant d'espoir que possible dans cette dernière phrase, et s'attendait à ce que son amie au grand cœur lui réponde aussitôt : « Mais bien sûr ! », « Pas de problème ! », ou encore : « Je laisserai mes clés pour toi au portier. »

Au lieu de quoi il y eut un long silence, perturbé seulement par le grésillement d'une communication imparfaite.

« Jenna ? finit-elle par demander.

– Qu'est-ce qui se passe ? demanda la comédienne, avant d'ajouter, dans un murmure : Est-ce que c'est à cause des punaises de lit ?

– Oh, non, non, pas du tout ! s'empressa de répondre Susan. D'ailleurs, Kaufmann n'a rien trouvé. Je croyais te l'avoir dit. J'étais sûre, même. En tout cas, merci encore de m'avoir donné ses coordonnées, elle a été... d'une grande aide. »

Un autre silence. Un autre grésillement, tandis que le vent continuait à s'engouffrer dans les manches de Susan.

« Du coup, non, ce n'est pas ça, c'est Alex. Ça ne se passe pas bien du tout.

– Oh, non ! »

Susan fit oui de la tête pour appuyer son mensonge. Mais était-ce vraiment un mensonge ? Après tout, on ne pouvait pas dire que les choses allaient pour le mieux entre eux.

« Évidemment, on va tout faire pour que ça s'arrange, mais pour l'instant, c'est vraiment compliqué. Du coup, est-ce que je... enfin est-ce qu'avec Emma, on pourrait passer quelques jours chez toi ? Le temps d'envisager la suite ? »

Enfin, Susan se tut. Elle leva la tête vers le ciel et ferma les yeux. *Allez, Jenna, dis oui, je t'en supplie.*

« Je... Oh, Sue. »

Le dernier silence fut le plus long. Susan sentit une larme rouler sur sa joue avant même que Jenna ait repris la parole.

« Je ne peux pas me permettre d'avoir des punaises de lit. Je suis désolée, mais je ne peux pas. »

Susan raccrocha, enfouit le portable dans sa poche et tapa du pied par terre en poussant un juron.

« Madame ? »

Elle ne s'en était même pas rendu compte, mais elle était entrée dans la librairie et se tenait à présent devant le présentoir des nouveautés, entourée d'un petit groupe de clients perplexes qui la dévisageaient. Un agent de sécurité posa une main douce mais ferme sur son épaule.

« Désolée », murmura Susan, et elle sortit du magasin.

Sur le chemin du retour, elle s'arrêta dans une animalerie et demanda s'ils vendaient de la terre de diatomée, la poudre censée tuer les punaises de lit et dont elle avait lu tant de bien sur www.punaises-demolition.com. La vendeuse, une femme d'une cinquantaine d'années, trop maquillée et en surpoids, eut un petit rire triste.

« Bien sûr, madame. Vous avez de la chance, il nous en reste quelques sacs.

– Ah oui ?

– Vous n'êtes pas la seule à avoir un problème de punaises, vous savez ? »

Rouge de honte, Susan regarda autour d'elle.

« Non, je... je... »

Elle n'avait aucune idée d'à quoi d'autre pouvait servir la terre de diatomée. La vendeuse secoua la tête, un sourire plein de compassion aux lèvres.

« Ne vous en faites pas, madame. J'ai l'impression que tout le monde est enquiquiné par ces saletés, dans le quartier.

– Pas autant que moi, marmonna Susan.

– Pardon ? »

Susan secoua la tête et paya vingt-sept dollars cinquante pour un sac d'un kilo et demi.

« En tout cas, je suis de tout cœur avec vous, madame, lui dit la vendeuse en s'aspergeant les mains de gel hydroalcoolique après lui avoir rendu sa monnaie. Est-ce que vous savez comment vous les avez attrapées ?

– Non, je... »

Elle ne termina pas sa phrase.

« Madame ? »

Susan venait de prendre conscience que malgré toutes ses recherches, malgré la terreur constante dans laquelle elle vivait depuis des semaines, il ne lui était pas venu une seule fois à l'idée de se demander d'où étaient venues ces punaises de lit. Mais dès que la vendeuse lui avait posé la question, elle avait su. Elle prit son sac de terre de diatomée, le serra contre sa poitrine et sortit de la boutique, faisant tinter au passage la petite cloche de la porte. Elle remonta ensuite Court Street d'un pas déterminé et prit à gauche dans Montague Street pour rentrer chez elle.

20

Sans faire de bruit, Susan entra dans l'appartement et déposa son sac de terre de diatomée dans l'entrée. Elle passa la tête dans la cuisine, puis retira ses chaussures et se dirigea en chaussettes vers le salon, où elle trouva Marni endormie sur le canapé, son téléphone à la main, ses cheveux cuivrés étalés sur le coussin.

« Je n'arrive pas à croire qu'il m'ait fallu aussi longtemps pour comprendre », murmura Susan.

La poitrine de Marni se soulevait de manière régulière.

Tous les jours elle vient ici. Tous les jours. Chez moi. Avec ma fille.

Alors qu'elle observait la jeune femme assoupie, Susan se mit à ratisser son poignet gauche à l'aide des ongles de sa main droite, de plus en plus fort, jusqu'à perforer pour la énième fois la peau tout juste cicatrisée et voir scintiller de petites gouttes de sang.

Tous les jours, sans exception.

« Marni, dit-elle d'un ton sec. Lève-toi. »

Susan attendit quelques secondes, puis elle s'accroupit à côté de la nounou et se mit à la secouer sans ménagement par les épaules. Marni avait de toute évidence le sommeil moins profond qu'Alex, car elle se redressa d'un coup, cligna deux fois des yeux et, confuse, esquissa un sourire.

« Tiens, bonjour, Susan. Emma fait sa sieste. »

Elle tâtonna pour attraper le babyphone sur la table basse et le tendit à Susan.

« La pauvre était épuisée. On est allées au manège, et ensuite... euh, Susan ? »

Susan était toujours accroupie à côté du canapé, immobile, et elle observait Marni. Elle pouvait presque voir les punaises de lit, encore à l'état de larves de stade un ou de stade deux, qui sortaient des manches du chemisier et du décolleté de la nounou et qui trottaient sur sa peau. Qui émergeaient des plis de ses vêtements et tombaient sur le canapé, pour disparaître ensuite entre les coussins et entre les lattes du plancher. C'était immonde.

« Marni, il faut que tu partes.

– Oh, fit la nounou, qui se redressa pour s'asseoir. Attendez, quoi ?

– Je suis désolée, mais ça ne marche pas.

– Comment ? Mais... de quoi vous parlez ?

– Tu es virée, Marni. Je veux que tu partes. Tout de suite. »

Les grands yeux faussement innocents de Marni ne firent qu'accentuer la haine et le dégoût que ressentait déjà Susan. La nounou se déplaça sur le canapé, se passa une main dans les cheveux, et Susan vit aussitôt une pluie invisible de punaises tomber au sol comme une cascade de pellicules. Elle attrapa Marni par les poignets.

« Je t'en prie, lève-toi et va-t'en !

– Mais pourquoi ? Qu'est-ce qui s'est passé ? »

La répugnance qu'éprouvait Susan gonflait de seconde en seconde et finit par se transformer en pure furie.

« "Pourquoi ?" répéta-t-elle avec un petit rire mauvais. "Qu'est-ce qui s'est passé ?" »

Comme si elle ne le savait pas ! Comme si elle ne se moquait pas d'eux tous les soirs, une fois rentrée chez elle ! Elle pensait à elle, à Susan, et riait du mauvais tour qu'elle lui avait joué.

« Parce que tu es sale ! » éclata Susan.

Marni se raidit et posa sur Susan un regard glacial.

« Pardon ?

– Tu es dégoûtante ! »

Susan entendit les mots chargés de haine s'échapper de sa bouche. Un torrent de rage qu'elle ne pouvait pas contenir. Qu'elle ne voulait pas contenir.

« Parce que tu as chopé des punaises de lit dans je ne sais quel motel pouilleux de la 10e Avenue, ou à ton gang bang du vendredi soir...

– Quoi ? Mais Susan, enfin !

– ... et que tu nous les as ramenées ici. Chez moi ! Tu as contaminé ma maison ! »

Susan hurlait, à présent. Elle sentait le sang bouillonner dans ses veines ; ses poings étaient serrés et ses ongles déchiquetés mordaient la fine peau de ses paumes. La douleur lui faisait du bien – elle était synonyme de plaisir, de puissance. Marni, de son côté, avait commencé à rassembler ses affaires. Elle aussi était furieuse. Elle fourra son ordinateur portable, ses élastiques à cheveux et ses livres de cours dans son sac à dos en maugréant :

« N'importe quoi ! Non, mais n'importe quoi !

– Dehors ! Fous le camp d'ici ! hurla Susan en poursuivant Marni dans le couloir. Dégage ! »

Elle dépassa la nounou et ouvrit la porte avec une telle violence que le battant se fissura en heurtant le mur de l'entrée.

« C'est bon ! cria Marni. J'ai compris ! »

Susan claqua la porte derrière elle et la verrouilla. À travers la cloison, elle entendit le bruit étouffé des pas de Marni dans l'escalier. Mais alors qu'elle attendait, haletante, que la nounou soit sortie de la maison, elle sentit soudain quelque chose lui piquer le mollet. Une punaise ! Elle se frappa la peau du plat de la main, mais elle n'eut pas le temps de vérifier qu'elle avait tué le parasite qu'elle sentit une seconde piqûre, cette fois juste sous l'œil. Elle pinça de toutes ses forces sans tenir compte de la douleur ; seul comptait à cet instant le besoin de prendre l'insecte en flagrant délit.

Quand elle releva la tête, elle vit Emma au milieu de l'escalier, qui tenait M. Bouboule d'une main et se grattait machinalement la fesse de l'autre en la regardant.

« Marni est partie ? demanda Emma d'une voix endormie.

– Oh, ma puce.

– Qu'est-ce qui se passe, maman ?

– Rien, ma chérie. Rien du tout. »

Elle sourit à Emma, qui l'imita.

« D'accord.

– Tout va bien, je te promets. »

Susan passa les deux heures suivantes à quatre pattes, à répandre de la terre de diatomée dans tout l'appartement. Elle saupoudra ainsi le fond de tous les placards de l'étage, puis inspecta chaque marche de l'escalier à la recherche de la moindre fissure. Pendant ce temps-là, Emma profitait exceptionnellement d'un marathon de dessins animés à la télévision, installée comme un pacha dans le nid de coussins que lui avait confectionné sa mère – Susan avait décrété le canapé zone interdite.

Il était un peu plus de 16 h 30. Susan était accroupie devant l'évier de la cuisine, une main tenant le sac à présent à moitié vide, l'autre répartissant la poudre blanchâtre autour du petit seau à compost, quand quelqu'un frappa à la porte. Elle fit volte-face, comme un chien surpris par un bruit inattendu, puis se releva péniblement et se dirigea vers l'entrée.

« Coucou, dit Louis. Tiens, qu'est-ce que c'est que ça ? »

Il désignait le sac que Susan tenait serré contre sa poitrine.

« Rien, répondit Susan, et elle fit un pas en arrière dans l'appartement. Qu'est-ce que vous voulez ? »

Il fallait qu'elle se remette au travail, car il restait de nombreux coins de l'appartement dans lesquels elle n'avait pas encore répandu de terre. Et elle tenait à ce qu'il y en ait absolument partout où pouvaient se cacher les punaises. Elle voulait anéantir leur colonie, empoisonner leur habitat, les éradiquer jusqu'à la dernière.

Louis la regardait avec un sourire timide, comme s'il s'apprêtait à l'inviter au bal de fin d'année.

« Eh bien, vous allez me trouver un peu... »

Puis il baissa la tête et traça un arc de cercle de la pointe de sa chaussure.

« Pour tout vous dire, Susan, je me fais un peu de souci pour vous.

– Du souci ?

– C'est-à-dire que... Tout à l'heure, je ramassais les feuilles devant le perron et j'ai aperçu votre nounou qui... » Il laissa sa phrase en suspens, mais Susan garda le silence. « Bref, j'ai retourné le problème dans tous les sens, et je me suis dit qu'il valait mieux que je vienne vérifier s'il n'y avait pas de souci chez vous.

– J'ai simplement renvoyé la nounou. À part ça, tout va bien. »

Susan réajusta sa prise sur le sac de terre et l'emballage émit un petit bruissement.

« Vous me voyez rassuré », dit Louis.

Il hocha la tête, comme s'il cherchait à regarder discrètement à l'intérieur de l'appartement. De la télévision du salon s'élevait le rire hystérique de Daffy Duck.

« Et votre petite, elle va bien ?

– Oui, Louis. »

Susan avait l'impression que son corps tout entier était en train de vibrer. Elle sentait le sac trembler contre sa poitrine. *Qu'est-ce qu'il me veut, bon sang ?*

« Écoutez, murmura soudain Louis en se penchant vers elle. Est-ce que c'est un problème de punaises de lit ?

– Pardon ? fit Susan en ouvrant de grands yeux, et elle lâcha le sac. Pourquoi est-ce que vous dites une chose pareille ?

– Holà, holà ! »

Louis approcha la main pour lui tapoter l'épaule, et Susan se dégagea d'un mouvement sec.

« Je demandais simplement ça comme ça, reprit Louis. C'est vous qui avez abordé le sujet il y a quelques jours. Vous aviez l'air très inquiète. Et je sais que ces saletés ont le don de mettre les gens dans tous leurs états. Je ne voudrais pas que ça vous arrive. »

Il est simplement curieux. Il ne comprend pas. Il ne peut pas m'aider.

Personne ne pouvait l'aider.

« Je vous assure qu'il n'y a aucun souci », dit Susan en refermant doucement la porte.

Après avoir rapidement vérifié que tout allait bien au salon – Emma suçait son pouce en regardant l'écran, M. Bouboule calé sous un bras –, Susan retourna à la cuisine. Par la fenêtre entrouverte, elle entendit Louis et Andrea qui semblaient se disputer sur le perron.

« ... les gens font ce qu'ils veulent, disait Louis. Et si je peux donner un coup de main... une personne qui a un problème ou... »

Susan s'approcha de la fenêtre. Andrea secouait vivement la tête et pointait un index accusateur vers Louis, qui la dépassait pourtant de quinze centimètres. À cause du vent, Susan n'entendait que des bribes de ce qu'elle disait.

« ... de tes oignons... me déranger moi, c'est une chose... mes locataires n'ont pas besoin qu'un vieux... »

Susan leva les yeux au ciel, ferma la fenêtre et remonta le couloir jusqu'au placard de l'entrée.

21

« Comment tu as dit que ça s'appelait, déjà ?

– De la terre de diatomée. »

Alex dînait seul à la table de la cuisine. Il avait préparé du poulet à la parmigiana, dont Susan avait mangé trois bouchées avant de retourner à son projet en lui assurant que c'était délicieux mais qu'elle n'avait pas faim – elle avait évidemment oublié le garde-manger, or il pouvait très bien y avoir des punaises dans le garde-manger, non ?

« Et qu'est-ce que c'est ? Un genre de terreau, en plus chic ? »

Tout en retirant les boîtes de pâtes qui lui bloquaient l'accès au fond du placard, elle récita de mémoire ce qu'elle avait lu sur www.punaises-demolition.com.

« La terre de diatomée se fixe sur la pellicule de cire qui recouvre la carapace des punaises de lit et cause leur mort par déshydratation. »

Alex but une gorgée de sa bière et demanda d'un ton hésitant :

« Du coup, ma chérie, est-ce que ça veut dire que tu as vu des punaises, depuis hier ? »

La tête dans le placard obscur, Susan ne put réprimer un sourire sardonique. *Oui, mais tu ne me croiras pas, parce que je n'ai pas de preuve à te montrer.*

« Non, répondit-elle. Je n'en ai pas vu.

– Ouf, soupira Alex. Tant mieux, tant mieux. D'ailleurs, je me demandais, est-ce que… Est-ce que tu as quelque chose de prévu demain matin ?

– Quelque chose de prévu ? Non. »

Qu'est-ce qu'il avait en tête ?

« Parce que je pensais prendre ma matinée. On a le shooting pour Tiffany à 15 h 30, mais Vic peut s'occuper de la préparation. Je me suis dit que je pourrais t'emmener voir un médecin. Quelqu'un qui jette un coup d'œil à tes piqûres – si c'est bien de piqûres qu'il s'agit.

– Un médecin ? »

Susan referma le placard et en ouvrit un autre.

« Pourquoi pas, oui, reprit-elle. Mais comment on va faire pour Emma ?

– Elle sera avec Marni, non ?

– Marni ne travaille plus pour nous. »

Susan avait appris sur www.punaises-demolition.com que les punaises de lit étaient attirées non seulement par le dioxyde de carbone, mais aussi par la chaleur corporelle, et qu'elles s'attaquaient nuit après nuit à la moindre parcelle de peau exposée.

Elle attendit donc qu'Alex soit couché pour lui chiper un de ses vieux bas de pyjama qu'elle enfila par-dessus le sien, ainsi qu'une grosse paire de chaussettes en laine qu'elle fit remonter par-dessus l'ourlet du pantalon. Ensuite, elle passa une longue robe de chambre en flanelle qu'elle avait récupérée dans le tiroir du bas, elle se couvrit la tête avec un bonnet de douche et, après une courte hésitation, mit aussi des gants.

« Alors, de quoi j'ai l'air ? » demanda-t-elle à son reflet dans le miroir de la salle de bains du bas.

D'une folle échappée de l'asile. Mais elle n'avait pas le choix. Elle avala deux somnifères et demi avec un verre d'eau, s'allongea sur le dos sur le parquet du salon et ferma les yeux.

Environ trois heures et demie plus tard, à 3 h 40 le vendredi 5 novembre, Susan se réveilla avec la sensation d'étouffer.

Elle se redressa, toussa, s'agrippa la gorge.

Il y avait quelque chose qui rampait dans sa bouche, tout au fond, à l'endroit où commence la langue. Elle toussa de nouveau, s'éclaircit la gorge, cracha comme un chat qui essaie d'expulser une boule de poils.

Oh mon Dieu oh mon Dieu oh mon...

Elle s'enfonça l'index et le majeur dans la gorge pour essayer d'attraper l'intrus – il fallait absolument qu'elle le fasse sortir –, mais ses doigts glissaient sur la surface humide de sa langue, et, pour ne rien arranger, la bestiole était vive. Elle avait l'impression que l'insecte la narguait et dansait au fond de sa bouche. *L'insecte ou les insectes ? Étaient-ils plusieurs ? Combien... ?*

Susan enfonça ses doigts encore plus profondément mais ne parvint qu'à se griffer la luette. Un violent haut-le-cœur la saisit et elle sentit la bile acide remonter son œsophage. Des larmes de douleur et de panique lui emplirent les yeux.

Après trente secondes interminables, Susan finit par déglutir. Elle avait avalé la punaise de lit. Elle se leva d'un bond, courut jusqu'à la cuisine et vomit dans l'évier. Alors que le liquide grumeleux et orangé se répandait au fond du bac en inox, Susan ferma la bonde. Puis, se pinçant le nez d'une main, elle se mit à fouiller la flaque immonde à la recherche du petit parasite.

En vain, évidemment.

Elle se rinça trois fois la bouche, puis, prudemment, toucha du bout de l'index le bouton qui était déjà en train de se former à l'arrière de sa langue. Réprimant un nouveau haut-le-cœur, Susan ressortit vite son doigt, mais, chaque fois qu'elle déglutissait, elle sentait la piqûre qui gonflait au fond de sa bouche, hors de vue.

Elle pouvait toujours en parler à Alex, monter à l'étage et – si toutefois elle parvenait à le réveiller – lui raconter ce qui venait de se passer, mais elle savait bien qu'il n'y avait aucune chance qu'il la croie. Pourquoi la croirait-il ? Il n'y avait aucune nouvelle marque visible. La punaise avait bien fait son coup.

Susan se servit un verre de vin, s'assit à la table de la cuisine et alluma son ordinateur.

Quand elle ouvrit le navigateur Safari, un réflexe atavique la poussa à aller sur Facebook, et elle passa quelques minutes à faire défiler les informations sans intérêt et les posts faussement profonds publiés par des gens qui avaient un temps été ses amis. Leslie Clover s'était remariée avec son ex-mari. Sean Hurley allait sortir un recueil de poèmes chez un petit éditeur du Nebraska. Quelqu'un attendait un bébé, quelqu'un avait déjeuné au restaurant Applebee's de Time Square, quelqu'un s'était vu proposer un boulot de professeur d'économie à la New York University. Susan avait l'impression de visiter les vestiges d'une terre lointaine qu'elle avait jadis habitée.

Elle tapa ensuite l'adresse de www.punaises-demolition.com, attendit quelques instants que la page mal structurée qu'elle connaissait désormais par cœur s'affiche, puis passa en revue les nouveaux fils de discussion du forum. Rien d'intéressant. Elle se rendit ensuite sur la galerie photo et scruta longuement des images d'œufs de punaises, puis une série de clichés montrant la « disposition classique des piqûres » – trois boutons alignés, décrits comme « le petit déjeuner, le déjeuner et le dîner ». 0-684-84328-5@gmail.com, le vieil ami de Susan, n'avait visiblement rien posté de nouveau.

« Ah, mais merde, oui », dit soudain Susan.

Elle croisa les doigts, retint sa respiration et ouvrit sa boîte Gmail. Et là, au milieu de dizaines de messages indésirables – ventes flash, horoscopes, newsletters, notifications –, elle trouva la réponse qu'elle attendait.

Elle cliqua sur l'e-mail de 0-684-84328-5@gmail.com, prit une profonde inspiration et lut :

lespunaisesdelitnenaissentpastouteségalesnemecontactez-plus

« Quoi ? »

Susan plissa les yeux, bâilla et posa l'index sur l'écran pour déchiffrer le message : *les punaises de lit ne naissent pas toutes égales, ne me contactez plus.*

« Ne naissent pas toutes égales ? » murmura Susan.

Elle ressentit soudain le besoin de se lever, de fermer son ordinateur et de sortir en courant de la maison. De s'enfuir dans la nuit en robe de chambre et bonnet de douche. Jenna pouvait bien aller se faire voir, elle irait frapper à la porte d'un refuge pour SDF.

« Un refuge pour SDF ? dit-elle à voix haute. Tu es vraiment sûre que c'est une bonne idée, Susan ? Ces endroits ne sont pas réputés pour leur hygiène... Ce serait un coup à tomber sur des punaises de lit. »

Elle renversa la tête en arrière et se mit à ricaner comme une possédée, son rire rauque rebondissant contre les murs de la cuisine plongée dans le noir. Elle ne s'interrompit que lorsqu'elle ressentit une vive douleur à la bouche. Ses lèvres étaient sèches, trop sèches, et celle du bas s'était ouverte. Susan passa la langue dessus et sentit le goût cuivré du sang.

Sur l'écran, les mots menaçants semblaient l'observer : *les punaises de lit ne naissent pas toutes égales, ne me contactez plus.*

« Mmh. »

Susan surligna l'étrange adresse e-mail, 0-684-84328-5 @gmail.com, la copia dans la barre de recherche Google et tapa sur le bouton « Entrée ». Il y avait seulement trois résultats, qui renvoyaient tous aux messages du forum de www.punaises-demolition.com. Une impasse. Susan ressentit soudain une nouvelle démangeaison dans le bas du dos et se mit à se gratter furieusement.

Elle recommença la recherche, à la différence que cette fois elle ne copia pas toute l'adresse, mais seulement la suite de chiffres : 0-684-84328-5.

Peut-être s'agissait-il d'un numéro de suivi pour un colis FedEx. Ou d'un numéro de série quelconque – pour un insecticide, probablement. Foutu marketing viral. Ou alors du code VIN d'un véhicule.

Elle appuya sur « Entrée » et observa l'écran, bouche bée.

Il ne s'agissait pas d'un numéro de suivi, mais d'un code ISBN – l'identifiant international unique permettant de retrouver chaque édition de chaque livre publié – correspondant à un ouvrage sorti en 2002, écrit par un certain Pullman Thibodaux et intitulé *Cimex lectularius, l'espèce cachée.*

Susan regarda autour d'elle, les mains tremblantes. Soudain, elle avait l'impression de voir des punaises partout : elle les sentait galoper sous sa chaise, elle les entendait s'affairer dans les placards.

L'espèce cachée.

La démangeaison au fond de sa bouche se rappela à elle.

22

Si on en croyait les diplômes qui ornaient un des murs de son cabinet, le Dr Lucas H. Gerstein avait obtenu sa licence à la Brown University, avant de décrocher son doctorat à la faculté de médecine de Cornell. Quant à son internat, il l'avait effectué à l'hôpital Bellevue, à New York. Le Dr Gerstein était un allergologue agréé, membre du comité de direction de l'Association médicale américaine spécialisée dans les substances polluantes et les allergènes. Il avait le crâne dégarni, un large front zébré de rides profondes, et de grands yeux gris, très doux, qui pour l'heure étaient posés sur le corps de Susan.

Ils avaient d'abord discuté quelques minutes, et Gerstein avait soigneusement consigné les réponses de Susan dans un petit carnet : les punaises de lit étaient apparues pour la première fois trois semaines plus tôt ; oui, elle les avait vues – enfin, à vrai dire, elle n'en avait vu qu'une, et encore, très brièvement.

« Mmh, fit le Dr Gerstein avec un sourire neutre. Est-ce que vous pouvez me montrer vos mains ? Merci. »

Susan grelottait dans sa blouse en papier. Sa peau était rêche et desséchée comme un vieux parchemin. Il y avait son poignet, bien sûr, où les trois premiers boutons avaient disparu sous un amas de chair violacée mal cicatrisée. Il y avait aussi sa piqûre à l'épaule gauche, qu'elle avait tout autant lacérée et dont on ne discernait plus qu'une vague auréole purulente.

Le médecin passa ses doigts gantés sur ces marques et en découvrit d'autres : une grappe de piqûres sous les seins, trois ou quatre sur la cuisse droite, et d'autres encore, éparpillées sur les bras. Certaines étaient minuscules, toutes fines, et faisaient penser à des microcoupures, tandis que d'autres, énormes, béantes et à vif, évoquaient plutôt des blessures par balle.

« Est-ce que ça fait mal quand j'appuie là ? » demanda le médecin en touchant la piqûre qu'elle avait en bas du dos.

Il parlait du nez et avait une voix fluette.

« Oui, répondit Susan en grimaçant. Ça fait très mal. »

Les lèvres de Susan étaient complètement gercées, et la peau de ses phalanges rêche comme du papier de verre. Dès qu'elle serrait les poings, de petites coupures sanglantes apparaissaient.

Alex était installé sur une chaise en plastique dans un coin de la pièce, l'air préoccupé. Susan repensa à toutes les fois où il l'avait accompagnée aux échographies, lorsqu'elle était enceinte : son mari, mal assis dans la salle d'examen exiguë, son manteau sur les genoux, tendant l'oreille pour entendre le petit battement de cœur. Elle pencha la tête en arrière et soupira. Sur le mur qui lui faisait face était accrochée une photo du Dr Gerstein et d'une femme assez quelconque au sourire chevalin – son épouse, certainement. Chaque fois que les doigts du médecin effleuraient la peau de Susan, celle-ci sentait la démangeaison s'amplifier.

« Très bien, déclara l'homme aux grands yeux gris en retirant ses gants. Est-ce qu'il y a d'autres marques que je n'ai pas vues ?

– Sur mon cuir chevelu. »

Elle écarta une mèche de cheveux, et le médecin se mit sur la pointe des pieds pour lui examiner le dessus de la tête.

« Très bien, répéta-t-il.

– Et... Ah ! Il y en a une qui est en train de me piquer en ce moment même ! Sous le pied !

– Ah bon ? s'étonna Gerstein avec un haussement de sourcils. Parce que normalement, les punaises de lit ne...

– Puisque je vous dis que je la sens ! Regardez ! »

Elle leva son pied nu et aperçut du coin de l'œil Alex qui se tordait le cou pour voir. Le médecin attrapa délicatement le pied de Susan, le scruta, puis posa sur elle un regard interrogateur.

Il n'y avait pas de punaise. Seulement une minuscule croûte rose en train de se détacher, vestige d'une ancienne piqûre.

« Elle a dû... » Susan laissa sa phrase en suspens et s'éclaircit la gorge. « Elle a dû s'enfuir, reprit-elle. Ces bestioles sont toutes petites, vous savez ?

– Je sais, acquiesça-t-il, et il se retourna. Je vous remercie, vous pouvez vous rhabiller. »

Pendant que Susan remettait son pantalon, elle vit le Dr Gerstein récupérer son petit carnet dans la poche de sa blouse blanche et y griffonner quelques mots. Elle ne put s'empêcher de penser à Dana Kaufmann : comme elle, le médecin exprimait son aisance professionnelle par des gestes précis et efficaces.

Reste à espérer qu'il soit plus efficace qu'elle.

La piqûre sous son pied la démangeait atrocement, à présent, et elle dut prendre sur elle pour ne pas se gratter.

Le diagnostic du Dr Gerstein se révéla clair et sans appel.

« Je ne pense pas du tout que les démangeaisons dont vous souffrez soient causées par des piqûres de punaises de lit, annonça-t-il d'un ton neutre. Il semblerait que vous soyez atteinte du syndrome d'Ekbom. »

Susan fixait le médecin. Elle se sentait nauséeuse.

« Le syndrome d'Ekbom, répéta Alex en détachant chaque syllabe. Et de quoi s'agit-il, exactement ?

– C'est une pathologie aussi appelée "délire de parasitose", où le sujet est convaincu d'être harcelé par des insectes minuscules, trop petits pour être observés à l'œil nu. »

Lorsqu'elle entendit le mot « délire », une alarme se déclencha dans la tête de Susan. *Oh non ! Oh non non non non !*

« Du coup, ça veut dire qu'il n'y a pas de punaises de lit ? demanda Alex.

– Je ne peux pas l'affirmer à cent pour cent, évidemment. Mais il me semble que vous m'avez dit que votre appartement avait reçu la visite d'un exterminateur...

– Tout à fait.

– Et ?

– Et rien.

– Non, intervint Susan. Non, non. Il y a bien des punaises de lit. Je les ai vues.

– Vous avez dit avoir vu… » Il consulta son carnet. « Une seule punaise.

– Eh bien, je me suis trompée. »

Elle se comprima les tempes pour mieux réfléchir. Il y avait eu celle sur l'épaule, au milieu de la nuit. Le petit œuf répugnant sur sa brosse à dents. Et plusieurs milliers de punaises dans ses rêves : une véritable armée.

« Deux, reprit-elle. J'en ai vu au moins deux. »

Les coins de la bouche du Dr Gerstein se redressèrent en un petit sourire méprisant. Sa blouse blanche était immaculée.

« Je sais que vous croyez les avoir vues.

– Mais je les ai vues !

– Susan, ma chérie, écoutons le médecin, d'accord ? intervint Alex. Ce qu'il explique me paraît très sensé.

– Non, Alex, ce n'est pas sensé du tout ! »

Évidemment qu'Alex était séduit par la théorie de Gerstein ! S'il n'y avait pas de punaises, cela signifiait simplement que sa femme était folle et qu'il n'aurait à payer ni une seconde visite de l'exterminatrice ni un second déménagement. Pour lui, c'était le diagnostic idéal.

« Si je puis me permettre, les interrompit le médecin, et Susan lui décocha un regard noir. Votre dossier indique qu'il vous arrive de prendre du Zolpidem pour vous aider à dormir…

– Tous les soirs, docteur ! acquiesça Alex. Elle en prend tous les soirs.

– Ah. Il est bien sûr toujours hasardeux de chercher des corrélations, mais il se trouve que les anxiolytiques peuvent provoquer des réactions délirantes assez extrêmes. Je suggérerais de…

– Alex ! s'exclama Susan en levant les bras. Mais regarde-moi, bon sang ! Regarde-moi ! Je suis couverte de piqûres !

– À vrai dire… »

Le Dr Gerstein leva l'index, et Susan eut envie de le mordre.

« Il est possible qu'une ou deux de ces marques soient effectivement des piqûres. Ou des morsures d'araignée, ou encore… mieux vaut ne pas s'avancer. Par contre, si je me fie à ce que j'ai pu observer de votre comportement, je dirais que l'immense majorité de ce que vous pensez être des piqûres sont en réalité des blessures auto-infligées. »

Il y eut un long silence, durant lequel Susan finit par s'asseoir sur ses mains pour résister à l'injonction de se gratter la cuisse lancée simultanément par toutes les cellules de son corps. *Mon Dieu, et s'il avait raison ?* songea-t-elle, et la prise de conscience, terrible, lui fit l'effet d'une comète enflammée traversant son esprit. Bientôt suivie par une seconde : *J'ai viré Marni… Je l'ai chassée de la maison…*

Au prix d'un effort considérable qui la laissa tremblante, Susan parvint à réprimer le besoin de se gratter.

« Madame Wendt, je vous assure que cette pathologie dont vous souffrez n'est pas rare. Et la bonne nouvelle, c'est qu'elle est traitable. Je vais commencer par vous prescrire des antihistaminiques et des corticostéroïdes qui devraient rapidement soulager vos démangeaisons. Mais surtout, vous allez prendre un médicament qui s'appelle l'Olanzapine et qui va aider votre esprit à discerner ce qui est vraiment là de ce qui ne l'est pas. »

Susan acquiesça en silence, prise de vertiges. Alors qu'elle enfilait son chemisier, elle entendit Alex et le médecin discuter à voix basse, comme on parlerait d'une enfant dans son dos : Gerstein marmonnait des *mmh, mmh,* et Alex lui posait des questions de sa voix professionnelle.

« Et qu'est-ce qu'on peut faire ensuite ?… Est-elle en danger ?…

– Non. Pas du tout.

– D'une manière générale, c'est quelqu'un de très solide. C'est pour ça que c'est si surprenant…

– Je comprends, je comprends… »

Susan terminait de reboutonner son haut quand elle vit le médecin serrer la main d'Alex.

« Elle est en parfaite santé, dit-il d'un ton rassurant. Dès qu'elle commencera à prendre l'Olanzapine, la situation devrait s'améliorer très rapidement. »

Emma était toujours dans la salle d'attente en compagnie de M. Bouboule, plongée dans un album.

« Au revoir, petite puce ! lui lança l'aide-soignante à qui Alex avait glissé un billet de cinq dollars pour qu'elle la surveille, et Emma lui fit un grand sourire.

– Elle s'appelle Shirley, annonça l'enfant. Et elle habite dans le Queens ! Est-ce que je suis déjà allée dans le Queens, moi ?

– Pas encore, répondit Alex. Un jour, peut-être. »

Quand ils se retrouvèrent tous les trois dans Clinton Street, Alex prit la parole d'une voix grave et douce.

« On va rentrer à la maison et on va te mettre au lit. D'accord, Susan ? Ce serait l'occasion de retrouver tes gros chaussons confortables, tu sais, ceux avec les têtes de souris ? Qu'est-ce qu'ils sont devenus, d'ailleurs ?

– Je ne sais pas. »

Susan souriait, mais dans sa tête, la même pensée tournait en boucle : *Je les ai vues, ces saletés de punaises. Je les ai vues, et je les ai senties.* Elle glissa un doigt dans la manche de son manteau et se gratta discrètement le poignet. *Je n'ai quand même pas rêvé, si ?*

« Tu sais ce que je vais faire ? Je vais te préparer un bouillon. Un bouillon de poule !

– Oh, oui ! Est-ce que je pourrai mettre les petites pâtes dedans ? demanda Emma en se penchant par-dessus le bord de sa poussette.

– Bien sûr, ma chérie.

– Alex, non.

– Comment ça, non ? Tu n'aimes plus le bouillon ? C'est nouveau !

– Déjà, je n'ai pas la grippe, d'accord ? Je suis folle.

– Susan.

– Et ensuite, tu as ton shooting pour Tiffany.

– Vic se débrouillera très bien sans moi. »

Mais Alex consulta sa montre et poussa un soupir.

« On sait tous les deux que Vic ne s'en sortira jamais tout seul », dit Susan.

Ils se trouvaient à présent devant la bouche du métro. Alex examina longuement sa femme, semblant peser le pour et le contre. Susan se redressa, le regarda droit dans les yeux et lui caressa délicatement la joue avec le dos de l'index.

« Va faire ton truc, dit-elle. Avec Emma, on va passer à la pharmacie récupérer le – comment il a appelé ça, déjà ? –, la frangipane ?

– L'Olanzapine.

– C'est ce que j'ai dit », répondit-elle avec un sourire.

Alex la prit dans ses bras et la serra contre lui.

« Si tu as besoin de quoi que ce soit...

– Allez, au boulot, mon chéri ! »

Une fois Alex parti prendre son métro, Emma gigota de nouveau dans sa poussette pour se tourner vers sa mère.

« Est-ce qu'on va aller à la pharmacie avec les lunettes de soleil ? demanda-t-elle d'un ton plein d'espoir. Est-ce que je pourrai avoir une paire de lunettes Barbie ?

– Si tu veux, ma chérie. Mais d'abord, il faut qu'on passe à la bibliothèque. »

23

À première vue, *Cimex lectularius, l'espèce cachée* ne ressemblait pas vraiment à la réponse aux prières de Susan. Le livre, dont elle finit par dénicher un exemplaire au troisième étage de la bibliothèque municipale de Brooklyn à Grand Army Plaza, était coincé entre un épais volume sur les crabes-araignées géants et un ouvrage au titre des plus alléchants : *Encyclopédie des parasites intestinaux.* En comparaison, *L'Espèce cachée* était un livre plutôt fin et d'apparence banale, avec une couverture cartonnée entièrement grise, sans jaquette. Il rappela à Susan les manuels universitaires qu'elle avait en horreur : tous ces ouvrages de référence aux titres alambiqués comme *Esthétique interprétationnelle de l'art figuratif*, et aux pages remplies d'un texte dense et abscons. Bref, quand Susan examina *L'Espèce cachée* à la lumière des néons de la bibliothèque, elle ressentit une immense déception.

Enfin, Sue! se réprimanda-t-elle, et elle s'assit à la grande table en face d'Emma, qui était déjà plongée dans son livre d'activités des Wonder Choux. *À quoi tu t'attendais ? Des pages en or ? Des étincelles magiques ?*

Sans enthousiasme, Susan tourna les trois premières pages vierges – le papier écorné semblait s'effriter sous ses doigts. Sur la page de titre, à côté du nom de l'auteur, Pullman Thibodaux (Susan imagina un Anglais excentrique avec une longue barbe, tirant sur sa pipe à une réunion de la Société royale des explorateurs), elle trouva une date de publication, 2002, et le nom de la maison d'édition, Kastl & DuBose.

Une fois de plus, elle se demanda à quoi elle s'était attendue, et, une fois de plus, elle ne sut quoi répondre. Emma gloussa et lui tendit une feuille de papier cartonné.

« Regarde, maman ! Je t'ai dessinée ! »

Susan jeta un œil distrait au gribouillage exubérant.

« C'est très joli, ma puce », commenta-t-elle, et elle consulta sa montre.

Bon, dix minutes de lecture, et ensuite on passe à la pharmacie.

Le premier chapitre de *Cimex lectularius, l'espèce cachée* portait un titre aussi terne que rebutant : « Anatomie, physiologie, habitat ». Quant au préambule qui suivait, il était tout aussi rébarbatif et semblait s'adresser à un lectorat purement scientifique et universitaire.

> *Cimex lectularius*, à ne pas confondre avec *Cimex hemipterus* ou *Cimex pilosellus*, constitue l'espèce la plus commune de la famille des Cimicidae, de l'ordre des hémiptères. *C. lectularius* est un insecte hématophage nocturne doté d'élytres non fonctionnels et d'un rostre « piqueur » composé de deux stylets. Comme chez plusieurs invertébrés, le mode de reproduction de *C. lectularius* est dit « traumatique » : malgré la présence de voies de reproduction naturelles chez la femelle, le mâle les ignore et perfore directement son abdomen pour y injecter son sperme.

« Beurk, lâcha Susan.

– Qu'est-ce qu'il y a, maman ?

– Rien, ma puce. Continue tes coloriages, c'est très joli.

– Oui, hein ? » dit Emma, très fière, en levant les sourcils à la manière d'un Groucho Marx miniature, avant de se replonger dans son album.

Susan regarda sa montre. Il était 11 h 17, et les dix minutes qu'elle s'était accordées étaient révolues depuis cinq minutes.

Elle sauta quelques pages et vit que le premier chapitre du livre se terminait par un schéma détaillé d'une punaise de lit : six pattes fines et deux petites antennes de part et d'autre d'une carapace trapue. La vue du dessin ravivant ses démangeaisons, elle se pencha en avant sur sa chaise et se mit à se gratter frénétiquement, comme un chien infesté de puces.

Encore cinq minutes, se dit-elle. *Cinq minutes et c'est tout.*

Susan fixa le titre du deuxième chapitre pendant plusieurs secondes.

« Punaises de lit réelles, punaises de l'irréel. »

À partir de là, le ton du livre changeait sensiblement. L'étude morphologique détaillée de son sujet terminée, Pullman Thibodaux présentait désormais ce qu'il appelait « une brève histoire culturelle de *C. lectularius* ». La prose se faisait plus enlevée, plus orale, pour évoquer dans de petits paragraphes le fait que les punaises de lit étaient mentionnées dans deux pièces d'Aristophane, ainsi que dans plusieurs œuvres d'Anton Tchekhov et de George Orwell. Sur la page suivante, le schéma de la punaise de lit du premier chapitre apparaissait de nouveau, un peu plus détaillé, et, une fois de plus, Susan ne put s'empêcher de se gratter furieusement.

« "Et maintenant est venu le moment de quitter le monde de la fiction pour celui de la non-fiction", lut-elle une fois la démangeaison à peu près calmée. "De laisser de côté les histoires pour nous intéresser à l'Histoire avec un grand H." »

Susan se pencha sur le livre, passa la langue sur ses lèvres gercées et tourna la page.

Tite-Live évoque dans son œuvre un certain Arobolus, cousin par alliance de l'empereur Tibère, dont la femme fut victime d'une infestation de punaises de lit. Loin d'être compatissant, Arobolus avança que c'était lui qui avait demandé aux dieux de punir son épouse ainsi, après qu'elle s'était laissé séduire par un officier de la garde prétorienne. Le récit se termine très mal pour l'épouse – qui se fait dévorer vivante dans son lit –, mais également pour le vindicatif Arobolus qui, n'arrivant pas à se débarrasser des insectes qui ont envahi sa maison, finit par sombrer dans la folie.

Susan se passa de nouveau la langue sur les lèvres, avant de s'arracher une petite peau morte avec les dents. Thibodaux décrivait ainsi plusieurs anecdotes tirées d'univers variés. L'une se déroulait durant l'Antiquité chinoise, sous la dynastie Han, une autre au sein de l'ethnie Igbos avant la colonisation du Nigéria. Une autre encore racontait comment, à l'époque du Massachusetts puritain, un pasteur nommé Samuel Hopegood s'était jeté dans la rivière Charles parce qu'il se croyait ensorcelé après une infestation de punaises de lit particulièrement épouvantable. Plus Susan progressait dans sa lecture, plus elle se grattait férocement le cou à l'aide de son stylo. Elle ne s'arrêta que lorsque la pointe traversa la peau.

La dernière partie du deuxième chapitre commençait par une simple question, en gras et soulignée :

ET POURQUOI ?
Pourquoi cette fascination extraordinaire pour un désagrément aussi trivial ?
Pourquoi la présence de *C. lectularius* dans nos maisons et dans nos lits nous inspire-t-elle une révulsion aussi intense, confinant parfois à la folie ?
Pourquoi secouons-nous nos draps ? Pourquoi inspectons-nous nos chambres à quatre pattes, tels des chiens de chasse ?
Pourquoi éprouvons-nous une telle haine pour des parasites absolument inoffensifs – des petits insectes quasiment invisibles et qui ne transmettent pas la moindre maladie ?

Susan acquiesçait en marmonnant « oui, oui, oui ». Puis elle lut le paragraphe suivant et se tut. Elle était paralysée. L'index avec lequel elle parcourait les lignes se mit à trembler au-dessus de la page.

Parce que ce n'est pas des punaises de lit que nous avons peur.
Il existe une autre espèce, une espèce cachée, une punaise pire que les punaises.
C. lectularius, qui arpente nos lits et se cache dans l'obscurité, est l'espèce que nous connaissons. L'insecte que nous comprenons, que nous savons nommer, traquer, capturer, tuer... Mais notre haine et notre peur irrationnelles de *C. lectularius* ne sont que la manifestation inconsciente de notre haine et de notre peur instinctives, et cette fois tout à fait rationnelles, de sa sinistre cousine.
Cette espèce cachée est très proche de *C. lectularius*, de la même manière que les hommes sont proches des chimpanzés – ou plutôt que les hommes sont proches des anges. Ou des démons.
Je ne suis pas scientifique et je ne peux donc pas vous donner le nom de cette espèce cachée. *Cimex horribilis*, peut-être? *Cimex daemonicus*?
Pour ma part, je les appelle simplement punaises de l'ombre.

Susan se frotta les doigts contre la joue et sentit le tranchant irrégulier de ses ongles lui lacérer la peau. Ce qu'elle était en train de lire n'avait pas de sens. C'était ridicule. Impossible. Abominable.

Les punaises de lit se cachent sous les matelas et dans les fissures des huisseries; les punaises de l'ombre se cachent dans les crevasses de l'histoire humaine, dans le temps entre les secondes, dans les synapses entre les pensées. Quand les punaises de lit vous piquent, elles se nourrissent de votre sang pendant une dizaine de minutes puis elles repartent; les punaises de l'ombre se nourrissent non seulement de votre sang, mais aussi de votre corps et de votre âme. Et quand elles s'accrochent à vous, elles ne lâchent jamais.

Susan relut le dernier paragraphe et fixa les mots « de votre corps et de votre âme » jusqu'à ce qu'ils semblent se détacher de la page pour tourbillonner devant ses yeux. Elle essaya de se rappeler : quand avait-elle lu ces mots auparavant ? Quand les avait-elle entendus ? Cette même phrase mystérieuse : « non seulement de votre sang, mais aussi de votre corps et de votre âme » ?

Elle leva la tête, regarda droit devant elle, et ses yeux se fixèrent sur une vieille carte encadrée portant la mention « Breukelen 1679 ». Le sang battait à ses tempes. Une petite voix intérieure, suraiguë et furieuse, lui ordonnait de fermer le livre et de le remettre sur son étagère, de le renvoyer à l'oubli dont elle l'avait sorti.

« C'est un tissu de conneries, disait la voix. Il est absolument impossible que... »

Les doigts de Susan agrippèrent le bord de la table. La vieille carte de Brooklyn était toujours devant elle, mais elle ne la voyait plus. Un tissu de conneries, peut-être, sauf qu'elle avait vu l'horrible portrait de Jessica Spender, son visage mutilé, ses yeux emplis de terreur. Elle avait senti les piqûres de ces punaises qui avaient ensuite aussitôt disparu sans laisser la moindre trace, comme pour la rendre folle. Susan tremblait. Elle avait l'impression que son cerveau était sur le point d'imploser. Quelque chose vibrait. Son téléphone – dans son sac à main. C'était lui qui faisait du bruit. Elle l'attrapa, regarda l'écran. C'était Alex.

... *se nourrissent non seulement de votre sang...*

« Allô ? »

... *non seulement de votre sang...*

« Coucou, ma chérie. Je t'appelais simplement pour savoir comment ça allait.

– Ah. D'accord. Eh bien, ça va. »

... *mais aussi de votre corps et de votre âme...*

« Est-ce que tu as récupéré les médicaments ?

– Quoi ? (*Ah oui, c'est vrai, les médicaments.*) Oui, oui, je les ai.

– Super. Du coup, je me disais, pour le dîner… »

… de votre corps et de votre âme…

« Je suis désolée, Alex, mais je ne peux pas trop parler, là », dit-elle en frottant une des pages du livre entre son pouce et son index. Puis, d'une voix plus légère, presque mélodieuse : « On est en train de visiter une école maternelle. J'avais complètement oublié que j'avais pris rendez-vous.

– Et Emma ne s'est pas endormie ? Vous avez déjeuné, au moins ?

– Comment ? Mais oui, bien sûr. »

Susan jeta un coup d'œil à sa montre. 14 h 10. *Merde.*

« Bref, en tout cas, je pense que ça peut être une super école pour Emma. Je te raconterai tout ça ce soir. »

Elle leva la tête et vit Emma de l'autre côté de la table, la tête enfoncée entre ses bras croisés, un crayon de couleur vert pendant misérablement de sa petite main. Elle dormait à poings fermés.

« Très bien, alors, dit Alex. Et tu m'as dit que tu étais passée à la pharmacie ? »

Susan raccrocha sans répondre à la question et se servit de l'angle de son iPhone pour atteindre un point qui la démangeait entre ses omoplates. Puis elle enfonça le téléphone dans sa poche, tendit la main pour caresser la tête d'Emma, et reprit sa lecture.

Mais d'où viennent-ils, ces parasites de l'ombre, ces insectes harceleurs ? D'où vient-elle, cette espèce dans l'espèce, sous l'espèce, derrière l'espèce ? D'où vient-elle, et pourquoi existe-t-elle ? *Personne ne le sait.* Même parmi ceux d'entre nous qui croient en l'existence de cet animal surnommé punaise de l'ombre, qui n'ont d'autre choix que de croire, *personne ne le sait.*

Il ne fait aucun doute qu'il existe certains endroits propices. Les endroits de l'angoisse, ceux où naissent les cauchemars et les hallucinations, et où certains chiens refusent de mettre les pieds. Ces endroits, on les connaît bien et on fait semblant d'en rire, mais c'est là que les gens font tard le soir des choses qu'ils ne comprennent pas, des choses qu'au matin ils voudraient pouvoir défaire.

« Oh, putain, mais je le savais », souffla Susan, toute tremblante.

Elle repensa à la soirée qu'elle avait passée à peindre, dans un état de transe. Et avant ça aux rêves – ou plutôt aux cauchemars – qu'elle avait faits, dès le premier soir où ils avaient emménagé…

« Je le savais, je le savais, je le savais. »

Mais même en ces lieux de désespoir, les punaises de l'ombre n'entrent qu'invitées.

Invitées. Évidemment. Tout en lisant, Susan continuait à marmonner la même litanie auto-accusatrice : « Je le savais, je le savais, je le savais… »

Il faut que quelqu'un commette l'acte ou ait la pensée qui ouvre la porte des ténèbres. Il faut que quelqu'un émette la chaleur et la lumière maléfiques qui poussent les punaises de l'ombre à sortir de leur cachette. Car de la même manière que les punaises de lit sont attirées par la chaleur et le dioxyde de carbone, les punaises de l'ombre sont attirées par la puanteur brûlante du Malin.

Susan avait de plus en plus de mal à respirer. Elle tourna la page, haletante.

Ne reste qu'une seule question : comment s'en débarrasser? Malheureusement, il n'y a qu'un seul moyen de conjurer cette MALÉDICTION.

« Cette malédiction », répéta Susan, tremblante.

Ce qu'elle lut ensuite la bouleversa à un point tel qu'elle se remit à se gratter furieusement. La tête, d'abord, jusqu'à presque s'arracher des touffes de cheveux. Puis toutes les croûtes qui émaillaient son corps. Quand elle s'interrompait, c'était pour ronger ses ongles meurtris et attaquer les petites peaux jusqu'à la première phalange, qu'elle mordait comme un animal enragé jusqu'à sentir le goût du sang sur sa langue.

Elle relut une fois de plus le petit paragraphe brutal et enfouit son visage entre ses mains.

« Oh, mon Dieu ! murmura-t-elle. Oh, mon Dieu, non ! »

« Maman ? Maman ? »

Le son était faible et aigu, un bruit parasite, comme une mouche qui n'arrêterait pas de se cogner contre un carreau. Susan avait les yeux rivés sur le livre, les mains plaquées sur les oreilles. Il ne restait qu'une page, une courte postface, qu'elle lut au bord des larmes.

> Comme je l'ai dit, je ne suis pas scientifique. Je ne suis pas non plus exterminateur. Ni sorcier ni médium. Ce que je sais, je l'ai appris à mes dépens. Si vous avez trouvé ce livre bizarre et que vous n'en avez pas cru un mot, alors j'espère de tout cœur que vous n'aurez jamais à changer d'avis.

« Maman ? »

> Mais si vous croyez que ce que je dis est vrai, alors ayez pitié de moi. Et si vous le savez, alors c'est moi qui ai pitié de vous.

« Maman ? »

Excédée, Susan abattit la paume de sa main sur la table et aboya :

« Quoi, Emma ? »

Emma sursauta et ouvrit de grands yeux qui ne tardèrent pas à s'embuer. Par-dessus son épaule, Susan vit la grosse bibliothécaire derrière son guichet lever la tête et froncer les sourcils – elle avait dû parler trop fort.

« J'ai faim, maman. »

Susan avait la tête qui tournait et les paupières en feu.

« Je suis désolée, ma chérie. J'ai... »

Elle s'interrompit, s'éclaircit la voix et ferma le livre.

« Allez, viens, ma puce. On y va. »

Vingt minutes plus tard, elles étaient dans le métro, Susan encore toute tremblante de ce qu'elle avait lu. Son dos la démangeait, ses joues la démangeaient, sa nuque la démangeait plus que tout, comme si un escadron de moustiques l'avait prise pour cible. Alors que la rame quittait Grand Army Plaza, Susan remarqua que les gens assis à proximité la regardaient – le petit groupe de lycéens qui ricanaient, le couple de retraités, l'homme au visage dur avec sa serviette posée sur le siège à côté de lui. Ils savaient, cela ne faisait aucun doute. Ils l'observaient en chuchotant, gardaient leurs distances, horrifiés par les bestioles qu'ils voyaient ramper sur sa peau. La tête baissée, Susan jeta des coups d'œil furtifs autour d'elle, rouge de colère et de honte. Emma sortit de sa léthargie et se tourna vers elle.

« Est-ce que tu es inquiète à cause des petites bébêtes, maman ?

– Un petit peu, ma chérie. Mais pas beaucoup. »

Emma se mordit la lèvre.

« Est-ce que les bébêtes, elles vont me faire du mal ?

– Mais non. Non, non, non ! s'exclama-t-elle avant de serrer sa fille contre elle. Je te le promets. »

Elle eut l'impression d'avoir la bouche remplie de cendres. Comment pouvait-elle promettre une chose pareille ? Elle lâcha la main d'Emma, songeant que chaque toucher, chaque caresse, fournissait aux monstres invisibles un pont pour atteindre la peau de sa fille. Tout ce qu'elle avait lu se bousculait dans sa tête. Ces punaises n'étaient pas sorties de son imagination, elles n'étaient pas le symptôme d'une maladie mentale. Il était arrivé quelque chose d'horrible à Susan – et c'était loin d'être terminé.

Car ces punaises de lit étaient beaucoup plus que des punaises de lit. Elles n'avaient aucune intention de s'en aller, et Susan ne pouvait pas leur échapper.

La rame s'arrêta à Clark Street, les portes coulissèrent, et Susan et sa fille descendirent.

24

De tout le reste de la journée, les punaises ne laissèrent aucun répit à Susan, qui effectua les tâches de l'après-midi comme un robot répétant les gestes pour lesquels il a été programmé : détacher Emma de la poussette, la prendre dans ses bras pour monter les marches, lui préparer un repas, la faire manger, la mettre à la sieste. Quand Emma se réveilla, Susan trouva néanmoins les ressources nécessaires pour faire avec elle quelques parties de Candy Land.

Et pendant tout ce temps, les punaises s'activaient. Parfois elles restaient juste en périphérie de son champ de vision pour la provoquer, parfois elles s'enhardissaient jusqu'à danser sur ses doigts et sautiller sur sa nuque. Susan sentait leur présence partout autour d'elle. À plusieurs reprises, elle perçut même leur odeur caractéristique de framboise et de coriandre, à la fois âcre et trop sucrée. Mais chaque fois que Susan levait les yeux du plateau de jeu ou du plan de travail, chaque fois qu'elle cherchait à faire face à ces punaises de lit – *de l'ombre, de l'ombre, de l'ombre* – dont la présence ne faisait aucun doute – elle savait qu'elles étaient là, elle le savait –, chaque fois qu'elle se concentrait sur la masse grouillante à côté de l'évier, ou sur la petite colonne sombre qui défilait en direction du couvercle de la poubelle, les bestioles se transformaient sous ses yeux en taches de poussière, en bandes de tissu, ou en rien… en rien du tout.

« À ton tour, ma chérie », murmura Susan en avançant son pion jaune sur une case bleue, avant de se frotter les yeux jusqu'à voir des petits points rouges danser derrière ses paupières closes.

Alex rentra une demi-heure plus tôt que d'habitude, à 18 heures, et fit comme si tout allait pour le mieux dans le meilleur des mondes. D'humeur bavarde, il affirma d'une voix triomphante que cette fois, c'était sûr, les choses allaient s'arranger pour Gem-Flex, après la débâcle Cartier. Apparemment, le shooting pour Tiffany s'était déroulé sans accroc. (« Tu avais tout à fait raison, d'ailleurs, dit-il avec un grand sourire. Vic aurait été perdu sans moi ! ») Mieux encore, ils venaient de faire signer plusieurs nouveaux clients, ce qui leur offrait une bonne visibilité jusqu'à la fin de l'année. Mais derrière le masque de bonne humeur, Susan n'avait aucun mal à percevoir la nervosité de son mari, elle voyait bien ses gestes hésitants et les regards à la fois inquiets et pleins d'espoir qu'il posait sur elle. Il voulait vérifier si les médicaments prescrits par le Dr Gerstein avaient commencé à faire effet. Vérifier si, comme l'avait annoncé le médecin avec condescendance, la situation s'améliorait « très rapidement ».

Désolée, mon chéri, songea Susan en redescendant l'escalier après avoir couché Emma. *Mais la situation ne s'est pas du tout améliorée.*

Elle avait décidé d'attendre le dîner pour expliquer à son mari que c'était même tout le contraire.

« Ce que je vais te dire ne va pas te plaire, mais je veux que tu m'écoutes et que tu essaies de comprendre. »

Une goutte de vinaigrette sur le menton, Alex releva la tête de son assiette et examina Susan à travers les fleurs qui trônaient au centre de la table de la cuisine. C'était un bouquet automnal aux teintes orangées qu'il avait acheté en rentrant du travail. Susan, elle, ne voyait dans cet amas de couleurs criardes que des cachettes potentielles. Elle savait que les punaises parcouraient les tiges et barbotaient dans l'eau stagnante. Susan n'avait toujours pas touché à sa salade. Elle avala la dernière gorgée du café qu'elle avait préparé quelques heures plus tôt – il était amer, épais et chargé de marc.

C'était le vendredi 5 novembre, il était 20h40. Les Wendt habitaient au 56 Cranberry Street depuis cinquante-quatre jours.

« Je t'écoute », l'encouragea Alex d'une voix douce.

Susan prit une profonde inspiration et enfonça difficilement les doigts dans ses cheveux gras et emmêlés. Si elle voulait avoir la moindre chance de rallier Alex à sa cause, elle allait d'abord devoir le persuader que la théorie farfelue qu'elle avait lue était tout à fait plausible. Tout à fait normale.

« Bon, alors j'ai trouvé un livre.

– D'accord… »

Elle raconta à Alex sa lecture de *Cimex lectularius, l'espèce cachée* en s'efforçant de faire passer l'ouvrage pour un manuel d'entomologie très sérieux.

« Tout ça pour dire qu'au final, on a bien une infestation de punaises, continua-t-elle, tandis qu'Alex la dévisageait de l'autre côté de la table, le visage de marbre. Une sous-espèce un peu particulière, en fait. Et le problème, c'est qu'on ne peut pas s'en débarrasser comme ça. »

Alex poussa un profond soupir.

« Donc si je comprends bien, maintenant, tu vas encore me dire qu'il faut qu'on déménage.

– Si seulement c'était aussi simple… Malheureusement, il s'est passé quelque chose de très grave dans cette maison. Et je pense que ça a à voir avec les anciens locataires, Jack et Jessica Spender.

– Mais de quoi tu parles ?

– Il s'est passé quelque chose. Quelque chose d'horrible. Et déménager ne résoudra pas le problème. Les punaises, elles… elles m'ont contaminée, Alex. Elles m'ont eue.

– Susan ? »

Elle repoussa la main qu'il lui tendait et serra les dents – ce n'était pas le moment de craquer. Lorsqu'une démangeaison se réveilla à l'intérieur de sa cuisse, elle s'interdit de se gratter.

« Il n'y a qu'un seul moyen de conjurer le sort.

– Le sort ? » répéta Alex en fronçant les sourcils.

Pour la théorie plausible, on repassera.

« Oui, Alex. Cette maison est maudite. Et maintenant, la... la malédiction s'est abattue sur moi. Je crois que je sais comment faire pour m'en débarrasser, mais c'est... »

Sa voix se transforma en un murmure rauque.

« Je ne suis pas sûre d'en être capable. »

Susan scruta le regard de son mari à la recherche d'une lueur de compréhension, de compassion. Ils se connaissaient depuis huit ans et étaient mariés depuis cinq. Pour choisir la destination de leur lune de miel, ils avaient mis seize pays dans un chapeau, s'étaient juré de respecter le résultat du tirage au sort, et étaient tombés sur la Finlande. Un voyage inoubliable, un paradis de saunas, de poisson fumé et de lacs féeriques.

Oh, faites qu'il comprenne ! Par pitié, faites qu'il comprenne !

Alex entrouvrit la bouche, laissa passer quelques secondes, puis demanda :

« Est-ce que tu es allée acheter l'Olanzapine ? »

Susan ferma les yeux, gémit, et, dans le silence qui suivit, elle entendit un long sifflement sinistre qui prenait toute la place au fond de son cerveau : c'étaient les punaises de l'ombre qui gloussaient, un ricanement répugnant, le rire moqueur du diable lui-même. Elles étaient partout autour d'elle, des colonies entières, prêtes à frapper à tout moment... sous les lattes du parquet, sous l'évier, dans les placards et derrière les coutures des matelas. Attendant leur heure. Incapable de résister plus longtemps au besoin de se gratter, Susan enfouit la main entre ses cuisses et frotta frénétiquement ses ongles contre son aine en feu.

« Non, Alex. Je n'ai pas acheté les médicaments.

– Pourquoi ?

– Pourquoi ? »

Susan s'interrompit avec un petit toussotement sec et secoua la tête. La démangeaison aux cuisses partiellement soulagée, elle s'attaqua à son cuir chevelu, et de petites peaux blanches tombèrent en pluie sur la table. Alex baissa la tête.

« Susan, je t'en prie, murmura-t-il, et Susan songea : *Ça ne sert à rien, à rien du tout.* Les médicaments sont...

– Alex, on est en danger. Je suis en danger. Est-ce que tu peux le comprendre, ça ? »

Alex prit le temps de bien choisir ses mots avant de répondre :

« Je comprends que tu es convaincue d'être en danger. » Il se pencha au-dessus de la table et prit les mains râpeuses de Susan entre les siennes. « Je te promets que je vais tout faire pour t'aider, ma chérie. Parce que tu es malade, d'accord ?

– Non ! »

Elle se dégagea vivement.

« La propriétaire a dit qu'on n'avait pas de punaises de lit. Le médecin a dit qu'on n'avait pas de punaises de lit. L'exterminatrice des stars, l'incroyable Kaufstein, a dit, et je te cite...

– Elle s'appelle Kaufmann, et si tu crois que je ne comprends pas ce que tu es en train d'essayer de faire...

– Ah oui ? Eh bien, je vais continuer malgré tout. Même ton exterminatrice a dit qu'on n'avait pas de punaises. »

La voix d'Alex se faisait plus dure, plus forte, et il secouait la tête à chaque phrase.

« Écoute, Susan, je ne suis pas fâché. Je t'assure. Mais tu as un problème, et il faut que tu le règles. »

Il se leva, ses gros poings fermés plantés sur ses hanches. Susan se leva elle aussi et le défia du regard.

« Je me fiche de ce que dit tout le monde. On a des punaises de l'om... de lit, et on ne va pas s'en débarrasser sans rien faire. »

Alex fit un pas en arrière et ferma les yeux.

« J'ai besoin de toi, Al ! J'ai besoin de ton aide. » Elle posa les mains sur les épaules de son mari et attendit qu'il rouvre les yeux. « J'ai besoin que tu me croies.

– Oh, Susan. » Il la prit dans ses bras, la serra contre sa poitrine et posa le menton sur sa tête. « Oh, ma chérie. Le médecin a...

– Je t'en prie, Alex..., sanglota-t-elle. Je t'en prie...

– Le médecin a justement expliqué qu'un des symptômes de cette... de ce syndrome d'Ekbom, était le fait de croire que des insectes te persécutaient, toi, et toi seule. Et il a dit que nier l'existence de la maladie était aussi en soi un symptôme.

– Mais ça n'a pas de sens ! cria Susan.

– Ça en a toujours plus que des punaises de lit surnaturelles. »

Susan ne savait pas quoi ajouter d'autre. Un silence affreux emplit la pièce. Alex s'appuya contre le chambranle de la porte, se cacha le visage entre les mains et laissa échapper un grognement de frustration. Pendant ce temps, Susan faisait des allers et retours entre la table de la cuisine et la cuisinière en passant en revue toutes les solutions possibles. Elle songea à attendre le lendemain matin qu'Alex ait emmené Emma à son cours de danse pour mettre le feu à la maison. Elle envisagea aussi de suivre l'exemple du très regretté Howard Scharfstein et de descendre au sous-sol se faire sauter la cervelle.

Au bout d'un moment, Alex se retourna, secoua une dernière fois la tête et sortit de la pièce. Alors que Susan le regardait s'éloigner, un des carreaux du plafond en métal gaufré se descella et s'écrasa au sol, juste derrière elle. Elle fit volte-face et leva la tête, bouche bée. À l'endroit où le morceau de plâtre s'était détaché, c'était comme si on avait retourné une pierre sous laquelle des dizaines d'insectes avaient élu domicile. Sauf que là, il s'agissait de petites punaises noires et brunes, qui se laissèrent tomber au sol par grappes, tels de petits parachutistes, avant de se disperser rapidement pour trouver refuge derrière les plinthes de la pièce, seules, à deux, ou en petits groupes.

Incapable de faire le moindre mouvement, Susan regardait horrifiée cette scène de cauchemar quand soudain quelqu'un frappa à la porte.

« Susan ? Vous êtes là ? Désolée de vous déranger, ma chère ! »

25

C'était Andrea Scharfstein, qui avait apparemment un problème avec son téléphone portable.

« Je suis vraiment désolée de vous déranger aussi tard, Susie, mais je suis censée appeler ma sœur Nan' à 22 heures. 19 heures, heure de Portland. Si j'ai le malheur d'avoir ne serait-ce qu'une minute de retard, elle s'inquiète. Les vieilles dames qui vivent toutes seules, vous savez ce que c'est ! »

Elle décocha à Susan son fameux clin d'œil complice, tout en s'appuyant de manière théâtrale contre l'encadrement de la porte d'entrée.

« Ah, fit Susan.

– Comme vous m'avez dit un jour que si j'avais besoin d'aide avec ce maudit appareil… »

Andrea soupira et agita le téléphone avec un sourire désolé, avant de poursuivre :

« Mais je m'impose chez vous et je n'ai même pas la politesse de vous demander de vos nouvelles. Comment allez-vous, Susie ? »

À cette question que les circonstances surréalistes et terrifiantes rendaient absurde, Susan ne sut d'abord quoi répondre. Elle pensa aux punaises dans la cuisine qui se repliaient vers les placards après leur parachutage du plafond. Elle pensa aux punaises dans le placard de l'entrée, juste derrière elle, qui s'aventuraient dans les poches des manteaux. Et à celles qui s'infiltraient dans les moindres fissures du puits d'aération.

« Oh, ça va, merci, finit-elle par répondre sans enthousiasme. Pas de problème.

– Parfait ! Alors, vous voulez bien jeter un œil à ce téléphone ? Je ne voudrais pas que ma vieille Nan' s'imagine que je me suis fait écraser par une armoire.

– Bien sûr, montrez-moi ça ! »

Andrea portait un legging violet, une longue chemise de nuit ample et un antique peignoir à la ceinture lâche. Elle avait des bigoudis dans les cheveux. *Je suis en train de me faire attaquer par une armée d'insectes démoniaques et voilà mamie qui débarque pour me demander de jouer les assistantes techniques !* songea Susan.

« Ah, vous me sauvez la vie, Susie ! »

Andrea entra dans l'appartement et se dirigea droit vers la cuisine, pendant que la porte d'entrée se refermait derrière elle.

« Est-ce que je nous fais du thé ? »

Susan s'assit à la table, bras croisés, pendant qu'Andrea ouvrait les tiroirs et les placards en quête de sachets de thé, de sucre et de petites cuillères. Susan se rendit compte que, contre toute attente, la banalité de la situation avait sur elle un effet apaisant. Il semblait impossible que ces deux mondes coexistent, qu'une vieille dame guillerette soit en train de préparer du thé dans le même appartement – dans le même univers – que celui où Susan subissait l'agression constante d'un parasite diabolique sorti tout droit des enfers. Soit Andrea ne remarqua pas le carreau qui s'était descellé du plafond et qui gîsait toujours sur le sol de la cuisine, soit elle choisit de l'ignorer ; toujours est-il qu'elle le contourna à plusieurs reprises en faisant ses allers et retours d'un placard à l'autre.

« Votre élégant mari est déjà couché ?

– Comment ? Ah, oui.

– C'était pareil pour moi. À 21 heures, Howard montait se mettre au lit avec un roman policier, et moi je restais encore une heure ou deux en bas. Je crois que j'aimais bien ce petit moment de solitude. Aujourd'hui, la solitude, j'en ai plus qu'il m'en faut.

– Hmm, fit Susan, et elle baissa les yeux vers le Samsung à clapet d'Andrea, une antiquité bon marché qui devait avoir cinq ou six ans et qui jurait à côté de l'iPhone rose de Susan. Alors, dites-moi, quel est le problème, Andrea ?

– Eh bien, ça ne marche plus. J'ai dû modifier un réglage sans faire exprès, et je n'arrive pas à revenir à comment c'était avant. »

Susan essaya d'allumer le portable, qui ne réagit pas.

« Je crois que c'est simplement qu'il n'y a plus de batterie. Quand est-ce que vous l'avez rechargé pour la dernière fois ?

– Mais il a passé la journée branché à son chargeur !

– Et vous êtes sûre que la prise fonctionne ?

– La prise ? »

Andrea hocha la tête, puis elle se frappa le front du plat de la main.

« Mais suis-je bête ! Maintenant que vous le dites, je me rends compte que mon sèche-cheveux non plus ne marche plus, et il était branché sur la même prise ! »

Susan fit glisser le téléphone vers Andrea et s'efforça de sourire.

« D'ailleurs, poursuivit la propriétaire, je comptais aussi vous apporter le sèche-cheveux, mais je me suis dit : "Enfin, ma vieille, Susan n'a pas que ça à faire ! Et puis elle n'est pas réparatrice d'électroménager ! Déjà que le portable, c'est..." Ah ! L'eau bout ! »

Andrea n'y était pas allée de main morte avec le sucre, mais Susan sirota le thé avec plaisir et savoura la douce sensation de brûlure dans sa gorge. La vieille femme était restée debout, adossée au plan de travail, bras croisés, observant Susan par-dessus la monture de ses lunettes de lecture.

« Bon, dit-elle au bout de quelques secondes, d'un ton soudain sérieux. Et maintenant, est-ce que vous allez me dire ce qui ne va pas ? »

Susan leva la tête, et Andrea reprit :

« Parce que je vais être honnête avec vous, Susie, vous n'avez vraiment pas l'air dans votre assiette. »

Andrea posa sur Susan un regard maternel.

« Vous savez, vous pouvez tout me dire. Je suis aussi là pour ça. Est-ce que c'est... ? » Elle indiqua du menton l'étage, où se trouvait la chambre, et reprit d'une voix caverneuse : « Est-ce que c'est Alex ?

– Non. Non, pas exactement. »

Susan sentit l'angoisse et le désespoir lui comprimer la poitrine. Elle ne se sentait pas la force de raconter toute l'histoire à Andrea et d'entendre quelqu'un d'autre lui expliquer que ce qu'elle racontait n'avait pas de sens. Mais c'était déjà trop tard ; elle enfouit sa tête entre ses bras et se mit à pleurer.

« Oh, Andrea ! Je n'en peux plus ! Je n'en peux plus ! »

Dans un bruissement de chaussons précipité, la propriétaire parcourut la distance qui les séparait et prit place à côté d'elle.

« Susan, Susan, Susan. »

Andrea lui passa un bras autour de l'épaule, comme pour la protéger.

« Mais qu'est-ce qui s'est passé ? »

Susan releva la tête et essuya ses larmes d'un revers de ses mains calleuses.

« Les punaises de lit, Andrea. En fin de compte, il y a bien une infestation.

– Oh non ! s'exclama Andrea en portant une main à sa bouche, avant de jeter des coups d'œil inquiets autour d'elle. Mais... mais il me semblait que l'exterminatrice avait dit que c'était bon ? »

Susan attrapa une serviette en papier et se moucha bruyamment.

« C'est ce qu'elle a dit. Malheureusement elle avait tort. Elle s'est trompée. »

Une minuscule punaise apparut sur l'accoudoir de la chaise d'Andrea. Paralysée, Susan regarda sans rien dire l'insecte grimper sur la manche de la chemise de nuit de la vieille dame, puis s'aventurer sur sa peau ridée.

« Vous savez, Susan, dit Andrea. Si c'est nécessaire, on fera revenir un exterminateur. À mes frais, bien sûr.

– Andrea ?

– Qu'y a-t-il, Susie ? »

La punaise de lit – *de l'ombre*, se corrigea Susan avec un frisson d'horreur, *de l'ombre, de l'ombre, de l'ombre* – se dirigeait vers la petite plaie rose qui scintillait sur l'avant-bras d'Andrea. Encore quelques instants, et l'insecte atteindrait sa cible. D'un mouvement soudain, la main de Susan s'abattit sur le petit parasite. Andrea tressaillit, surprise par cet accès de violence.

« Désolée, Andrea, il y avait... »

Susan examina la paume de sa main. Rien. Ni carapace écrasée ni tache rougeâtre. La punaise s'était échappée. *Oh, mon Dieu, faites que je ne sois pas folle !* Elle ferma les poings, enfonça ses ongles ravagés dans ses paumes et scanda intérieurement une incantation désespérée : *Je ne suis pas folle, je ne suis pas folle, je ne suis pas folle.* Puis elle baissa la tête vers le sol. Le carreau était toujours là. Dessous, une punaise de la taille d'une petite lentille se fraya un chemin jusqu'à l'air libre, puis s'enfuit en direction du garde-manger.

« Écoutez-moi, dit Andrea, parce que c'est très simple. On va rappeler la dame qui est venue ici. Non, c'est idiot. On va appeler quelqu'un d'autre. Je suis sûre que ce ne sont pas les exterminateurs qui manquent dans le vieux Rolodex de Howard. »

Susan secoua la tête, tout en continuant à se labourer l'intérieur des mains – elle sentit ses ongles percer la peau et faire couler le sang. Elle savait très bien ce qui se passerait si Dana Kaufmann, ou quelqu'un d'autre, revenait : la personne regarderait partout, mettrait l'appartement sens dessus dessous et ne trouverait rien.

Les punaises n'en avaient qu'après Susan. *Son corps et son âme.*

Elle poussa un long gémissement qui se transforma en un soupir de désespoir, et Andrea rapprocha sa chaise pour lui entourer les épaules de son bras squelettique.

« Que pense votre mari de tout ça ? »

Susan avala une gorgée de thé en regrettant que ce ne soit pas du café. Elle avait les yeux en feu, la tête au bord de l'explosion.

« On ne peut pas dire qu'il soit d'une grande aide.

– Les hommes, aboya Andrea. Les hommes et leurs secrets. »

Susan releva la tête, surprise par le changement dans la voix d'Andrea. En une phrase, le grognement maternel et protecteur s'était transformé en un râle chargé de haine.

« Les hommes et leurs mensonges. Jamais là quand on a besoin d'eux. Jamais. »

Andrea regardait au loin, par la fenêtre, par-delà les lampadaires de la rue qui ponctuaient l'obscurité. Il y avait sur son visage une froideur et une tristesse lugubre que Susan n'avait jamais perçues jusque-là : la vieille dame se remémorait un souvenir, visiblement douloureux. Susan l'observait en frottant l'une contre l'autre ses paumes meurtries.

« Andrea ?

– Oui ? » Ce fut comme si un hypnotiseur avait claqué des doigts : la lumière reparut d'un coup dans les yeux d'Andrea, et elle reporta son attention sur Susan avec un grand sourire. « Voilà ce qu'on va faire, annonça-t-elle. Je vois bien que vous êtes morte d'inquiétude, alors il est hors de question que vous dormiez ici ce soir.

– Ça ne changera rien.

– Comment ça, ça ne changera rien ? demanda Andrea, qui s'était levée et remettait en place les pans de son peignoir. Quelques nuits à l'hôtel, vous et toute la petite famille... À mes frais, bien sûr. D'ailleurs, qui sait ? Peut-être bien que je me prendrai une chambre, moi aussi. Il y a le Marriott, dans Adams Street – dans mes souvenirs, c'est plutôt un hôtel correct, même si ça fait une éternité que je n'y ai pas séjourné. Alors, Susan, qu'est-ce que vous en dites ? Un petit hôtel pour quelques jours ? »

Hôtel.

Quand Andrea prononça le mot, une alarme se déclencha dans le cerveau de Susan. Et sonna un peu plus fort chaque fois qu'elle le répéta.

Hôtel.

Hôtel.

Hôtel.

Tandis que Susan fixait la surface de la table et imaginait les punaises de l'ombre creusant des galeries dans le bois, son esprit retournait le mot dans tous les sens. Comme une langue qui ne peut s'empêcher de faire ballotter une dent branlante.

Hôtel.

Les hommes et leurs mensonges.

Les allumettes dans la poche d'Alex.

Les allumettes de l'hôtel Mandarin Oriental.

Il faut que quelqu'un commette l'acte...

Susan avait ri d'avoir ne serait-ce qu'envisagé un tel scénario. Penser que son mari aurait pu donner rendez-vous à une femme dans un hôtel...

... qui ouvre la porte des ténèbres.

Pourtant, il était rentré si tard, ce soir-là. 2 heures du matin. C'était le vendredi qui avait suivi leur emménagement. Elle s'était enfin remise à peindre et, dans un état de transe étrange, avait ajouté de la violence à son art en recouvrant de boutons le visage de la pauvre Jessica Spender. Et pendant ce temps, où se trouvait son délicieux mari ? À l'hôtel Mandarin Oriental, et en bonne compagnie, apparemment... Et elle qui s'était crue si bête de réagir comme une mégère jalouse...

Il faut que quelqu'un commette l'acte ou aït la pensée qui ouvre la porte des ténèbres.

L'hôtel Mandarin Oriental. Et ensuite, le lendemain matin – *le lendemain matin* –, il y avait eu la tache sur l'oreiller.

Car de la même manière que les punaises de lit sont attirées par la chaleur et le dioxyde de carbone, les punaises de l'ombre sont attirées par la puanteur brûlante du Malin.

« Susan ? »

Andrea agitait la main et claquait des doigts devant le visage de Susan. Celle-ci se leva d'un bond et les pieds de sa chaise grincèrent sur le sol de la cuisine.

« Andrea, je crois qu'il est temps que vous redescendiez appeler votre sœur.

– Oui, mais...

– Nan' doit être morte d'inquiétude, Andrea. Morte d'inquiétude. »

Susan ramassa les deux tasses et les déposa dans l'évier d'un mouvement vif. Jamais elle ne s'était sentie aussi légère. Elle récupéra les téléphones portables sur la table, empocha son iPhone et rendit le vieux Samsung à Andrea.

« Susan ? »

Celle-ci avait attrapé Andrea par le bras et l'escortait sans ménagement jusqu'à la porte.

« Contente d'avoir pu vous aider, Andrea. Allez, bonne nuit ! »

Susan resta quelques secondes à la porte, la main sur la poignée, à écouter les pas étouffés d'Andrea dans l'escalier.

Cimex lectularius, l'espèce cachée évoquait la manière de briser le sort et de renvoyer les punaises de l'ombre dans l'au-delà.

> Ne reste qu'une seule question : comment s'en débarrasser?
>
> Malheureusement, il n'y a qu'un seul moyen de conjurer cette MALÉDICTION.
>
> Quelqu'un a invité les punaises. Quelqu'un a ouvert la porte à l'obscurité.
>
> Il faut trouver cette personne, et la détruire.

Pullman Thibodaux se montrait sans équivoque sur ce dernier point. Susan retourna à la cuisine et s'approcha de l'imposant bloc à couteaux, qui trônait telle une gargouille sur le plan de travail. Elle passa les doigts sur les manches et entendit dans sa tête la voix d'Alex, qui la réprimandait avec condescendance :

Les bons couteaux, c'est uniquement quand on en a vraiment besoin.

« Tu as raison, dit Susan. Tu as tout à fait raison, mon chéri. »

Et, la main fermée sur le manche le plus épais, elle tira le couteau de boucher de son logement.

26

La petite télé sur la commode d'Alex était allumée, signe qu'il avait dû essayer d'attendre Susan pour terminer leur conversation, mais qu'il avait fini par s'endormir. Il était étendu sur un nid d'oreillers, ses boucles épaisses étalées autour de sa tête, la bouche entrouverte. Susan éteignit la télévision, serra le couteau dans sa main droite et regarda son mari ronfler. Seul le léger grésillement du babyphone perturbait le silence qui régnait dans la chambre.

Susan s'accroupit à côté de son mari et lui murmura à l'oreille :

« Mauvaise nouvelle, Al, on a des punaises de lit. »

Il marmonna quelque chose d'inintelligible, se passa la langue sur les lèvres et se retourna, lui présentant sa nuque. Elle murmura de nouveau, un peu plus fort cette fois, et dans l'autre oreille :

« Beaucoup beaucoup beaucoup beaucoup beaucoup de punaises. »

Il ne cilla pas.

« Bordel, Alex, réveille-toi ! »

Et elle lui abattit de toutes ses forces le manche du couteau sur la tempe.

« Lève-toi ! »

Alex se redressa d'un coup avant de se laisser retomber sur le matelas en se tenant la tête à deux mains. Il cligna des yeux et remonta la couverture sur sa poitrine.

« Susan ? Est-ce que tu... ? Qu'est-ce que... ? »

Il se figea en voyant le couteau, les cheveux en bataille, une croûte de salive blanchâtre à la commissure de ses lèvres entrouvertes, ses grands yeux bruns écarquillés. Susan avait toujours aimé les yeux de son mari. Le couteau à la main, elle le regardait trembler comme une feuille lorsqu'elle ressentit une vive douleur au niveau de la nuque. Une nouvelle piqûre. Une nouvelle démangeaison.

Elle frémit mais ne relâcha pas sa prise sur le manche. Tout était la faute d'Alex. Toutes ces semaines de torture, de confusion, de détresse. Toutes ces démangeaisons. C'était à cause de lui.

« Qu'est-ce qui t'arrive, Susan ?

– Pourquoi tu as fait ça ?

– Pourquoi j'ai fait quoi ? »

D'un geste mal assuré, elle essaya de lui donner un coup avec le tranchant du couteau, mais Alex eut un mouvement de recul et la lame ne fit qu'égratigner son avant-bras, dessinant une fine ligne rouge sur sa peau bronzée. Il hurla – un cri aigu, féminin – et se recroquevilla contre la tête de lit. Un rapide coup d'œil à la coupure et il reporta son attention sur Susan.

« Qu'est-ce que tu es allé faire au Mandarin Oriental le vendredi soir qui a suivi notre emménagement ?

– Quoi ? Écoute, Susan...

– L'hôtel Mandarin Oriental. Le vendredi 17 septembre. »

Tous les détails étaient clairs dans la tête de Susan. À présent, elle savait exactement ce qui s'était passé. Elle savait comment et pourquoi sa vie s'était effondrée. Et surtout, à cause de qui.

« Je ne vois vraiment pas de quoi tu... »

Il ne termina pas sa phrase et bondit pour attraper le couteau. Surprise, Susan bascula en arrière, mais elle parvint à garder l'équilibre et contre-attaqua aussitôt. Cette fois, Alex parvint à esquiver le coup et battit de nouveau en retraite contre la tête de lit en levant la couette devant lui comme un bouclier.

« Susan, je te jure que je n'ai jamais mis les pieds à l'hôtel Mandarin Oriental.

– Ne me mens pas, dit Susan d'un ton neutre, le couteau tremblant dans sa main. S'il te plaît, ne me mens pas.

– Tu es malade, Sue. Tu as… »

D'un geste brusque, elle frappa de nouveau et sentit à la résistance de la lame que le coup avait mordu la chair. Une longue plaie balafrait la poitrine d'Alex juste au-dessus du cœur. Il porta la main à la blessure et regarda sa paume inondée de sang.

« Oh, non. Susan…

– Dis-moi la vérité, cracha-t-elle.

– Très bien, dit Alex d'un ton calme en appuyant sa main contre la plaie, sans quitter des yeux la lame à présent maculée de son sang. Très bien… euh… Tu as raison. Ce soir-là, le…

– Le 17.

– J'ai croisé une copine, par hasard.

– Comment elle s'appelle ? »

Il déglutit péniblement, le regard toujours braqué sur le couteau.

« Euh… Theresa.

– Theresa ?

– Oui. Tu ne la connais pas. C'est… c'est une vieille amie de fac. On était dans le même cours de photographie. Une fille assez quelconque… »

Les larmes se mirent à rouler sur les joues de Susan. Pas parce qu'il l'avait trompée avec une conne dans une chambre d'hôtel. Non. Susan pleurait parce qu'elle allait devoir le tuer pour mettre fin au terrible fléau. Par sa trahison, Alex avait ouvert la porte à l'obscurité et invité les punaises, et elle allait être obligée de le sacrifier pour conjurer le sort.

« Susan ? »

Les yeux d'Alex étaient immenses dans la pénombre de la chambre. Immenses et remplis de larmes. Il était terrifié et le sang coulait abondamment de sa poitrine. Susan, elle, sentait la chaleur de milliers de piqûres sur son corps. Dans sa main, le couteau lui ordonnait d'en finir une bonne fois pour toutes. Elle s'avança vers son mari, mais, au moment fatidique, un léger bruissement s'éleva du babyphone : c'était Emma qui changeait de position dans son sommeil. Par instinct maternel, Susan tourna la tête vers l'appareil posé sur la table de chevet, et Alex sauta sur l'occasion.

Les six minutes qui suivirent ne furent qu'une lutte sans merci.

Alex fit une roulade pour se dépêtrer des draps et de la couette, puis il détendit les deux jambes en même temps et frappa Susan au ventre. Le souffle coupé, celle-ci tomba en arrière et Alex se jeta sur elle, lui attrapa les poignets et tenta de lui arracher le couteau des mains. Susan ne se laissa pas faire : elle se débattit comme une furie et parvint à lui donner un coup de genou à l'entrejambe qui le fit reculer. Profitant de l'effet de surprise, elle lui abattit de nouveau le manche du couteau sur le visage. Alex poussa un cri et porta la main à sa mâchoire. En plus de la poitrine, il avait désormais du sang qui lui coulait de la bouche. Susan n'attendit pas : elle se releva d'un bond et courut en direction de la porte.

« Putain, mais arrête, Susan ! » hurla Alex en se lançant à sa poursuite.

Alors qu'il était sur le point de la rattraper sur le palier, il poussa un cri de douleur lorsque son orteil heurta la latte de plancher qui dépassait. Déséquilibré, il tituba, et Susan eut tout juste le temps de s'écarter pour le laisser passer. À présent, Alex était face à l'escalier et Susan était dans son dos. Sans hésiter, elle posa les mains entre ses omoplates et poussa de toutes ses forces. La chute fut spectaculaire. Alex roula jusqu'au bas des marches en se cognant plusieurs fois la tête contre le mur.

Susan savait qu'il n'y avait pas de temps à perdre. Tenant le couteau à deux mains, elle descendit à son tour, enjamba son mari et se pencha au-dessus de lui. Il était sonné, mais conscient.

« Susan, je t'en prie. Réfléchis à ce que tu es en train de faire. S'il te plaît. »

Elle prit une profonde inspiration et son visage se figea en un horrible rictus.

« Désolée, mon chéri. »

Et, tel un missile fonçant sur sa cible, le couteau s'abattit vers la gorge d'Alex. Sauf qu'au dernier moment, celui-ci parvint à rouler sur le côté, et, d'un coup de pied, il repoussa Susan. S'ensuivit un curieux ballet, où Alex marchait lentement à reculons dans le couloir, mains levées en signe d'apaisement, tandis que Susan avançait au même rythme que lui en donnant de grands coups de couteau dans le vide.

« Susan ! »

Il esquiva la lame, qui siffla à quelques centimètres de son nez.

« Susan, bon sang ! Arrête ! »

Ils passèrent sous l'arche et ses appliques vieillottes et pénétrèrent dans le salon. Du coin de l'œil, Susan vit des punaises sortir des ampoules en forme de bougies pour assister au spectacle.

À présent, Alex était acculé au mur du salon, juste à côté de la petite porte de la pièce bonus. Susan s'avança vers lui, mais elle n'eut pas le temps de le frapper avec le couteau qu'il lui attrapa les poignets. Après quelques instants de lutte qui rappelèrent à Susan leur valse de mariage – *un deux trois, un deux trois, un deux trois* –, ce fut elle qui se retrouva le dos collé au mur. Alex avait plaqué son torse contre sa poitrine et appuyait avec une telle force qu'il lui comprimait les seins et l'empêchait de respirer.

Puis, en à peine une seconde, il ouvrit la porte de la pièce bonus, saisit Susan par la taille, la poussa sans ménagement à l'intérieur et referma derrière elle. Susan se jeta sur la poignée en poussant un hurlement de fureur, mais Alex bloquait déjà la porte. La partie était perdue. De frustration, elle se mit à tambouriner contre le battant.

« Alex ! »

Il y eut un grand raclement – *Qu'est-ce que... ? Oh non ! Le canapé !* Tout en tenant fermement la poignée d'une main, Alex avait réussi à attraper l'énorme canapé en cuir et le déplaçait pour la maintenir enfermée.

« Alex ! Ne me laisse pas là ! » cria Susan en tapant de plus belle sur la porte.

La colère chargée d'adrénaline qui emplissait ses veines refroidissait à toute vitesse pour se transformer en peur.

« Laisse-moi sortir, Alex !

– Susan, je vais mettre Emma en sécurité et je reviens, d'accord ? »

Non, pas Emma ! Alex ne saurait jamais quels habits prendre, il ne saurait pas s'occuper d'elle. *Ma fille. Mon petit bébé.*

« Alex. Attends.

– Je suis désolé, Susan.

– Laisse-moi sortir, Alex ! Ne m'abandonne pas ici ! »

Peu à peu, elle prenait conscience de la situation dans laquelle elle se trouvait.

« Je t'en supplie ! »

Les pas d'Alex dans le salon, puis dans l'escalier. Susan essaya de nouveau d'actionner la poignée, mais quand elle comprit qu'elle ne pourrait pas s'échapper, elle appuya le front contre la porte et se mit à pleurer.

« Je t'en supplie », sanglota-t-elle, et elle se laissa glisser au sol.

Cinq minutes plus tard, l'escalier grinça à nouveau. Elle entendit le souffle rauque d'Alex qui devait porter Emma dans ses bras. Dans la tête de Susan, les inquiétudes les plus triviales se bousculaient. Est-ce qu'il avait pensé à prendre le manteau d'Emma ? Qu'est-ce qu'elle allait bien pouvoir manger au petit déjeuner ? Où l'emmenait-il ?

La porte d'entrée se ferma. Après plusieurs longues minutes de silence, Susan se leva péniblement et se mit à examiner la pièce dans laquelle elle était maintenue prisonnière. Le tableau était toujours dans un coin sur son chevalet, à côté de la fenêtre, et il était toujours couvert des boutons et des pustules que Susan n'avait aucun souvenir d'avoir peints.

La grande différence, c'est que ce n'était plus Jessica Spender sur la toile.

C'était un autoportrait.

C'était elle.

TROISIÈME PARTIE

27

La première punaise de l'ombre passa sous la porte et entra dans la pièce bonus environ une heure plus tard. Peut-être un peu plus, peut-être un peu moins – Susan ne portait pas de montre, et, par la fenêtre, la lune immobile ne fournissait aucun indice.

L'insecte était seul, et ce n'était pas un gros spécimen. *Étape deux*, songea Susan, *maximum étape trois*. Trois millimètres. Quelqu'un qui ne s'attendait pas à le voir ne l'aurait certainement pas remarqué. Mais le regard de Susan était aiguisé, et elle scrutait la porte depuis déjà un long moment. Les punaises étaient enfin prêtes à passer à l'action. Susan en était convaincue.

Assise sous l'unique fenêtre de la pièce, celle dans l'encadrement de laquelle elle avait découvert la photo de Jessica et de Jack, Susan observa le petit parasite qui avançait dans sa direction. Elle avait ramené les genoux devant elle et avait les mains jointes entre les rotules. L'époque où les punaises se cachaient pour ne sortir que lorsqu'elles étaient sûres de ne pas être vues était révolue.

Susan vivait désormais dans leur réalité, et elles venaient la chercher.

L'insecte, petite ombre ovale à la lueur de la lune, zigzaguait sur le plancher et faisait des détours pour s'approcher de Susan, qui observait sa progression avec la boule au ventre. Une seule punaise. Le parasite avança d'une trentaine de centimètres, s'arrêta, avança à nouveau d'une dizaine de centimètres. Puis il fit mine de rebrousser chemin, avant de parcourir un grand arc de cercle qui le mena finalement un peu plus près de Susan.

Rien ne sert de courir, semblait dire la punaise. *On te tient, maintenant.*

Susan regardait la punaise de l'ombre, et la punaise de l'ombre regardait Susan.

Non, se dit-elle. Cimex lectularius *n'a pas d'yeux. Six pattes, deux antennes, une paire d'élytres non fonctionnels, un rostre composé de deux stylets... mais pas d'yeux.*

« Et pourtant, tu me regardes, pas vrai ? » murmura Susan, et le son de sa voix dans le silence sépulcral de la pièce la fit sursauter.

L'insecte, lui, ne semblait pas perturbé outre mesure, puisqu'il continuait sa progression.

Il est si petit, songea Susan en s'efforçant de respirer de manière régulière. *Si minuscule. Qu'est-ce qu'il compte me faire ? Qu'est-ce qu'il peut me faire ?*

Susan connaissait la réponse. Jusque-là, elle n'avait pas osé la formuler, mais à présent elle n'avait plus le choix. La punaise allait s'accrocher à elle et boire son sang. Elles s'étaient nourries de son âme, maintenant elles venaient se repaître de son corps. La petite punaise allait boire jusqu'à plus soif, puis une autre viendrait, puis une autre encore, jusqu'à ce qu'il ne reste de Susan qu'une carapace vide et desséchée.

Elles allaient la dévorer vivante.

La punaise de l'ombre solitaire s'approcha à moins d'un mètre de Susan, puis elle fit demi-tour et s'éloigna paresseusement avant de disparaître sous la porte.

Il était temps de passer à l'action.

Susan se leva, effectua quelques flexions pour se dégourdir les jambes, puis elle fit craquer ses phalanges et s'éclaircit la gorge. Après quoi elle traversa la pièce et essaya une fois de plus d'ouvrir la porte : elle secoua vigoureusement la poignée, s'arc-bouta pour pousser le battant... sans résultat. Elle prit alors plusieurs pas de recul et s'élança, l'épaule en avant. L'impact fit vibrer tout son corps.

« Merde », marmonna-t-elle en massant son bras endolori.

Elle examina la fente sous la porte, mais il n'y avait aucune punaise en vue – pas encore, en tout cas. Ses yeux suivirent ensuite la plinthe, jusqu'à s'arrêter sur les traces de griffes laissées par le pauvre Malo. Susan s'accroupit, parcourut les marques du bout des ongles et imagina le chat sombrer peu à peu dans la folie, puis mourir, comme elle allait mourir, elle aussi...

Arrête, s'admonesta Susan. *Alex va revenir. Il l'a dit. Il a dû emmener Emma chez ses parents à Long Island, ou chez Vic à Manhattan, et ensuite il va revenir. Encore une heure. Allez, deux. Tu t'excuseras, tu promettras de prendre l'Olanzapine, et il te pardonnera.*

Tu peux tenir jusqu'à son retour.

« À l'aide ! »

Susan frappait de toutes ses forces sur la porte avec le plat de la main. Elle tambourinait ainsi en hurlant depuis trois quarts d'heure, si bien qu'elle avait mal à la gorge et que la chair à la base de sa paume était presque à vif.

« Andrea ! À l'aide ! »

Elle continua à taper. Andrea finirait bien par l'entendre. Le bruit traverserait le salon, résonnerait dans le puits d'aération et réveillerait la vieille propriétaire, qui s'empresserait de voler à son secours.

Restait à savoir si Andrea aurait la force de déplacer le canapé.

Et si elle entendrait le bruit.

De toute évidence, ce n'était pas gagné.

Susan sursauta en voyant la deuxième punaise de l'ombre se glisser sous la porte. Puis elle se ressaisit, s'approcha à quatre pattes et l'écrasa avec son index, concentrant tout le poids de son corps dans son doigt jusqu'à sentir la minuscule carapace craquer sous la pression. Sauf que quand elle retira son index et l'inspecta à la lueur de la lune, elle ne vit pas la petite tache rouge qui aurait dû s'y trouver.

Et pour cause, la punaise était toujours vivante. Pire, elle avait planté ses stylets et était à présent en train de boire son sang.

« Oh, non ! » gémit Susan.

Comme un oiseau battant des ailes pour décoller, elle secoua vigoureusement la main dans l'espoir de se débarrasser de la bestiole. Mais la punaise était bien accrochée. Susan ressentit soudain une vive douleur à l'endroit où le parasite avait enfoui son rostre, pile au bout de son doigt. *Maintenant que ce petit monstre la savait prise au piège, il ne prenait même plus la peine de lui injecter son liquide anticoagulant et anesthésiant – il se fichait qu'elle sache qu'il était en train de la piquer.* Susan forma une pince avec le pouce et l'index de l'autre main et essaya d'attraper la punaise, mais celle-ci s'enfonça encore plus. Plus Susan tirait, plus la douleur était insupportable. Elle avait l'impression qu'on lui avait enfoncé une aiguille dans la veine et qu'on la triturait.

Susan finit par abandonner et approcha son index de ses yeux remplis de larmes pour regarder la punaise se repaître de son sang. Dans sa tête, elle se mit à compter les secondes, puis les minutes. Une... deux...

Après un peu plus de douze minutes, le parasite se décrocha, tomba au sol et regagna l'interstice sous la porte d'un pas titubant. Susan regarda alors le bouton se former au bout de son index – rond, rouge, dur.

Elle se sentait fatiguée... si fatiguée. Et dans la pénombre sordide de la pièce, elle discernait sur le chevalet son propre visage défiguré qui l'observait en silence.

Quand Susan enfouit sa main meurtrie dans sa poche quelques minutes plus tard, ses doigts se refermèrent sur son iPhone, et elle dut se retenir pour ne pas éclater de rire. *Quand je pense que depuis tout ce temps, j'avais mon téléphone sur moi...* Elle sentit son cœur se serrer en voyant Emma qui faisait le cochon pendu sur la photo en fond d'écran. L'horloge digitale indiquait 1 h 45.

Elle essaya d'appeler Alex mais raccrocha après une sonnerie, soudain trop effrayée à l'idée de lui parler. Et s'il lui annonçait que, finalement, il ne comptait pas rentrer ? Et s'il refusait de l'aider ? Après tout, ce n'était pas inenvisageable étant donné qu'elle...

Susan aperçut sur le plancher deux nouvelles punaises qui se dirigeaient vers elle à toute allure. Plus de détours, à présent. Plus d'hésitations. Les insectes fonçaient droit sur elle, tels deux avions de chasse fondant sur leur cible.

Susan pianota comme une folle sur l'écran tactile pour composer un message :

ALEX JE SS DSL REVIENS VITE G BESOIN DE TOI

Elle appuya sur le bouton « Envoyer » au moment où les punaises arrivaient à ses pieds. Alors qu'elle essayait en vain de les écraser sous son talon, elle les vit avec horreur disparaître sous l'ourlet de son pantalon. Elle se mit à sautiller sur place et à agiter frénétiquement les jambes, mais c'était trop tard – elle sentit deux piqûres, la première sur le mollet, la seconde à l'intérieur de sa cuisse, là où la chair est la plus tendre. Ses yeux se remplirent de larmes. La douleur était encore plus violente que la première fois. Comme une brûlure. Les monstres avaient faim, et il n'y avait plus que ça qui comptait.

Elle commença à rédiger un second message à Alex – *STP STP STP STP STP* –, puis se ravisa et l'appela directement. Une sonnerie, deux, trois...

« Bonjour, vous êtes bien sur le répondeur d'Alex Wendt, mais je suis trop occupé pour vous répondre ! Laissez-moi un... »

Elle raccrocha. D'autres punaises franchissaient la porte. Il y en avait plusieurs dizaines, et elles se dirigeaient droit sur elle en fines colonnes irrégulières. Les nouvelles piqûres commencèrent avant même que les deux parasites accrochés à ses jambes aient terminé leur repas. Un premier planta son rostre sous son menton, un autre en bas de son dos, juste au-dessus des fesses.

Susan fit défiler sa liste de contacts jusqu'à trouver le nom d'Andrea Scharfstein. Celle-ci ne répondit pas, mais cette fois, Susan laissa un message sur le répondeur.

« Andrea, si vous êtes réveillée, si vous avez ce message, est-ce que vous pouvez me rappeler ? Ou plutôt, non, montez directement ici, parce que je... Oh, mon Dieu... Nooooon ! »

Susan sentit de petites pattes escalader son cou, danser quelque temps sur son lobe d'oreille, puis pénétrer dans son canal auditif. Et, quelques instants plus tard, la piqûre. Une douleur abominable. Susan poussa un hurlement et enfonça son petit doigt dans son oreille, mais la punaise était trop loin pour qu'elle puisse espérer l'atteindre. Le parasite pompait son sang et elle pouvait entendre l'horrible bruit de succion, amplifié par la proximité avec son tympan.

Susan hurlait sans discontinuer. Elle lâcha son téléphone et vit l'écran lumineux s'éteindre après quelques secondes. Les punaises étaient partout, à présent : ses jambes, ses fesses, son ventre, son oreille, sa paupière, son menton... Des dizaines d'aiguillons plantés dans sa peau. Elle se jeta à plusieurs reprises contre la porte, ignorant la douleur qui irradiait dans tout son corps à chaque impact. Les punaises continuaient d'affluer par centaines, une véritable marée crépitante qui déferlait sur ses pieds et lui dévorait les chevilles. Susan battit en retraite jusqu'à l'angle le plus éloigné de la porte, se laissa tomber par terre et enfouit son visage entre ses mains.

Il faut que je continue à me battre, se dit-elle. *Que je trouve un moyen de m'enfuir d'ici... Où est mon téléphone ? Où est-ce que je l'ai lâché ? Mon Dieu, elles sont si nombreuses... et je suis si fatiguée...*

Si fatiguée...

Dans son rêve, Susan se leva et, comme un chien qui sort de l'eau, elle s'ébroua pour se débarrasser des punaises. Puis, se tournant vers la fenêtre, elle reconnut une silhouette à la lueur de la lune : Louis ! Ce bon vieux Louis, qui traversait le jardin tel un colosse des temps modernes et levait la tête vers elle. Elle le vit articuler son nom.

« Susan ?

– Louis ! »

Elle se mit à taper des deux poings sur le carreau pour attirer son attention. Louis se faisait du souci pour elle, alors il était venu vérifier que tout allait bien. Ce bon vieux Louis !

« Louis ! » appela-t-elle à nouveau en faisant de grands gestes.

La lune faisait scintiller les branches en plastique des lunettes bon marché du vieux bricoleur. Louis leva l'index – « J'arrive tout de suite ! » – et fit un pas de plus vers la porte d'entrée. C'est alors qu'Andrea apparut derrière lui, armée d'un énorme marteau de menuisier.

« Non ! » hurla Susan, et Louis fronça les sourcils.

Il n'eut pas le temps de se retourner – Andrea leva l'outil et le lui abattit sur l'arrière du crâne. Louis s'écroula. Il était étendu au sol, du sang jaillissait de la plaie, et tout autour de lui des marteaux ensanglantés tombaient du ciel en tourbillonnant pour se planter dans la pelouse... Des marteaux, mais aussi des bébés et des poussettes.

Ignorant cette pluie de l'enfer comme un fantôme sur qui les gouttes n'ont aucun effet, Andrea regagna tranquillement la maison.

Lorsque Susan se réveilla en hurlant, la première chose qu'elle entendit fut un énorme raclement.

Quelqu'un était en train de déplacer le canapé !

Elle cligna des yeux. Il faisait jour. Il y avait plusieurs punaises accrochées à son avant-bras, et une autre qui s'attaquait à sa joue...

Mais cela n'avait plus aucune importance, puisque quelqu'un était en train de déplacer le canapé.

« Alex ! appela-t-elle, mais seul un vague grincement sortit de sa gorge desséchée. Alex ?

– Non, madame. »

La porte s'ouvrit, et Dana Kaufmann apparut. Les yeux écarquillés de stupeur, l'exterminatrice observa la scène qu'elle avait sous les yeux pendant plusieurs secondes avant de laisser tomber, d'une voix qui s'apparentait plus à un murmure d'outre-tombe :

« Oh, putain. »

28

« Vous les voyez ? » murmura Susan de l'angle de la pièce où elle s'était roulée en boule.

La punaise accrochée à son visage se détacha, descendit sur son ventre, sauta par terre et s'éloigna. Elle en avait encore sur les bras, sur les jambes, et même quelques-unes cachées dans les sourcils. Quant au plancher, il était recouvert de petites masses grouillantes d'insectes plus ou moins denses.

« Vous les voyez vraiment ? »

Dana Kaufmann fit un premier pas dans la pièce bonus et écrasa une grappe de parasites sous sa grosse chaussure marron. Effarouchées par son arrivée, les punaises de l'ombre se mirent à courir en tous sens tandis que l'exterminatrice se rapprochait de Susan, se baissait et lui tendait la main pour l'aider à se relever.

« Je les vois », répondit Dana Kaufmann.

Le choc initial passé, elle ressemblait au souvenir que Susan en avait : une femme bourrue, stoïque, à la présence rassurante.

« Je les vois très bien, madame Wendt. »

« La première chose que je voudrais que vous sachiez, madame Wendt, et la plus importante, c'est qu'il n'y a aucun parasite qui puisse me résister. Est-ce que c'est bien compris ? »

Susan était assise en tailleur sur la table de la cuisine, en sous-vêtements, pendant que Dana Kaufmann lui retirait à la pince à épiler les minuscules insectes encore plantés dans sa peau, telle une maman gorille épouillant son petit – elle travaillait vite et bien, et pas un centimètre carré n'échappait à son inspection minutieuse. On aurait dit que Susan pelait, tant elle avait de petites mues transparentes sur le corps. Sur sa poitrine, on apercevait même quelques déjections brunâtres. Dana trouva trois punaises encore accrochées sur le ventre de Susan, en ligne, juste au-dessus du pubis. L'exterminatrice les retira les unes après les autres, en marmonnant un « pardon » chaque fois que Susan grimaçait de douleur.

« Ne bougez pas. »

Kaufmann glissa la main entre les cuisses de Susan et saisit un insecte qui s'apprêtait à la piquer à l'aine.

« Désolée pour l'intrusion », grommela-t-elle.

Susan se contenta d'acquiescer.

« Quelle heure est-il ? » finit-elle par demander.

Elle se sentait complètement désorientée. Son dos était tout courbaturé, et elle avait si mal à la tête qu'elle avait l'impression d'avoir reçu un coup de pelle sur le crâne. Mais le pire, c'étaient de loin les démangeaisons... Tout son corps était en feu.

« 9 h 45. Tenez, dit Kaufmann en sortant de la poche de sa salopette un tube de pommade à la calamine. J'étais censée venir hier, et je m'en excuse. J'ai été appelée en urgence pour une visite du côté de Ditmas Park, et, comme j'étais déjà passée chez vous et que je n'avais rien trouvé, je me suis dit que ça pouvait attendre. »

Kaufmann secoua la tête – il était évident qu'elle s'en voulait.

« Je n'arrive pas à comprendre comment j'ai pu passer à côté d'une telle infestation, poursuivit-elle. C'est inimaginable que je n'aie rien remarqué la dernière fois. »

Susan plissa les yeux pour se protéger du soleil qui frappait de plein fouet les fenêtres de la cuisine.

« C'est parce qu'elles ne voulaient pas que vous les voyiez.

– Qui ça ?

– Elles se cachaient. Il n'y a que moi qui étais censée les voir. Que moi... »

De grosses larmes roulèrent sur ses joues rougies par les attaques successives.

« Attendez, Susan. Qu'est-ce que... ?

– Elles ne sont pas... »

La voix de Susan se transforma en un murmure, tandis qu'elle jetait des coups d'œil furtifs autour d'elle. Enhardies par leur assaut de la nuit précédente, les punaises arpentaient désormais librement le sol de la cuisine en masses compactes. *Elles sont chez elles, maintenant.*

« Elles ne sont pas normales. Elles sont... surnaturelles. En fait, j'ai lu un livre qui explique que...

– Ne me dites pas, l'interrompit Kaufmann d'un ton irrité. *L'Espèce cachée* ?

– Vous en avez entendu parler ?

– Malheureusement, oui. C'est bon, vous n'avez plus rien sur vous », annonça Kaufmann en faisant craquer ses phalanges.

Puis, indiquant d'un geste la pile de vêtements dans l'angle de la cuisine :

« Mais si j'étais vous, je ne remettrais pas ça tout de suite. »

Susan enfila donc la veste « Brooklyn Désinsectisation » de Kaufmann pendant que cette dernière taillait en pièces le chef-d'œuvre de Pullman Thibodaux.

« Les punaises de l'ombre, c'est ça ? Quel tissu de conneries ! Déjà, ce livre a été écrit par un fou. Et ce n'est pas une façon de parler, l'auteur a vraiment fait un long séjour en hôpital psychiatrique. Apparemment, avec sa femme, ils ont eu une grosse infestation de punaises de lit, et monsieur s'est dit qu'il n'avait pas besoin de faire appel à un professionnel. Alors il a pris les choses en main, il a fait ses petites recherches, il a mis du Scotch sur ses matelas et ses coussins... bref, tout ce qu'il ne faut pas faire. »

Susan écoutait sans oser respirer.

« Finalement, madame en a eu ras le bol, elle a pris ses cliques et ses claques et elle l'a quitté. C'est à partir de là qu'il a commencé à sérieusement yoyoter et à prétendre que les punaises n'étaient pas des punaises, mais des démons. » Sans esquisser le moindre sourire, Kaufmann tapota son index contre sa tempe

– le symbole universel de la folie. « Et donc, pendant qu'il était enfermé à l'asile, il s'est mis en tête d'écrire un livre sur le sujet. Enfin, si on peut appeler ça un livre.

– D'accord, mais, euh...

– Susan, il y a quelques années, j'ai eu un client qui était tombé sur ce fichu bouquin et qui m'a assuré qu'il était victime d'un sort. Sauf que ce n'est pas le mot qu'il a utilisé. Comment il a appelé ça, déjà ?...

– Une malédiction », marmonna Susan.

Un courant d'air s'engouffra par la fenêtre, qui la fit frissonner. Elle commençait à se sentir un peu ridicule, à moitié nue sous une veste trois fois trop grande pour elle.

« Voilà, une malédiction. Tout ça pour dire que j'ai suivi le traitement classique en trois étapes, et devinez quoi ? Cinq ans plus tard, il n'a toujours pas une seule punaise et il est toujours aussi satisfait. »

Les mots eurent sur l'esprit de Susan l'effet d'un rayon de soleil : *pas une seule punaise.* Malgré tout, elle ne put s'empêcher de secouer la tête.

« Mais..., commença-t-elle, et, d'un geste circulaire, elle indiqua la pièce où elles se trouvaient. Il y en a tellement !

– J'ai vu pire. Enfin, peut-être pas pire, mais pas loin.

– Et je n'ai pas réussi à les tuer. J'ai l'impression qu'elles sont immortelles.

– Ah oui ? »

Dana Kaufmann s'accroupit et attrapa une punaise entre le pouce et l'index. Une fraction de seconde plus tard, elle présenta à Susan l'insecte écrasé, dont il ne restait plus qu'une carapace brune toute déformée, avec un petit point rouge au centre.

« Vous voyez, elle est morte. »

D'une main hésitante, Susan récupéra le cadavre de l'insecte sur son propre index.

« Mon Dieu, murmura-t-elle, et elle se mit à trembler de tout son corps, submergée par une vague de honte mêlée de peur.

Dana… Dana, hier soir, j'ai essayé d'assassiner mon mari. Avec un couteau de boucher. »

L'exterminatrice fronça les sourcils, émit un long sifflement et finit par hausser les épaules.

« Vous savez, une infestation peut provoquer beaucoup de tensions dans un couple. »

Malgré la gravité de la situation, Susan ne put s'empêcher d'éclater de rire.

« Allez, venez, dit Kaufmann. On a des punaises à massacrer ! »

« La première chose à faire, c'est un grand nettoyage. Ici, et dans l'appartement de votre propriétaire. Au sous-sol, aussi. Il faut désinfecter toute la bâtisse, de la cave au grenier, sans rien laisser au hasard. Pas de cachettes, pas de punaises.

– Mais le livre…

– Oui, oui, je sais, le livre. Votre ami le cinglé dit que la malédiction des punaises maléfiques vous poursuivra partout et pour toujours, où que vous alliez. Mais vous voulez que je vous dise ? Dans l'Antiquité, les Grecs pensaient que pour soigner la malaria, il suffisait de manger des tourtes à la viande et aux haricots saupoudrées de punaises de lit. Comme quoi, parfois, on se trompe… » Susan eut un sourire timide. « Maintenant, je vais vous expliquer ce qui marche. On passe l'aspirateur dans toutes les pièces, on nettoie tous les matelas et tout le linge de lit à la vapeur, et tous les vêtements à sec. On récure chaque centimètre carré. Et après ça on scelle tout et on asperge de Vikane.

– De Vikane ?

– C'est un gaz de fumigation industriel. En quarante-huit heures, toutes vos punaises sont mortes. Même les œufs. Il ne reste rien. Et enfin, on termine par l'application de gel de silice et de pyréthrinoïdes. »

Dana Kaufmann affichait une assurance implacable. On aurait dit un général préparant une bataille.

« Est-ce que vous avez un bon aspirateur ? demanda l'exterminatrice.

– Dans le placard.

– Très bien. Détendez-vous. Buvez votre café, je m'occupe de tout. »

Susan s'exécuta. Elle sirota son café en s'efforçant de respirer de manière régulière, et elle regarda les rayons du soleil jouer avec les lattes du parquet en bois brut. Déjà, il lui semblait qu'il y avait moins de punaises que lorsque Kaufmann l'avait libérée de la pièce bonus, une heure plus tôt. Elle entendit le vrombissement de l'aspirateur qu'on allumait, et, pour la première fois, elle s'autorisa à penser que Kaufmann avait raison : l'exterminatrice allait désinfecter la maison, la traiter au Vikane et enduire chaque meuble de pyréthrinoïdes et de poudre de quelque chose... Et, au bout d'un moment, les choses allaient finir par s'arranger. Tout reviendrait à la...

« Oh, merde ! jura-t-elle. Il faut que j'appelle Alex ! »

Elle avait récupéré un peu plus tôt son iPhone dans un coin de la pièce bonus et avait découvert avec horreur qu'une dizaine de punaises avaient élu domicile dans le trou du chargeur. Elle l'alluma, mais elle n'eut pas le temps de faire défiler la liste de contacts jusqu'au nom de son mari que l'appareil se mit à sonner. C'était un numéro qu'elle ne connaissait pas, mais l'indicatif indiquait que l'appel provenait de New York.

« Allô ?

– Oui, bonjour, c'est... »

Le vrombissement de l'aspirateur dans le couloir se rapprochait.

« Pardon ?

– Je suis...

– Attendez une seconde. »

Susan couvrit le micro du téléphone et cria :

« Dana, est-ce que vous pouvez éteindre l'aspirateur quelques instants, s'il vous plaît ? »

Elle regarda le téléphone. Il fallait absolument qu'elle appelle son mari. Il devait être mort d'inquiétude.

Sauf que… Sauf qu'il était censé revenir la chercher. Alors où pouvait-il bien être ?

« Désolée, vous disiez ?

– Je m'appelle Jack Barnum. Je crois que je suis l'ancien locataire de votre appartement. »

Susan sentit une brusque bouffée de chaleur la happer. Sous l'épaisse couche de crème à la calamine, la démangeaison générale reprit de plus belle. Kaufmann passa la tête par la porte de la cuisine et brandit le tuyau de l'aspirateur avec un air interrogateur. Susan secoua la tête, et l'exterminatrice fit une moue contrariée avant de repartir vers le salon.

« Oui, Jack. C'est bien ça. »

Susan coinça le téléphone contre son épaule pour se gratter entre les omoplates.

« J'ai lu le message que vous avez envoyé à Jessie, sur Facebook, dit Jack. J'ai fini par deviner son mot de passe. C'était mon deuxième prénom. Mon deuxième… Mon… »

Il y avait du chagrin dans sa voix. Du chagrin et de la confusion. Dans la tête de Susan, les alarmes se déclenchaient les unes après les autres, tandis qu'elle se servait de l'ongle de son gros orteil gauche pour se gratter le pied droit.

« Jack ? Vous êtes toujours là ?

– Oui. Oui, je suis là. Est-ce que vous savez où est Jessie ? Est-ce que… est-ce que vous l'avez retrouvée ?

– Non, je suis désolée. Je ne sais pas où elle est. Jack, est-ce que vous pourriez me dire ce qui s'est passé, ici ? »

Jack Barnum ne répondit pas, mais Susan entendait toujours sa respiration rauque. Elle crut même discerner quelques sanglots étouffés. Dana Kaufmann, qui n'était pas du genre à rester sans rien faire, avait fait son retour dans la cuisine et était à présent à quatre pattes sous l'évier, en train de récurer le placard à l'aide d'une brosse à poils durs.

« Qu'est-ce qui s'est passé, Jack ?

– Elle… Jessie… ma pauvre Jessie, elle s'est mis en tête que… qu'on avait une infestation de punaises de lit. Je ne l'ai pas crue. Parce qu'il n'y avait rien qui indiquait que c'était le cas. Rien. Et elle… » Sa voix se remit à trembler. « Elle…

– Elle a essayé de vous tuer.

– Oui, mais… Comment vous pouvez savoir ça ? »

Oh, mon Dieu, ça veut dire que les punaises étaient déjà là. Avant même que Jessie et Jack emménagent. De violents frissons parcoururent la colonne vertébrale de Susan. Les démangeaisons, elles, semblaient plus insoutenables que jamais. *Elles étaient déjà là.*

« Bref, reprit Jack. Du coup, j'ai paniqué, je me suis enfui… »

Il laissa échapper un long sanglot avant de conclure dans un souffle :

« Et je l'ai laissée là. »

Dana avait sorti la tête de sous l'évier et observait à présent Susan, un sourcil levé.

« Mais les punaises ont continué à la torturer, devina Susan. Jessie a essayé de résister, mais elle a fini par s'enfuir à son tour. Elle est partie si précipitamment qu'elle a même oublié le chat. Et…

– Le chat ?

– Quoi ? »

Une série de petits coups retentit en provenance de la porte d'entrée.

« Youhou ? Il y a quelqu'un ? Susie ?

La voix rauque d'Andrea.

« Non, dit Jack. On n'a jamais eu de chat. »

Dana s'était levée, était sortie de la cuisine et remontait le couloir, pendant que Susan regardait le mur en tentant de faire le tri dans les pensées qui se bousculaient dans sa tête.

On n'a jamais eu de chat.

Les petits coups sur la porte résonnèrent à nouveau. Un rythme presque guilleret.

« Attendez ! Dana ! Ne... »

Trop tard. L'exterminatrice ouvrit la porte et Andrea Scharfstein la frappa à la tempe avec un marteau. Kaufmann tituba en arrière et se retourna vers Susan, son expression figée en un masque d'étonnement. Puis elle pivota de nouveau pour retrouver sa position initiale, et Susan eut le temps d'apercevoir une bouillie rose et grise à l'endroit où le coup avait fait éclater la boîte crânienne. Andrea fit tourner le marteau dans sa main. Le second coup, asséné avec le côté pour retirer les clous, arracha la moitié du visage de l'exterminatrice, qui s'écroula au sol sans avoir prononcé le moindre mot. Quand Andrea l'enjamba, une punaise en profita pour jaillir de la petite plaie purulente qu'elle avait à l'avant-bras et plonger dans la piscine de sang qu'était devenue la figure démolie de Kaufmann.

Andrea Scharfstein leva alors la tête vers Susan et lui adressa un sourire désolé.

« Oh, ma chère... Quel gâchis ! Quel gâchis ! »

Les punaises apparurent de partout à la fois : des prises électriques, des interstices entre les lattes du plancher, de la bonde de l'évier. Susan s'élança vers le bloc à couteaux, mais glissa sur le carreau qui était tombé du plafond et qu'elle n'avait toujours pas pris la peine de ramasser. Elle sentit ses jambes se dérober et, lorsqu'elle retomba à plat sur le dos, une douleur sourde lui traversa tout le corps. Malgré sa vision brouillée par le choc, elle aperçut les centaines de punaises qui affluaient vers elle.

Andrea aussi approchait, chaussée de ses éternels chaussons vert clair. Elle ne semblait pas pressée. Les punaises, elles, avaient déjà commencé à escalader les bras de Susan et à s'enfoncer dans ses cheveux.

Susan ne pesait pas très lourd et elle n'était vraiment pas en état de résister, mais il fallut néanmoins à Andrea plus d'une demi-heure pour la traîner jusqu'au salon. Là, la vieille propriétaire fit exploser d'un coup de coude une des fenêtres fixes qui donnaient sur le puits d'aération. Un courant d'air glacé s'infiltra par le carreau brisé, et, quelques instants plus tard, Susan entendit le bruit étouffé des éclats de verre atteignant le sol en contrebas.

« À présent, écoutez-moi, ma chère, dit Andrea en se penchant au-dessus de Susan. Vous allez avoir très mal. Et il va sûrement aussi y avoir du sang. Beaucoup de sang, à vrai dire. »

La vieille dame eut un rictus désolé qui sembla creuser un peu plus les rides de son visage.

« Mais que voulez-vous ? C'est leur volonté... »

Susan sentit Andrea la soulever, puis la pousser, et elle bascula dans le puits d'aération. Une chute de deux étages pendant laquelle elle eut le temps d'imaginer qu'elle était une poussette tournoyant dans l'air, attendant de se fracasser au sol dans une explosion de sang.

29

La douleur était atroce. Elle émanait du bas de son corps – ses jambes et son bassin – et irradiait partout.

Le problème, justement, c'était que Susan ne voyait pas le bas de son corps. À vrai dire, elle ne voyait rien. Elle sentait qu'elle était en position verticale, elle pouvait un peu bouger la tête, mais pas assez pour la baisser. De toute façon, il faisait noir. Un noir terrible. Si bien que la seule chose dont elle pouvait être absolument certaine, c'était qu'elle avait mal. Chaque fois qu'elle avait le malheur de remuer, la douleur s'amplifiait aussitôt pour devenir insoutenable. Elle avait l'impression que sa rotule droite pointait dans le mauvais sens, et elle n'avait plus aucune sensation du côté gauche. Il ne pouvait y avoir qu'une seule conclusion : elle avait les deux jambes cassées.

Dans un deuxième temps, Susan prit conscience de la puanteur. Elle n'avait aucune idée de l'endroit où elle se trouvait – *un coffre de voiture ? Un trou ?* –, mais l'odeur qui y régnait, immonde, lui emplissait la bouche et les narines et lui piquait les yeux jusqu'aux larmes. C'était le genre de relents fétides qu'on retrouve dans le sillage des camions-poubelles et qu'on perçoit parfois dans les rues le matin, en période de canicule. Un mélange d'ordures, d'excréments, de pourriture et de mort, partout autour d'elle.

Au bout d'un moment, elle remarqua qu'elle pouvait bouger les épaules et les bras. Les articulations résistaient, mais elles fonctionnaient toujours. Lorsqu'elle remua les doigts, elle sentit contre sa peau une matière molle et gluante, un peu friable.

Des détritus – elle était ensevelie dans une pile de détritus. Elle écarta les doigts pour étendre son périmètre de recherches. De la terre. De petites mottes de matière organique. Des épluchures plus ou moins lisses. Des morceaux plats et humides qui faisaient penser à du carton.

Ah, je suis dans le composteur, se dit simplement Susan.

Elle enfonça les mains le plus loin possible dans cet océan d'immondices jusqu'à atteindre une paroi de plastique rigide. Ignorant les craquements de son épaule récalcitrante, elle remonta la surface lisse et atteignit le couvercle. Hélas, il était trop haut au-dessus de sa tête pour qu'elle puisse le soulever de plus de quelques millimètres.

Déçue, elle baissa lentement la main et sursauta lorsqu'elle toucha ce qui ressemblait à des cheveux. Elle poussa un hurlement. À présent qu'elle était suffisamment accoutumée à l'obscurité, elle reconnut la tête de Jessica Spender, à quelques centimètres à peine de son visage. L'ancienne locataire semblait la regarder fixement, mais ses yeux blanchis par la mort étaient devenus le terrain de jeu des insectes.

Susan hurla de plus belle, un cri infini qui permit à l'odeur de putréfaction d'investir sa bouche et de se répandre comme un brouillard dans ses poumons.

Après quelques instants, Susan finit par se calmer. Le hurlement laissa place à un gémissement sourd, quasi animal, puis au silence.

Les minutes s'égrenèrent.

Il n'y avait rien à faire, rien à penser. Elle ne pouvait pas bouger. Elle avait fermé les yeux pour ne plus voir le regard vide de Jessica Spender, mais son esprit semblait déterminé à la tourmenter, car elle imaginait à la place une armée de punaises triomphantes escaladant le corps sans vie de Dana Kaufmann et se repaissant du sang qui imprégnait désormais le parquet du couloir.

Régulièrement, Susan perdait connaissance. Sa tête basculait en avant, sa bouche s'enfonçait dans le compost, et le manque d'oxygène la réveillait brusquement. La douleur qui émanait de ses jambes brisées, si lancinante au début, avait fini par s'estomper pour laisser place à un tiraillement sourd et diffus. Au bout d'un moment, Susan en vint même à apprécier cette souffrance continue qui la détournait des démangeaisons qui avaient fait de sa vie un enfer pendant si longtemps. Son agonie avait été remplacée par une autre, et elle en éprouvait une espèce de gratitude perverse.

Susan attendait. Elle ne savait pas ce qu'elle attendait, mais elle attendait. Elle ne savait pas non plus si Andrea avait prévu de revenir après l'avoir enfouie dans le composteur. Ce qu'elle savait, en revanche, c'était que Dana Kaufmann – *pauvre Dana !* – s'était trompée. Tout comme Alex, et tout comme ce crétin de Dr Lucas Gerstein. Le seul qui avait raison, hôpital psychiatrique ou pas, c'était Pullman Thibodaux. Les punaises de l'ombre étaient bien réelles, même s'il était désormais évident qu'elles avaient élu domicile au 56 Cranberry Street depuis très longtemps… bien avant l'arrivée de Susan et d'Alex, et celle de Jessica et de Jack.

Les paupières de Susan se fermaient. Elle s'en fichait. Elle voulait mourir.

Mais est-ce que je reverrai Emma ? songea-t-elle soudain. *Ma petite fille chérie…* Elle bascula de nouveau dans l'inconscience.

Susan ne mourut pas.

Au bout d'un moment – elle aurait été bien incapable de dire quand étant donné qu'elle n'avait aucune notion du temps et que sa réalité se limitait à la douleur, à la puanteur et aux micro-sommes –, elle entendit une porte s'ouvrir. Un bruit de bois frottant contre le béton brut. Elle devina qu'il s'agissait de l'étrange petite porte située sous le perron. Les battements de son cœur s'accélérèrent. *Faites que ce ne soit pas elle*, pria-t-elle. *N'importe qui mais pas elle.*

« À l'aide..., croassa Susan d'une voix faible qui faisait penser au grincement d'un ressort cassé. S'il vous plaît, à l'aide. »

Le couvercle du composteur s'ouvrit et le visage ridé d'Andrea apparut peu à peu au-dessus du rebord, comme un lever de soleil infernal.

« *Tss, tss* », fit-elle en regardant Susan par-dessus ses lunettes de lecture.

On aurait dit une mère déçue de découvrir que son enfant n'a pas rangé sa chambre.

« Je n'ai jamais demandé que les choses se passent comme ça, déclara-t-elle sans préambule. Alors ce n'est pas à moi qu'il faut en vouloir.

– Andrea, parvint à articuler Susan. Andrea, je vous en prie... »

Tenant le couvercle d'une main, Andrea retira ses lunettes, et Susan vit dans ses yeux le même regard glacial et lointain qu'elle avait remarqué la veille – mais était-ce vraiment la veille ? – lorsque la vieille propriétaire était venue lui demander de l'aider avec son téléphone portable... *Sauf que ce n'est pas du tout pour ça qu'elle est venue te voir. Elle voulait simplement s'assurer que tu ne partes pas. Elle a fait en sorte de te rappeler cette histoire d'hôtel, histoire que tu mettes Alex à la porte et que tu te retrouves toute seule...*

« Andrea, s'il vous plaît.

– Si vous devez en vouloir à quelqu'un, c'est à Howard. Quarante-six ans qu'on a été mariés !

– Pitié, Andrea. Ma fille.

– Quarante-six ans ! »

Andrea cala le couvercle du composteur avec une planche et s'éloigna. Son visage disparut du champ de vision de Susan, mais sa voix lui parvenait toujours, du fond de la cave.

« Vous imaginez ce que ça fait, après toutes ces années, d'entendre votre mari vous dire qu'il ne vous aime plus ? Qu'il est tombé amoureux de votre voisine, cette idiote de Norma Frohm ? Et que depuis dix-sept ans, tous les samedis après-midi, il attend que vous partiez faire les courses pour aller coucher avec elle ? »

Comme la veille au soir, Susan vit une ligne de texte apparaître devant ses yeux fiévreux :

Il faut que quelqu'un commette l'acte ou ait la pensée qui ouvre la porte des ténèbres.

Ce quelqu'un n'était pas Alex, c'était désormais évident. Ni ce pauvre Jack Barnum.

Susan écoutait Andrea qui continuait son monologue, hors de vue. Mais lorsqu'elle l'entendit ouvrir un tiroir et fourrager à l'intérieur, sa douleur à la jambe gauche se réveilla et se mit à envoyer des signaux de détresse jusqu'à son cerveau.

« Oh, Susie, si vous saviez... J'étais furieuse, mais furieuse ! »

Le visage d'Andrea réapparut au-dessus du composteur.

« Je... je voulais qu'il souffre. Oh, oui ! Pendant des nuits entières, j'ai imploré Dieu de le faire souffrir !

– Andrea, murmura Susan. Andrea. »

La vieille propriétaire secoua la tête et retrouva son éternel sourire.

« Et un jour, *paf* ! Mes prières ont été exaucées ! Les souffrances de Howard ont commencé ! Les punaises sont arrivées et ça a été le début de l'enfer, pour lui. Qu'est-ce qu'il a souffert ! Et qu'est-ce que j'ai ri ! »

Andrea s'esclaffa. Un ricanement grave, sinistre, hystérique, qui fit frissonner Susan.

« Je vous en prie, Andrea. S'il vous plaît... ma fille...

– J'ai ri parce que j'étais si heureuse ! »

Elle ajouta, dans un murmure :

« Dieu m'avait entendue. »

La propriétaire souleva alors un petit bocal en verre, de ceux qu'on utilise pour faire des conserves. Susan n'arrivait pas à voir ce qu'il y avait à l'intérieur.

« Mais vous savez, Susan, pour être tout à fait honnête avec vous, je ne crois pas que ce soit Dieu qui les ait envoyées. Je ne le crois pas du tout. »

D'un geste vif, elle dévissa le couvercle du bocal. Puis elle le renversa au-dessus de la tête de Susan et le secoua comme une salière. Susan sentit les punaises tomber en pluie sur ses cheveux, ses épaules, ses yeux. Et quand elle ouvrit la bouche pour crier, quelques-unes atterrirent sur sa langue.

« Comme vous le voyez, ce n'est pas ma faute, dit Andrea d'une voix implorante, tout en continuant à déverser le flot d'insectes sur Susan, qui hurlait en se débattant dans le noir. Ce sont elles qui commandent, à présent. Moi, je ne fais que leur obéir. »

Les punaises se lancèrent aussitôt à l'assaut du visage et du cou de Susan, qui s'écria :

« Alors tuez-moi ! Achevez-moi !

– Oh, non. Non, non, non. Vous ne comprenez pas. »

Andrea referma le couvercle du composteur et Susan entendit sa voix étouffée par le plastique.

« Elles vous veulent vivante. »

Les punaises affamées s'en donnaient à cœur joie, investissant le moindre pli de peau, piquant sans relâche. Régulièrement, même si elle avait conscience que c'était voué à l'échec, Susan levait les mains le plus haut possible pour tenter d'ouvrir le couvercle du composteur. Chaque fois, cela faisait bouger sa jambe, et un élancement abominable lui parcourait toute la colonne vertébrale.

Elle finit par abandonner et laissa les punaises s'acharner sur elle. Au bout d'un certain temps, une heure peut-être, la curée toucha à sa fin. Les punaises se détachèrent les unes après les autres et filèrent se réfugier dans les nombreuses cachettes qu'offrait le composteur, afin de digérer en paix. Mais Susan savait que tôt ou tard, elles reviendraient à la charge. Et puis, peut-être qu'Andrea avait d'autres bocaux…

Susan prit plusieurs inspirations par la bouche et se força à réfléchir. *Il faut que j'arrive à la convaincre de me laisser partir. Il reste forcément chez cette espèce de psychopathe une petite partie de la personne qu'était Andrea Scharfstein avant que la malédiction prenne le dessus sur elle.*

À moi de la retrouver.

Susan, qui avait jusque-là tout fait pour éviter de regarder le cadavre de Jessica Spender – avec sa nuque toute tordue et sa langue qui lui sortait de la bouche –, remarqua alors un doigt sectionné qui dépassait de la poche du chemisier de l'ancienne locataire. Elle cligna des yeux, regarda mieux. Il n'y avait pas de doute, c'était bien un doigt. Un doigt de femme, fin, manucuré, et orné d'une bague de fiançailles. Et soudain, Susan comprit.

Ping.

Ping.

Jessica avait trouvé le moyen de soulever le couvercle du composteur et de tendre le bras assez loin pour atteindre la paroi du puits d'aération. Le bruit qu'ils avaient entendu était celui de la bague en or contre le carreau en verre – un SOS, amplifié par le puits d'aération.

Et quand j'en ai parlé à Andrea, elle est descendue lui couper le doigt.

Susan prit alors conscience qu'elle n'arriverait jamais à faire entendre raison à la vieille propriétaire. Le choix était simple : mourir ou tuer Andrea.

Comme Susan l'avait prédit, les punaises repassèrent à l'attaque. En quelques instants, elles furent plusieurs dizaines à planter leur rostre aiguisé aux rares endroits restés épargnés lors du premier assaut. Certaines restaient accrochées de longues minutes, d'autres se détachaient après seulement quelques secondes pour laisser la place à la vague suivante. Et chaque piqûre provoquait une démangeaison que Susan ne pouvait pas soulager.

Elle leva à nouveau les bras au-dessus de sa tête, s'étira au maximum et parvint à soulever le couvercle un tout petit peu plus haut que la fois précédente, avant de devoir le laisser retomber.

« Merde », s'écria-t-elle, les yeux baignés de larmes.

De frustration, elle se balança vers le côté – à cause de la masse compacte de détritus, son corps ne bougea que d'un demi-centimètre avant de retrouver sa place initiale. Le composteur, en revanche, tangua légèrement.

« Tiens », murmura-t-elle.

Elle recommença, sciemment cette fois, et sentit de nouveau l'énorme bac remuer.

Putain, mais ça marche!

Après avoir repris son souffle, elle répéta l'expérience, mais en mettant son poids d'avant en arrière, puis d'arrière en avant. Le corps de Jessica Spender se mit à bouger au milieu du compost. Sentant qu'elle y était presque, Susan insista sans se préoccuper de la douleur qui lui vrillait le corps, et soudain, le composteur bascula. Un bruit sourd, et elle se retrouva à l'horizontale à côté de Jessica, sur un matelas de terre, d'épluchures, de coquilles d'œufs et de marc de café.

Elle poussa un cri de triomphe. Jamais son cœur n'avait battu aussi fort. Par réflexe, elle essaya de se lever, mais ses jambes brisées n'étant pas en mesure de la porter, elle retomba lamentablement en réprimant un hurlement de douleur. Le souffle court, elle se hissa le plus haut possible à la seule force de ses bras et chercha la porte du regard.

Puis elle se mit à ramper, centimètre par centimètre, écorchant sa peau nue sur le sol en béton brut, gémissant à chaque mouvement. Elle s'éloigna du bac renversé, dépassa un second composteur toujours debout, puis une rangée de caisses en bois remplies d'outils et de produits ménagers. Sur un des murs défraîchis, elle remarqua une tache brune, circulaire, et comprit avec horreur que cette fresque affreuse était la preuve du terrible passage à l'acte de Howard. Il lui restait encore la moitié du chemin à parcourir lorsqu'elle aperçut un peu plus loin une vieille malle en bois. Rassemblant le peu d'énergie qui lui restait, elle se remit à ramper. Et quand enfin elle atteignit la malle, elle eut tout juste la force de poser le front sur le couvercle vermoulu et d'approcher la main du loquet qui la maintenait fermée.

C'est alors qu'elle entendit un grincement. Elle releva brusquement la tête et vit la porte du sous-sol s'ouvrir à la volée. Une silhouette apparut dans un rectangle de lumière aveuglant, puis la porte se referma et une ampoule nue s'alluma au plafond. Andrea. Elle observait Susan avec un sourire qui faisait penser au rictus d'une tête de mort.

« Ben tiens ! croassa la vieille propriétaire. Regardez qui est sorti du lit ! »

Sa main osseuse tenait fermement le manche du marteau de charpentier encore rouge du sang et de la cervelle de Dana Kaufmann.

« Je suis désolée, ma petite Susie, mais je ne peux pas vous laisser vous échapper, déclara-t-elle en s'avançant d'un pas tranquille. Nous avons encore besoin de vous. »

Susan poussa un grognement, referma le couvercle de la malle et, dans un dernier effort, se redressa pour faire face à sa tortionnaire.

« Quoi ? Mais... Mais où est-ce que vous avez trouvé ça ? » demanda Andrea, qui laissa tomber son marteau et leva devant sa bouche ses vieilles mains tremblantes.

Susan avait récupéré le fusil dans la malle, là où Louis lui avait dit qu'il l'avait rangé. Elle souleva l'arme, en braqua le canon vers la poitrine d'Andrea et appuya sur la détente.

ÉPILOGUE

Alex expliqua plus tard à Susan que lorsque la détonation avait retenti, il se trouvait dans l'entrée de l'appartement, penché sur le corps de Dana Kaufmann. En cinq heures, le corps de l'exterminatrice avait été complètement dévoré ; une poignée de punaises arpentaient ses orbites vides à la recherche du peu de chair qui s'y trouvait encore. Alex avait d'abord cru que c'était quelqu'un à l'intérieur de l'appartement qui avait tiré. Ce n'est que dans un second temps qu'il avait deviné que le puits d'aération avait fait caisse de résonance et que le coup de feu provenait en réalité du sous-sol.

À la cave, il avait découvert les deux corps à moins de trois mètres l'un de l'autre : Andrea, morte ; et Susan, évanouie mais vivante. Alex avait aussitôt pris sa femme dans ses bras, et, ignorant la nuée de punaises qui galopaient sur son corps à demi nu, il l'avait emmenée vers la lumière. Vers le salut.

« Pardon, pardon, pardon, lui avait-il murmuré à l'oreille, même si Susan ne pouvait pas l'entendre. Je suis tellement désolé. »

Il répéta ses excuses lorsqu'elle se réveilla à l'hôpital et la serra si fort qu'une infirmière fut obligée de le rappeler à l'ordre.

« C'est toi qui es désolé ? murmura Susan. Je te rappelle quand même que j'ai essayé de te tuer.

– D'accord, dit Alex en lui caressant tendrement la main. Mais tu n'as pas réussi ! C'est le principal. »

Emma était chez les parents d'Alex, à Roslyn Harbor. Elle allait bien, mais sa maman lui manquait.

« J'ai envie de la voir, souffla Susan.

– Dès que tu seras remise, on…

– J'ai besoin de la voir. »

Alex acquiesça.

« Je comprends. Mais là, il faut que tu te reposes, d'accord ? Je l'emmènerai demain. Elle sera tellement contente. »

Susan se laissa retomber sur la pile d'oreillers et observa d'un air rêveur la petite chambre d'hôpital dans laquelle elle se trouvait : une rangée de machines, des tuyaux injectant divers liquides dans les veines de ses bras. Elle ne ressentait aucune douleur. Avec une bouffée de soulagement, elle se rendit compte qu'elle ne ressentait plus non plus la moindre démangeaison.

Elle avait les yeux mi-clos et Alex était en train de refermer la porte derrière lui lorsqu'elle se redressa d'un coup. Le rêve… Les marteaux…

« Qu'est-ce qui est arrivé à Louis ? » demanda-t-elle.

Les enquêteurs de la police avaient retrouvé le cadavre de Louis King dans le deuxième composteur, où il avait été enfoui en position verticale au milieu des ordures, comme Susan et Jessica. Il avait un gros trou au milieu du front – un coup de marteau avait fait éclater sa boîte crânienne et l'avait tué net. Un journal local, citant un policier, rapportait que le cadavre était couvert de punaises de lit, et que « le pauvre homme en avait jusque dans les yeux ».

Quand ces mêmes enquêteurs vinrent interroger Susan à l'hôpital, ils utilisèrent aussi le terme « punaises de lit ». Susan ne chercha pas à les corriger.

« Et donc, dit Susan Wendt le soir du 12 février, alors qu'elle partageait une bouteille de vin avec Alex dans le salon de leur nouvelle maison de cent quatre-vingt-dix mètres carrés à Montclair, dans le New Jersey. Theresa ? »

Alex la regarda sans comprendre pendant plusieurs secondes, avant d'éclater de rire.

« Qu'est-ce que tu veux que je te dise ? Avec un couteau sur la gorge, c'est le prénom le plus crédible qui m'est venu !

– Un couteau ? demanda Emma, qui était apparue dans l'escalier, entièrement nue à l'exception d'une paire de bottes de pluie et des ailes de fée roses. Qui c'est qui a un couteau ?

– Personne, ma puce.

– Est-ce que je peux aller au bain ? Les fées, ça doit être propre. »

Alex avait confié l'entière responsabilité de Gem-Flex à Vic pour quelques mois afin de pouvoir s'occuper de Susan, à qui les médecins avaient dit qu'il n'y avait rien d'autre à faire qu'attendre que ses jambes se ressoudent et que sa peau cicatrise. Après avoir visité plusieurs écoles maternelles, leur choix s'était arrêté sur New Jersey Families. Susan avait été séduite par le bâtiment, lumineux et attrayant ; Emma avait trouvé la directrice, Mlle Jessica, « trop trop trop gentille » ; et Alex adorait le côté mafieux du nom.

Comme leur nouvelle maison possédait un jardin assez grand, ils avaient adopté un chiot dans un refuge, une petite boule de poils bourrée d'énergie que Susan avait nommée Kaufmann.

Tous les soirs, avant d'aller se coucher, Susan Wendt passait plusieurs minutes nue devant le miroir, avec ses deux jambes dans le plâtre, à surveiller la progression de sa guérison. Les marques qui émaillaient son corps avaient déjà commencé à s'estomper : les boutons étaient passés du rouge vif au rose pâle, et certains avaient même disparu. Parfois, alors qu'elle inspectait ainsi chaque centimètre carré de sa peau, Susan s'autorisait à croire que le cauchemar était bel et bien terminé. Si l'auteur de *Cimex lectularius, l'espèce cachée* disait vrai – et malheureusement, jusqu'à présent, il ne s'était pas trompé une seule fois –, alors la mort d'Andrea avait conjuré la malédiction.

Mais parfois, elle avait des doutes. Et tous les matins, au réveil, elle restait allongée dans le lit un long moment, à se préparer mentalement à l'inspection quotidienne de sa taie d'oreiller.

REMERCIEMENTS

Je tiens à remercier Kate Samworth, pour toutes les informations qu'elle m'a fournies sur la peinture à l'huile et pour m'avoir appris le mot « glacis ». Vous pourrez trouver ses œuvres, qui je vous rassure n'ont rien de surnaturel ni de diabolique, sur www.katesamworth.com. Merci également à mon ami Ed Parinello, de SquareMoose Photography à Manhattan, qui m'a enseigné les rudiments de la photographie de bijoux et de montres. Et merci mille fois à James de chez Flash Exterminating, à Brooklyn, qui malgré des journées très chargées a pris le temps de me parler de son métier.

Un salut aux habitués de www.bedbugger.com, un site sur lequel j'ai rôdé des heures durant, telle une punaise assoiffée de savoir, avant de repartir me cacher dans la pénombre, le cerveau rempli d'informations. Quelle mine de renseignements !

Merci, comme toujours, à Molly Lyons, mon incroyable agente.

Merci à Jason Rekulak, qui, en Virgile des temps modernes, continue de me guider vers de nouvelles aventures. Je mesure la chance incroyable que j'ai de pouvoir travailler avec lui ainsi qu'avec tous les autres illuminés de chez Quirk Books – Doogie, Melissa, Eric, Mary Ellen, Robin, Stephen, Dave et Brett.

Et enfin, un grand, un immense merci à Diana Winters, qui m'a encouragé à écrire ce livre et qui m'a été d'une aide précieuse à chaque étape.

FSC
www.fsc.org
MIXTE
Papier issu de
sources responsables
FSC® C003309

Les papiers utilisés dans cet ouvrage
sont issus de forêts responsablement gérées.

CET OUVRAGE
A ÉTÉ ACHEVÉ D'IMPRIMER
SUR ROTO-PAGE
PAR L'IMPRIMERIE FLOCH À MAYENNE
EN MAI 2021

N° d'impression : 98331
Imprimé en France